国家出版基金项目
NATIONAL PUBLICATION FOUNDATION

非洲译丛

"十二五"国家重点出版物出版规划项目

# 南部非洲文学中的跨国主义

## 现代主义者、现实主义者与印刷文化的不平等

[南非]斯蒂凡·黑格森 著

皮 维 译

民主与建设出版社

## 图书在版编目（CIP）数据

南部非洲文学中的跨国主义：现代主义者、现实主义者与印刷文化的不平等 /（南非）黑格森著；皮维译 . —北京：民主与建设出版社，2015.10

ISBN 978-7-5139-0863-4

Ⅰ.①南… Ⅱ.①黑… ②皮… Ⅲ.①现代文学—文学研究—非洲 Ⅳ.①I400.65

中国版本图书馆 CIP 数据核字（2015）第 246634 号

Transnationalism in Southern African Literature: Modernists, Realists, and the Inequality of Print Culture
© 2009 Stefan Helgesson
"Authorised translation from the English language edition published by Routledge, a member of the Taylor & Francis Group".
Simplifted Chinese edtion copyright:2015 DEMOCRACY & CONSTRUCTION PRESS
All rights reserved.

版权登记号：01-2015-6883

**南部非洲文学中的跨国主义：现代主义者、现实主义者与印刷文化的不平等**

| | |
|---|---|
| 出 版 人 | 许久文 |
| 著　　者 | （南非）斯蒂凡·黑格森 |
| 责任编辑 | 王　颂 |
| 整体设计 | 逸品文化 |
| 出版发行 | 民主与建设出版社有限责任公司 |
| 电　　话 | （010）59419778　59417745 |
| 社　　址 | 北京市朝阳区阜通东大街融科望京中心 B 座 601 室 |
| 邮　　编 | 100102 |
| 印　　刷 | 北京明月印务有限责任公司 |
| 版　　次 | 2015 年 12 月第 1 版　2015 年 12 月第 1 次印刷 |
| 开　　本 | 880×1230mm　　1/32 |
| 印　　张 | 10 |
| 字　　数 | 216 千字 |
| 书　　号 | ISBN 978-7-5139-0863-4 |
| 定　　价 | 40.00 元 |

注：如有印、装质量问题，请与出版社联系。

中央财经大学中国海外发展研究中心资助

献给桑娅、克拉拉和塞缪尔

# 出版说明

　　中国与非洲相距遥远，但自古以来，两地人民就有了从间接到直接、从稀疏到紧密的联系，这种联系增进了两地人民的沟通与了解，为两地的发展不断发挥着作用。特别是20世纪中叶以来，因为共同的命运，中国和非洲都走上了反殖民主义革命与争取民族独立的道路，中非之间相互同情、相互支持，结下了深厚的友谊。迈入新世纪以来，随着我国经济的发展，中非经贸关系日益深入，及时了解非洲的政治、经济、法律、文化的情况当然也就具有十分重要的现实意义。

　　有感于此，我社组织翻译出版这套《非洲译丛》，所收书目比较全面地反映了非洲大陆的政经概貌以及过去我们很少涉及的一些重要国家的情况，涵盖多个语种，具有较强的系统性和学术性，意在填补我国对非洲研究的空白，对于相关学术单位和社会各界了解非洲，开展对非洲的研究与合作有所帮助。

　　译丛由北京大学、中央财经大学、浙江师范大学、湘潭大学等国内非洲研究的重镇以及国家开发银行、中非基金等单位组织，由非洲研究专家学者遴选近期国外有关非洲的政治、经济、法律等方面有较大影响、学术水准较高的论著，汇为一编，涵盖政治、经济、法律等七个方面的内容，共约 100 种图书。

　　对于出版大型丛书，我社经验颇乏，工作中肯定存在着一些不足，期待社会各界鼎力支持，共襄盛举，以期为中非合作做出贡献。

民主与建设出版社

2014 年 8 月

# 前　言

　　本书的问世多少要归功于 20 世纪 70 年代早期我父亲每天从约翰内斯堡市肯辛顿的家里出发去布朗芳田上班的经历。我曾经跟着他去过那里，隐约感觉到这个 1976 年索韦托起义爆发之前都由他领导的"文化与文学办事处"比这个名字所暗示的含义更谦逊。但实际上，它在南非抵制文盲的首创精神是如此成功，以至于种族隔离政府决定渗入进来（在我父亲离开这个机构以后）。

　　回顾过去，我发现读写能力、文学和权力的联系很明显，甚至在童年时期也就如此。人们有可能把《南部非洲文学中的跨国主义》当作对那早期条件的一种隐晦的回应。

　　本书的各个章节由一系列相互关联的关于南部非洲文学的文章组成，这些英语和葡萄牙语文章写于（大约）1945 年至1975 年之间。假设现代非洲文学的故事也就是殖民现代性中印刷媒体的故事，那么从这个假设出发，每一章节都关注独立的问题：第一章世界文学和后殖民主义，第二章是文学新颖性，第三章是文学批评，第四章是抒情主体性，第五章是现实主义。第二章和第四章的早期版本已经作为文章出版，同时，

1

通过我对那些我感兴趣的，也是我能够掌握的材料的反应，所有的章节都已经得到了启发性的进展。

这些章节也形成了两个不同的板块。第一章到第三章描绘了一个轨迹，从世界文学和印刷文化的广泛讨论到第二章对《鼓与行程》的研读，再到第三章三位杰出的批评家的介入——刘易斯·恩科西，马里奥·品托·安德雷德，欧金尼奥·葡京。我的兴趣是理解在 20 世纪 50 和 60 年代，作家和知识分子工作时为了克服文学边缘化所产生的复杂的跨国动力学。第四章和第五章组成了第二板块。它观察印刷媒体的物质性是如何在抒情诗歌流派和现实叙述性散文中得到使用或调用的。其中，第四章关注那有些困难却同样重要的鲁伊·诺夫里（莫桑比克）和沃普·詹斯马（南非）的案子，而第五章以安哥拉作家卡斯特罗·索罗门侯，南非的内丁·戈迪默，伊奇基尔·穆帕赫列列和布娄可·莫狄森以及莫桑比克的路易斯·伯纳多·翁瓦纳的作品为中心。因此，如果本书第一部分筛选杂志和批评散文，有时远离"高端"文学的角度，以便提取他们所带来的文学性和新颖性概念，那么，第二部分则通过观察典型的"文学"流派如何题写他们自身的可能性物质条件来倒转整个程序。就这点来说，我逐步把"字母"转变成了"文学"。然而，我想把有争议性的南部非洲葡语和英语文学现代性相比较的雄心却一直延续着。

# 致　谢

　　我在彼特马里茨堡的夸祖鲁纳塔尔大学调查研究并完成了本书的大部分写作。写作的那两年对我非常宝贵，远远超过言语所能表达。我很感谢英语研究调查研讨会和非洲文学研究中心的每一个人。特别要感谢邓肯·布朗和吉尔·阿诺特，他们对他们的专业慷慨严谨；感谢塞西尔李纳德图书馆的图书管理员；感谢我两年来亲爱的导师，莉斯·冈纳（谢谢你！）；感谢我的学术战友，卡伊·伊斯顿。在世界不同的地方，在这个漫长的过程中的不同阶段，我和安娜·马法尔达·莱伊特，帕特里克·沙巴尔，伊莎贝尔·霍夫迈尔，莎拉·纳托尔，凯瑟琳·沃伯，阿什拉夫·贾马尔，史提芬·格雷，埃勒克·勃姆，艾里科扎伊·马纳塞，迈克尔·马雷，大卫·阿特韦尔，伊凡·弗拉迪斯拉维克，汤姆·奥希安博，弗朗西斯科·诺姆和玛西亚·舒巴克的交流发挥了至关重要的作用。格雷厄姆斯敦的 NELM 是一个内容丰富而且异常组织良好的文献目录信息资料来源。

　　回到瑞典，北欧非洲研究院的图书管理员们无数次地帮助了我。我也衷心感谢我在乌普萨拉文学系的同事们，感谢他们容纳我在地理上的非常规的研究兴趣。

在最后编辑的疯狂阶段，如果没有大卫·沃森坚定地引导我避过语法与格式的错误，我可能已经迷失了。不用说，这本书的缺点——格式上的以及其他的——都是我自己的责任。

瑞典研究和高等教育国际合作基金和瑞典研究理事会向这项事业慷慨地提供了资助。

对沃普·詹斯玛的诗歌的引用承蒙迈克尔·加德纳惠允。对鲁伊·诺夫里的诗歌的引用承蒙玛丽亚·若昂·诺夫里，巴西国家通讯社—（里斯本），苏塞特·马赛多和《翻译中的现代诗歌》的惠允。对于卡洛斯·德拉蒙德·安德拉德的诗歌《肮脏的手》的引用承蒙 Riff 机构的惠允（里约热内卢）。

我也要向印第安纳大学出版社和《非洲的英语》的惠允表示感谢，得以重印分别出现在本书第二章和第四章里的资料。

至于我最亲爱的比比、桑娅、克拉拉和塞缪尔，你们让这次冒险获得了成功。感谢你们宽容我，感谢你们陪我到地球的尽头——或者这只是中点？

2008 年 3 月于阿隆达

# 目录

# 1. 世界文学、印刷媒体与
# 后殖民文学史的写作

　　跨国主义，正如本书中所讲的那样，是一种状况，是南部非洲文学的一个窘况，而不是一个项目或意识形态。它是一个由晚期殖民主义的文化、经济政治影响以及印刷媒体的迁移潜能所共同引起的窘况。读写能力分布不平衡，作家们被迫流亡，信函到处飞。书、信和杂志从城镇的这一端到另一端，从这个洲到另一个洲，也让人们重新思考这个世界成为可能（最多如此）。

　　以马里奥·品托·安德雷德为例。他出生于20世纪30年代，曾在罗安达的一所天主教神学院上学。1948年，他前往葡萄牙的里斯本大学学习拉丁语和希腊语。他是安哥拉城市"同化民"班级的典型例子，决心要仿效年长的男性亲戚，通过在殖民官僚中奋斗谋求发迹。在这个方面，他是一个特权人士——极少数黑色安哥拉人之一——他们可以期望在殖民体制内，而不是体制外，分得一杯羹。然而，由于他的文学兴趣，事情却发生了改变。

　　在20世纪50年代早期，安德雷德写了大量关于非洲文学的开创性文章，并在里斯本、罗安达、洛伦索马贵斯（马普托）和圣保罗出版。在同等程度上，这些文章是对那些号召创造一个适当的非洲和"黑人"文学的黑人写作与激进干预所做出的批评性回应。1953 年，当安德雷德和圣多美诗人约瑟·弗朗西斯科·登雷洛合作编辑了一部开创性的黑人葡语诗歌选集时，即《葡萄牙语表达的黑人诗歌》，批评和激进主义的双重任务达到了一个早期的顶峰。而这本选集即使不在规模上，也能在精髓上与 1948 年利奥波德·桑戈尔的《黑人和马达加斯加法语新诗集》相提并论。后来，安德雷德从里斯本流亡到了巴黎。文学也让位于政治。1959 年，他和维里亚托·达克鲁兹以及少数几个知识分子共同创立了安哥拉解放人民运动（MPLA），而通过解放战争，他也进入了该组织的核心领导阶层，直到 1975 年 MPLA 掌权[1]。

　　我必须把安哥拉独立复杂的早期阶段，安德雷德随后的政治决策以及 1975 年后他在巴黎的继续流亡搁置一边。让我感兴趣的是他的早期生涯：他从一个压迫体制内的有着少量（或者显著的）特权的知识分子到与国家解放运动的先驱为伍，并使非洲的现代衔接成为可能。这是个质的飞跃。更重要的是，促进这次飞跃的文学的重要性激起了我的兴趣。文学扮演着如此关键的角色，这决不是那个时期的非典型例子。安德雷德的事迹非常清楚，但我们也能在这样的名单上添加上许多非洲名字，从那些最终为了政治而抛弃了文学的人，如阿戈什蒂纽·内图，马塞利诺·多斯桑托斯和阿米尔卡·卡布拉尔，到那些一直坚定地留守文学世界的人，如刘易斯·恩科西、内丁·戈迪默或者鲁伊·诺夫里。

在衔接非洲现代性的话语斗争中，文学的特权可能在不重要或站不住脚上轮流交替。不重要是因为在第二次世界大战后的几十年内，非洲文学和政治经常成双成对。事实上，这也是不可避免的。经典的例子也许就是弗朗茨·法农的强烈的国家有机体论，即关于"一场文学的战斗……（如何）塑造了民族意识，赋之以形式和轮廓，并在它面前展开崭新而又无穷的视野"，"用时空的形式表现向往自由的意愿"（2001：193）[2]。从字面上看，这就是对马里奥·品托·安德雷德见识的文学转型的一个合理的描述。然而，这是一个从诗歌的战斗迈向完全摈弃文学的一小步，而它是以政治不相干性或资产阶级的同谋为基础的。对待文学的这种矛盾情绪在法农身上非常明显。它不是一个毫无基础的矛盾情绪，但它自相矛盾的效果之一就是要么作为一个压迫体制的承受者，欧洲意识形态，要么作为"民族意识"的透明器皿，给予政治特权，使文学工具化。在这本书里，我的理想是扭转这样的优先权，把出版文学以及文学上的辩论看作是一个半自治性领域，而相比在相对而言，媒体无处不在的今日非洲，这个领域在第二次世界大战后的南部非洲更多地被称作价值，（即使它的识字能力水平很低），如果一定要说有什么区别的话。我并不想贬低政治追求或文学写作在非洲的社会价值。相反，正是通过把文学作为一个话语的等级结构模式，通过对"文学"的美学性、跨国性和物质性的理论反思，大约在 1950 年，我们才理解它如何能够在后殖民时代扮演一个政治角色（但不是仅仅或者甚至主要的政治角色）。

在它传奇性的第一个十年里，约翰内斯堡的期刊《鼓》

并不是一个独家经营的文学杂志——绝对不是——但它的短篇
小说和简洁明快、不懂感情的风格一直在南非文学历史的叙述
化过程中保持着一个固定的参考点[3]。在马普托（当时叫洛伦
索马贵斯），对于期刊《非洲呼声》（1918～1974），《行程》
（1941～1955）和《莫桑比克之声》（1960～1974）幕后的记
者和编辑来说，他们把文学看作是一个公共与美学现象，并大
力投资。若昂·阿尔巴西尼的传奇性《呼声》，全非洲经营时
间最长的期刊，由莫桑比克称之为麦士蒂索人团体创办并为之
服务。《行程》和《莫桑比克之声》由殖民地居民中的白人出
版并归其所有，但间歇性地有一个开放的、非种族的、甚至是
原型民族主义者的编辑政策，尤其在他们的文学篇章上。《讯
息》（1951～1952）是这几个期刊的短暂的安哥拉对手，也是
他们中间最激进的，因为它是由1948年出现在罗安达的"青
年知识分子"的原型民族主义者安哥拉运动（新知识分子运
动）创办。虽然运动——它用它的"让我们发现安哥拉！"标
语蚕食了葡萄牙的帝国修辞"发现"——不是唯一的文学努
力，但是萨尔瓦托·特里戈（1979：11）却坚持认为"正是
在文学领域（运动）中找到了它最显著的衔接点"[4]。实际上，
20世纪50年代，在里斯本的那段时间，马里奥·品托·安德
雷德——他附属于同一团体，只是正在流亡之中——认为文学
是他那"整个时代"都具有共同点的领域。

我们阅读来自于非洲、西班牙安的列斯群岛、特别是
古巴以及美国的所有东西。我们阅读……桑戈尔的《选
集》、兰斯顿·休斯、尼古拉斯·纪廉……但我对阅读这

些书籍的兴趣扩展到包括文学批评和评论文章在内。因此，我尝试着阅读评论性作品，来自巴黎的书籍以及我在《今日非洲》和美国出版的选集中偶遇的研究报告。显然，我运用这项知识的领域也就是我们在葡萄牙语中处于萌芽状态的文学。（拉班 1997：95）[5]

那么，对这些南部非洲迥然不同的知识分子团体来说，文学似乎在现代世界里提供了一个想象的家；或者对殖民主体的无家可归找到了一种表达方式。奥拉昆乐·乔治非常敏锐地提出，我们在大量的语言中（最重要的英语、法语和葡萄牙语），通过集体努力把"非洲通讯"当作一个综合性术语，在现代性的参数中巩固非洲代理机构。这个术语包括严格意义上的文学和文学批评。这样的包容性对于现代非洲文学作为一项宏远的文化事业的评估至关重要。确切地说，它的内在各有不同，但它却由许多重叠的向量组成。在乔治看来：

> 非洲通讯假定一个非洲人民充分康复的状态，而这个状态取决于思想者、创造性作家和批评家的劳动。换句话说，它假设了一个充分的自我建构的可能性，而这个建构会治愈殖民主义话语的失真。而且，它假设了西方世界认知方式（殖民主义）以外的话语空间存在的可能性……尽管它提出的方法与关于这个方法如何加以运用以便产生一个所期望的结果可能存在冲突，但这期望的结果却是协议的公共点，也就是，通过一个关注非洲及其问题的话语传统赶上文化现代性。（2003：75～76）

3

　　乔治公开承认他的语料库是来源于以英语为母语的人，其中大部分是尼日利亚人。但是，他对第二次世界大战后非洲通讯的评估与我在本书的研究发现产生共鸣。首先，我认识到在想要"聚焦"非洲和"赶上"现代性之间存在张力。这不是那种通过指出来就能轻易解决的张力，也不是由一些有可能被改正的知识性错误所产生。相反，这种非洲和现代性都想要的进退两难的处境——事实上，一开始它就是进退两难——暗示了非洲作家不仅过去，而且在某种程度上，现在仍旧被迫劳作的历史条件和话语条件。正如大卫·阿特维尔（2005：4）在对南非的介绍书里所说，"我们没有免责条款逃避与现代的相遇。"

　　然而，我的阅读也给乔治的陈述提供了一个对比，就如逐渐变得更清楚一样。目前，我希望强调这两个分歧点。首先，乔治的关键语料库的代理处依赖于他认为是有瑕疵的想法，让人联想到法农，"文学结构以一对一的关系与社会结构相对应"（2003：12）。我和乔治一样，也认为那个想法有瑕疵，但我们这里研究的南部非洲评论、叙述和抒情体的例子表明，它并不像平常设想的那样占优势。相反，文学与社会之间存有"一对一关系"的理念不断地被打磨和超越。甚至当社会模仿的典范显得毋庸质疑的时候，就如在南部非洲现实主义者的叙述里一样，中介的条件——欧洲语系印刷——得到明确处理，并从而成为一个问题（参看第五章）。在非洲，关于文学和社会之间一对一关系的这种假设的争论通常出乎意料地演变成一个假想的东西。

　　第二，尽管在非洲知识分子中，对于"充分自建"的渴求经常明显地依赖于不同形式的跨国主义，但是乔治并没有深入地探索跨国主义（虽说许多其他的学者最近已经从这个方面着手研究了）[6]。不仅如此：看起来，在第二次世界大战后的前几十年里，准确地说是在反殖民的民族主义上升时期，文学、现代性和全球性的理念或者世界大同主义理念在南部非洲作家中间有着特别大的影响。我认为这个主张与民族主义者对那段时期非洲文学的更加普遍的阅读背道而驰，但是，地方担忧和全球担忧并不需要互相抵消。我所指的星球意识衍生于目标定为同时代的"文学"、普世价值和印刷媒体的物质性这三者共同的影响。单一阐明要经受时间考验，再生产并且分布在各大陆地和海洋的空间上的潜能并不是无关重要的东西；在马里奥·品托·安德雷德的例子里，它产生了革命性的后果。这并不是说，世界大同主义和跨国主义是简单地由印刷媒体造成的，但我也确实发现媒体、传说中的文学普遍性和写作中世界性主题的循环相互强化，也巩固了一个反对殖民主义或种族隔离的立场。例子吗？在 1952 年出版的罗安达杂志《讯息》的头版，班代拉·杜阿尔特的诗歌"目的"有个著名的声明，即"讯息"是"穿过/世界所有的街道/所有游客的休息地/所有种族和语言的巴别塔/所有思想和教义的避难所"（1976：90）[7]。莫桑比克诗人鲁伊·诺夫里在写作阿波罗[8]号、约翰内斯堡、T. S. 艾略特、莫桑比克的河流和美国爵士时，他漫游了全世界（甚至更远）（1972a：29，38，153；1982：114）。在 1951 年的诗歌"一个生日"里，阿戈什蒂纽·内图——他最终成为安哥拉独立后的第一位总统——援引了朝鲜战争、意大利罢工行动和南非种族隔离（费雷拉 1976：101～102；内

图 1986：60 ~ 61）。在他的自传作品《把我归罪于历史》里，
南非作家博洛克·莫狄森讲述了一个强烈的几乎造成严重后果
的渴望，渴望成为世界性的，渴望和"世界"文化保持联系，
尽管种族隔离的状况带来了障碍。

　　这些例子在很多方面都很有作用——与别人相比较，如与
内图、诺夫里的反殖民主义相比较，它肯定很隐晦，甚至自相
矛盾——但他们有一点是共同的：他们拒绝将文学意义的向量
降低到任何单一位置或情境认知。考虑到在后殖民研究中另行
强调的位置的重要性，这点至关重要。由于它的单一性，这种
观点认为，假如人们注意到它有足够的严谨性和历史的密度，
位置是一个不可削减的现象，它能够挑战大都会话语的恰当影
响。我在本书里承认位置具有不可推卸的作用。然而，关于印
刷文学，我认为它的意义复杂又难懂。不仅如此，我还坚持认
为位置的复杂性在一些地点得以恶化，而这些地点的标志就是
第二次世界大战后几十年里南部非洲文学里的极端冲突。就如
一个历史背景的提示：在南非，随着它的服务员分区以及社会
生活中各个方面的种族化，1948 年产生了深度的种族隔离，
并在 1960 年的沙佩维尔惨案后变得冷酷，而在这段时期，葡
萄牙独裁者萨拉查的准法西斯主义《新国家》正在试图想把
安哥拉和莫桑比克变为驻领殖民地，而这项政策最终导致 20
世纪 60 年代的持久战（也是成功之战）。从 20 世纪 30 年代开
始，萨拉查的总体策略就是在安哥拉和莫桑比克实行更严厉的
管理和财政体制；他的目标，按照马林·纽伊特的叙述
（1955：451），就是"给殖民地一个能够及时有效对里斯本引
入的手段做出反应的行政机构"。鉴于莫桑比克以前从来不是

5

一个连贯的行政单位，所以对莫桑比克而言，这个目标尤其引人注目。只有在 1942 年，当最后的优惠期限届满时，这个殖民地才在这个意义上统一起来（纽伊特 1995：387）。因此，让安哥拉和莫桑比克的经济大大获益的第二次世界大战发起了好几十年的快速现代化进程，也满足了葡萄牙居民和南非及罗德西亚游客的需求。虽然它可能显得很荒诞，但安哥拉和莫桑比克分别始于 1961 年和 1964 年的独立战争几乎没能阻止这场高选择性的现代化趋势，而这过程与宏大的建筑计划、大规模的咖啡种植以及假日胜地有密切关系，却与现代性的解放性方面，比如平等权利、民族公民身份和教育没有关系。而后者恰恰是那些反对葡萄牙殖民主义的那些人所关心的事，从作家到游击队员都是如此。

在这三个国家中，这个趋势在 20 世纪 70 年代发生了转变。1975 年，安哥拉和莫桑比克赢得了独立（很大程度是因为 1974 年的葡萄牙革命反过来是反对殖民战争的），而在南非，1976 年的索韦托起义——受莫桑比克解放阵线胜利的鼓舞——书写了"过渡期"的开始，而那最终将带来 ANC 和国家党派政府之间的协商解决以及接下来发生于 1994 年的民主转型。

安哥拉和莫桑比克独立后的历史痛苦而复杂。带着三场有争议的解放运动，安哥拉甚至到了 1975 年国内还是不稳定，而南非始于 1975 年的军队干预促成该国沦落成了一个似乎战争无休无止的国度。莫桑比克解放阵线也在 20 世纪 80 年代轻率地投入到与抵抗组织（莫桑比克全国抵抗组织）一场奇异的内战之中，而这个组织最初是由罗德西亚，然后由南非训练并资助的一支反叛军。这些发展超过了我研究的时间范围，但他们提醒我们别把 1975 年之前的作家的智能看作是对于后来的政治发展具有先知性或享有特权。

正如我简单提及这些充满争议的历史所表明的那样，一个"地区的专制"——借用下伊斯克亚·穆帕赫列列的术语（2002：277~289）——确实已经强加在那些居住在（和来自于）这些国家的作家身上。然而，可能恰恰因为这个窘况，一个人会经常遭遇相应的欲望，即想要超越地点，通过某种方式使用文学写作，而这种方式培养了一个世界性的假象，并且这个假象不被殖民主义和种族隔离的政治豁免所制裁。这很重要。非洲文学评论有一个强大的趋势，一直想要坚持非洲通讯的地方特异性（艾尔乐 1981），但我的意图是转化这种地方和写作的同源关系，并由此提出问题：非洲文学是如何挑战地方专制的？如果我们更果断地转到文学的虚拟领域，那么，在什么样的条件下，黑人和白人非洲作家把他们放在帕斯卡尔·卡萨诺瓦所称之为世界文学空间的位置上呢？又在何种程度上他们利用卡萨诺瓦（2004：87）所称之为"世界文字的普遍法则"去反对"国家的普通政法"？最后，越过卡萨诺瓦的范例，印刷媒体的物质性又是如何让种族隔离和葡萄牙殖民主义所强加的异常的个人、地理和政治约束受到挑战呢？

我自己对于这些问题的答案最多也只能是局部性的。这些档案实物不仅不完整，有时还难以获得——这种物质缺乏感实际上就是我要讲的一部分——而且，我与实物的接触中，我已经发现让问题和争论发展进化是更有益的事情，而不是通过命令去强加。尽管如此，从最普遍意义上说，接下来的章节围绕三个地点和三种文艺文化：马普托和出现于 20 世纪 40 年代晚期并保持相对一致直到 1975 年的知识分子团体（主要人物有奥兰多·阿尔伯克基、奥兰多·曼德斯、维尔吉利奥·莱莫斯、奥古斯都·多斯·桑托斯·阿布兰谢斯、马塞利诺·多斯·桑托斯、鲁伊·诺夫里、若泽·克拉韦里尼亚、路易斯·伯纳多·翁瓦纳、欧金尼奥·葡京和 50 年代早期的娜美亚·苏萨）；约翰内斯堡和《鼓》作者；罗安达和最初在 1948 年作为一个独特团体出现的《讯息》时代。这些文学文化可以看作是知识密度的节点。在很大程度上，由于印刷的流通，这些节点在过去和现在都很重要，超越了他们所在的特定时间和地点。因此，本书同样也涉及了一些知识分子，比如安德雷德和刘易斯·恩科西离开罗安达和约翰内斯堡时所做出的成果。与此类似，内丁·戈迪默和沃普·詹斯玛肯定不是《鼓》的作者，但他们在戈迪默的小说《陌生人的世界》和大量的詹斯玛的诗歌中与亚城文艺复兴的互文性参与是不可否认的[8]。至于这些地点本身，我们会持续记得文本和地点之间的关系是如何不仅不受约束，而且甚至是不能比较的，只要词语会一直展现世界。印刷和地点组成了一个格外暗示性的配对；假设他们径直决定互相为一个目录讹误负责。

边界通道

我并不只是说这三种文艺文化支持南部非洲文学的跨国阅读，尽管民族主义阅读非常典型性地首先在安哥拉和莫桑比克文学上得以进行。我也不是简单地建议，在一个更为辩证的策略上来看，民族文学是用来抵作一个更大的世界的认识（它和帕斯卡莱·卡萨诺瓦的世界文学空间出现模型配合得当)。相反，我希望区别边界通道的两个方面。第一个是世界大同主义模式的修辞加工，这种模式通过文学参考或者地理性的攀龙附凤达到。这是一个阐释性策略，它从"全球"和"当地"的并列中获得有效性。当我们把它和种族隔离极佳的环境及后来的葡萄牙殖民主义相比较，"全球"有时代表着自由和成长的王国、运动的王国——莫狄森的《把我归罪于历史》就是相关的一个例子。找到霍米·巴巴（1996：191～207）所称之为"本地的世界大同主义"模棱两可的时期是更容易的事，而这种主义对世界大同主义的主导形式提出了挑战，也追求一种超越种族和民族主义特殊神宠论的入世模式。我之前提到过的阿戈什蒂纽·内图的诗歌《联合国生日》就是这种复杂的"更大的世界"的挪用的实例。一方面，在这个诗歌主体的成就所产生的家族自豪感和世界流行的冲突与斗争的双重清晰度中，有着几乎苦涩的嘲讽——他成了一名医生。"我们学医的儿子也会建造！"：他人的自豪感成了这个主体的焦虑来源，而他却比他的亲戚更了解这个世界。但在另一方面，也存在一种想让亲戚们的希望梦想成真的强化承诺感，不能成为"像虚弱瞪羚那样的强烈逃离"之一（内图 1986：60～61）[9]。再举一个例子。鲁伊·诺夫里的诗歌充满了一个不同的矛盾的世界大同主义："世界"显然会给无家可归的诗人提供一个家，但少了他的世界——非洲东南部——也有一种挫败感和强烈的忧郁感——在加剧他的欲求的世界大同主义语境下。"约翰内斯堡就是我的巴黎"，诺夫里的这个分层陈述熟练地抓住了这个生产矛盾。目前研究的大部分将会致力于这些辩证法，而在人类的移动性和固定性、距离和邻近、归属和异化的经验范围内，这些辩证法本质上是用完了的。当前关于"世界文学"和"全球比较主义"的争论——在他们从事一个流派和文学价值的全球假想的范围内——在这种情况下，变得特别能引起共鸣。

文学边界通道的第二个方面不得不与书本、杂志和信件的物理迁移相关。它们的物质性促进了这个迁移，并通过我所称为语境网络的东西来引导，借用德国媒体理论家弗里德里希·基特勒的术语 *Aufschreibesysteme* 的英语翻译（1987；1990）。我们在此必须暂停，以明确此项任务。如果我在本书的重点是文学和印刷，那是因为这两个并不是一模一样的概念。它们独特的内在关系可能受到消极的表达：所有的印刷都不是文学，所有的文学也不是印刷。因此，我担忧的是印刷出来的文学（和"通讯"），它是一个有着某些超级品质的受限域。作为一个世界上的事物，也同时是头脑里的事物，文学这种令人困惑的双重性也是我一直想在这里留意的东西。在它的物质性和再现性中，写作让人类的现实世界黯然失色，正如吕格尔说的那样（1991：45）。一个印刷的文本可以在历史中幸存下来，从而超越它的作者。或许，它可能在任何地方立刻作为一个潜力存在。不管何时，只要它被人们阅读，再阅读，它就重返了现实世界，但是，它的超级品质的根源却是它并不受现实世界的束缚。印刷出版物总是有穿越个人和民族边界的潜力。这不是说它是无限的；而是说它的边界是属于另一种规则，而不是由政府和人的身体所界定的。这是一个不同的跨国主义，它的规则比"全球"和"本地"之间的修辞扮演更加深层次。它似

8

乎仅仅属于一个印刷出版社、书本分布、阅读群体以及类似这样的社会学研究。然而，我想表明通过关注作家在他们自己的写作实践中如何称呼（及废止）印刷的物质性，它也能够有效地被调用和阐明。

不管实际情况怎么样，我还没有回答一个非常紧急的问题：什么东西激发了我对南部非洲的英语文学和葡萄牙语文学的比较性关注？让我们通过观察印刷的范围而不是它物理上的无限性来看待这个问题。我想到了两点。首先是语言。这是一个相对的范围。某个文本是以一种特定语言写成的，而这个事实限制了它渗透物质边界的能力。在一定程度上，我在考虑语言区别中不可削减的、不可翻译的因素，而在这点上，有些人，譬如佳亚特里·斯皮瓦克和乔治·斯坦纳都坚持认为如此（斯皮瓦克 1993：179～200 和 203；斯坦纳 1975：203）。正如斯皮瓦克简洁地指出："口语文本嫉妒它的语言信号却对民族身份无法容忍"（2003：9）。然而，我指的是英语和葡萄牙语是如何与非对称政治经济和相对封闭的交流路线相联系在一起的。事实上，这项调查的一个重要动机就是英语和葡萄牙语都是分布在全球的语言，但它们有着同时代不相同的全球压力。[10]就像收音机频道使用不同的波长，在南部非洲英语和葡萄牙语语言团体之间存在着相当少的交流，这也是一直存在着的。甚至在一个学术性的角度上，因为两个特殊的例外，即斯蒂芬·盖理作为一个评论家和文选编者的先驱工作与迈克尔·查普曼的《南部非洲文学》（2003），这些地区文学也试图在相互隔离中得到阅读。这要求我们把语言区别作为一个后殖民问题和独立的难题来处理。英语学者，即使在陷入英语统治最严厉的批评之中，也高高兴兴地登上了 m/s《全球英语》，而一位见多识广的葡萄牙语观察者，比如阿纳·马法尔达·莱特——紧跟巴文图拉·苏萨·桑托斯之后（2002）——用一种古怪的排斥感，一种"卡利班的普洛斯彼罗"的感觉来看待英语后殖民领域（莱特2004：14～15）。当语言区别在后殖民辩论中被提出来时，它一般会——具有充分的理由——把辩论导向欧洲和其他语言之间的分裂。因此，佳亚特里·斯皮瓦克说：

> 在文学领域，我们需要从英语、葡萄牙语、德语、法语，等等语言上移开。我们必须把南半球的语言看作积极的文化媒体，而不是看作文化研究的对象，大都市移民制裁的无知所做的文化研究的对象。（2003：9）

9

最后，这是作为文学学者的我们所遇上的最紧急最困难的任务：不是去容忍那些受罚的无知，对此我也难脱干系，而是争论它的边界以便"揭露这不可复归的所有语言的混血"（斯皮瓦克2003：9）。但是，在一种不那么激进的层面上，作为全球语言的"欧洲"语言之间的区别有一个重要的案例，并由此让带有不同口音的文学世界大同主义产生重要案例。在南部非洲，当我们比较葡萄牙语和英语的各自优点时，这种区别随着灼热的清晰度而产生。米沃尔特·格诺罗对"其他"帝国语言的关注——西班牙语和葡萄牙语——让他能够明确地辨别这样一种帝国区别，除了"欧洲的"和"本国的"殖民区别以外（2002：158）。在黑格尔出现于哲学舞台之前，米格诺罗把英国、法国和德国都定义为"欧洲的心脏"（因此也是现代性的心脏），而西班牙和葡萄牙退居到现代化之前的地位，当他们处于天主教义和学术传统之中时被卷了进来。这对现代文学的典范有它自己的影响，而这也是形成于英语、法语和德语之中，西班牙语和葡萄牙语为配角。在苏萨·桑托斯的陈述中（2002：12），葡萄牙语和英国帝国主义的关系特别不对称。英国是当作标准为人们所接受的，而葡萄牙则被具体化为一个离经叛道的不发达的殖民者。这种不平衡的关系在当前后殖民主义的学术形成中被复制。假如，"从根本上说，后殖民主义是一种盎格鲁—撒克逊现象，并且它的创始现实是英国殖民主义"（苏萨·桑托斯 2002：13），那么，"官方葡萄牙语"的空间要求在转移相对统治和附属的地位之间有一个微妙的协商，而在英国帝国主义的历史中，它们截然不同的特征经常缺乏同类。换句话说，葡语写作从两种历史差异的障碍后面上演了，也就是殖民的障碍和帝国的障碍。就如我即将讨论的那样，这是莫桑比克和安哥拉文学的一个基本特征——不是仅仅一个禁用或启用特征，而是两者都是。在全球散漫的权利分布中，当葡萄牙语次要却威严的地位允许某种专用的、混合的美学解放时，而这种解放在战后的南非安哥拉写作中无处可寻（直到 20 世纪 60 年代沃普·詹斯玛登上舞台），它也遣责这些作家在英语的世界里默默无闻。

　　翻译提供了一条脱离语言孤立的出路。翻译家和文选编者在把葡语文学转变为英语的过程中所取得的成就必须受到表扬，比如桃乐茜·格德斯、斯蒂芬·盖理、路易斯·密特拉、大卫·布鲁克肖和理查德·巴特利特，但是——翻译具体行为

10

的复杂性除外——在全球翻译交换中从不曾有过任何简单巧妙的相互作用。[11] 在目前英语作为优势语言，甚至比 20 世纪 50 年代更有优势的情况下，英语文学正被其他语言团体所吸收，而相对弱势的葡萄牙语在转化到英语世界过程中困难得多。[12] 这种不一致在南部非洲文学中很明显。鉴于我所讨论的大部分英语作家已经从世界不同地方进入了英语文化，相反面却几乎不成立，这表明了语言边界的影响和相对性。

正如我之前已经暗示的那样，印刷的另一个边界是印刷媒体这样的本质。与语言不同，它是不可协商的。我说这个的意思是读写能力、字母拼写和印刷形成了一个认知模型，该模型融入自律和巨大的机构网的亲密形式，同时通过产生前所未有的意义来提供重塑世界的特殊方法。从将视觉信号解码成语言含义的个人劳动到印刷出版社的分布、报纸的售卖以及正规教育的建立，印刷媒体建立了一个自己的世界。与"语言代码"相等，杰罗姆·麦甘（1991：52）给出了有用的建议，即我们用"参考书目代码"来描述这种印刷事物的特异性。对此，麦甘是指一组约定（比如印刷格式）不仅控制书本的外表而且还控制书本的重要性——通过扩展诗歌、文章、杂志，等等。相应地，在两个不同的书目约定中，即使是"同一个"文本也可能有完全不同的含义，就如乔治·伯恩斯坦在他的《物质现代主义》中所显示的那样（2001）。

我想说的是，参考书目代码表明在知道和不知道如何读写之间是无从比较的。读者和非读者能够交流，读者能大声地读给非读者听，但与印刷文字的参考书目代码之间独处的关系将对文盲一直关闭大门，直到他/她变得有读写能力。术语"印刷媒体"包含了所有，从无形感觉上的文本性到区别正文页和章节开头的能力。它不仅包括读写能力，而且还包括有能力买书，送小孩上学，参观图书馆或者通过给报纸写稿赚钱。[13]如果我们把它推进一步（有些风险），印刷媒体和所有支持它的机构，如学校、打印机、邮局、出版社和报纸，就可能会去组成我之前所称之为话语网络的东西。这是我们看作为文学的跨国分布的话语存在的可能性的历史特定条件和技术条件。术语"话语网络"强调作为参考书目代码的体现，作为遍布于全球的一套大量再生产的人工制品的文学的外在。关于周期化，我正处理一个被基特勒定义为现代者话语网络的后期，它的特点是打字机的写作标准化和其他技术媒体的共存，如电影和收音机。在网络历史上，世界邮政系统的出现对这段时期具有特别的重要性，而这，就如大卫·韦尔布瑞所提醒的那样，在 20 世纪之初"拥有一个真实的机构存在"，并在第二次世界大战后由于航空邮件的快速发展而获得加速上升（1990：27）。在奥拉昆乐·乔治看来，如果没有这种交流网络来支撑，很难设想非洲文学的出现。

然而，对于它所有的使用，我对术语"话语网络"的理解以及我把文学放在与网络相关的位置的方法与基特勒有所不同。我发现他的欧洲中心论和他网络理念的累计奇点都是站不住脚的。在我看来，英语和葡萄牙语都渗入到平行，甚至有部分的重叠，却不连续的网络中。因此，地理和语言（以及不仅仅是技术）必须被看作话语网络的基本特征。其次——这是我论证的核心——我把话语网络和文学领域区别开来。话语网络超过了个体作家或读者的范围。它是由非个人的技术因素、语言因素和经济因素所产生，也是唯一可能设置为假设，一种启发式模式，而不是作为经验主义现实。文学领域，就如布尔迪厄建立的理论那样——在全球范围上——由卡萨诺瓦所建立，也是一种启发式模式，但它依赖代理人（布尔迪厄1992：298～337；卡萨诺瓦1999和2004）。一些个人构成了这个领域，他们根据他们的职位和性情来写作、交流和被大家评判。在这领域范围之内，解释性地阅读文学，并不仅仅把它当作一项技术的外部体现是很有效的。换句话说，网络和文学领域是两个单独的分析范畴。没有印刷的话语网络，文学领域是不可想象的；而没有文学领域，网络却能够假设性地存在。没人拥有网络；它是非个人的。也没人拥有这领域，但它具有社会密集性。领域集中权威；网络分散权威。领域是分层次的；网络却横向扩展。因此，当我们允许这两个术语在（后）殖民环境中共振时，有趣的事情就会发生。

首先，我们发现单独的领域共存于单一网络系统中。比如说，尽管一个葡语印刷相互联系的话语网络促进了它们的发展，巴西和葡萄牙文学领域相互之间明显不同。可以说，凭借同属于一个网络而不是两个主要领域，正是在殖民地的安哥拉和莫桑比克人们才最适合分享巴西和葡萄牙文学。这同样适用于英国、美国和英语南非之间的文学散漫的三角关系，而南非由于没有被限制于某一种领域而受到边缘化，同时也受到了特权待遇。

我认为文学领域之间的极端不一致，就如20世纪40年代葡萄牙和安哥拉之间的事一样，也许会产生微妙的影响，而一个严格的政治中心边缘世界系统模式不会掩盖住这种影响。一

12

19

个是网络的重要性——印刷媒体的——以这个领域为代价得到
了提升。就如接下来的章节所讨论的那样，鲁伊·诺夫里过多
的互文性，或者彼得·亚伯拉罕斯在约翰内斯堡，源出于一个
遥远的文学领域，当他偶然发现哈莱姆文艺复兴写作时的顿
悟，在相对缺乏本地文学的情况下能够被理论化为授权网络影
响。在诺夫里和亚伯拉罕斯成为作家时，事实上是在他们渴望
成为作家的过程中，最重要的是书本而不是个人代理。[14]这应
该在那些熟悉拉丁美洲文学的人群中引起共鸣。就像古巴的罗
伯托·费尔南德斯·雷塔马尔声称的那样，在谈到豪尔赫·路
易斯·博格斯时，只有"殖民者"全面地了解欧洲文学以及
像巴西现代主义者假装心甘情愿地接受他们的文化吞噬那样
（马德雷拉 2005：1~20；雷塔马尔 1989：28），"外围"南部
非洲知识分子，譬如亚伯拉罕斯、诺夫里、穆帕赫列列、恩科
西、安德雷德或者索罗门侯，才会吞噬能够通过一种或几种话
语网络获得的神圣的文学，甚至比他们的大多数"核心"对
手更加狼吞虎咽（关于这点请参考博埃默 2006：358）。

　　如此不一致的学究气的一个典型结果就是人们决心加强当
地文学领域的增长。按照帕斯卡莱·卡萨诺瓦的"世界文字
共和国"模式的全球比较主义将强调这一点。它证实了在全
球层次（巴黎为中心）上外围持续的嵌入。然而，这样做的
话，人们可能会低估某个发散领域在使用网络跨国分支中的创
新性。比如，由马里奥·品托·安德雷德调用的黑人文化认
同——参考第三章——不是一个更加强大领域的民族性反应，
卡萨诺瓦模式可能会有，却是完全依赖印刷的跨国机动性，以
便创造一个空前的"黑人"跨洲文学领域。

那么，这就是让一个通往南部非洲文学的跨语言的比较方法变得如此引人注目的事情：两种全球性的从语言含义上下定义的话语网络之间的区别以及这些殖民地区和种族化地区之间的共同点，他们与更为强大的文学领域相关的边缘性，在很少识字率的环境下从事印刷媒体的特性。

如果我们把话语网络方法向前推进一步——但不是朝基特勒决定论的方向——它也让我们能够审问某些关于印刷的现实性的假设。几乎是在默认情况下，印刷媒体已经被看作是培养民主的工具。这种观点在南部非洲需要更正。鉴于公民识字率已经被传教士和类似的解放运动当作一种理想，反之，排版团体的启蒙附件成为非洲历史的组成部分已经超过一个世纪了，南部非洲识字率的现状实际上已经（并仍旧经常）类似于世界上的非启蒙识字率形式。就像在中世纪的欧洲或者在阿拉伯和中国有学问的文化里，南部非洲的识字率很长时间以来一直是少数人的特权。确实，我们很快地学习非洲人调用印刷文化的许多方式方法，但是，在安哥拉和莫桑比克的例子里，在殖民时代后期，如此小部分的人口具有读写能力，以至于甚至被卡琳·巴伯（2006：7）称作"铁皮箱识字"的东西几乎不包含个人，而且可以说和一些特权形式相关，要么在葡萄牙的民族同化主义殖民政策的庇护之下，要么通过新教的传道教育（Marshall 1993）。于是，通常情况下，印刷的殖民方面侵占了写作的理念，让它有时候成为权力令人恐惧的一面，而对此殖民/种族隔离主题必须做出回应，却只能难得地调用。写作和印刷媒体的理念配对和阿希尔·姆边贝（2001：24~65）称为指挥的殖民权力模式将在接下来的章节中重现。甚至对一个

13

专门在印刷文化工作与印刷文化工作有关的城市知识分子来说，比如博洛克·莫狄森，由政府权威发行的"参考书"——银行存折或用户名——如此彻底地削弱了他，以至于用它的标志来代替了博洛克·莫狄森这个人：

> 拿着一本参考书的非洲人是匿名的，一个在人群中无法辨别的无个性的面具。由于非洲人被赋予撒谎的倾向，警察不会接受口头证明；事实上，他们不愿意直接和非洲人谈判，后者就像是带着参考书作为操作说明书的机器人。（1986：308）

作为一个印刷出来或者写出来的人工制品，必须承认的是，参考书和其他印制的东西不同。它有严格的标准，是一个用之能创造并控制一个附属集体的强大的工具，但在另一方面，它一点都没有得到大规模的再现。银行存折肯定只能证明一个个体。即便如此，鉴于那时候其在南非黑人的生活中执行突出，它向我们展示了南部非洲印刷媒体的两面神的一面情况，对这个地区并不独特却在殖民化/种族隔离的舞台上被佳亚特里·斯皮瓦克称作为印刷概念隐喻的用词不当的移位所恶化（1993：60 和 1999：14，188，331）。印刷文化与诸如"进步"、"文明"和"民主"之类的词语之间的联合已经反复地被转移到了"审查制度"、"控制"和"种族主义"的范围之内。巴伯和肖恩·霍金斯各自对于在英国"主导的文件形式"的观察（巴伯2006：6）能够适用于相似的种族隔离和葡萄牙殖民主义。

话虽如此，但不让印刷变弱为仅仅这几个消极方面也是同等重要的。公民识字率的启蒙理想持续不断地被当作一个典范来声明，而这使得简单强调它在非洲的弱势的行为站不住脚。确切地说，获得读写能力并使用到解放结束的普遍愿望见证了它的权威不稳定性，或者，更重要的是，权威命名的不稳定性。在某特定时刻，读写能力可能是一个"殖民特权"的明确的标志，而在下一时刻，它则是"革命的"。不仅安哥拉的《讯息》团体将目光投向促进公民识字率（拉班 1997：67；腾杜·塞科 2000），而且这个目标对几乎所有的非洲解放运动来说是必需的。因此，尽管人们接受一种"殖民"语言的命令——事实通常如此——以及接受印刷文化的技术程序以便参与进来，但是在印刷文化中总是存在着一个偶然和滑脱的空隙，而这能依据当前不同的权力的历史分布与交流渠道来协商。就这一点而言，与弗里德里希·基特勒的媒体理论技术悲观主义相反，印刷是一门开放的技术。即使在博洛克·莫狄森的案例里。他著作了《把我归罪于历史》的这种事实表明他也能挑战参考书的权威，并到达协商写作的境界。然而，为了取得这种协商，莫狄森被迫流亡，并见证了他的书禁止在南非出版。时间流逝，《把我归罪于历史》取消了禁令，南非政治经历了一场浩荡的变革，而莫狄森也被尊称为 20 世纪 50 和 60 年代的核心文学人物之一。这提醒我们要注意复杂的地方动力学、传播文本性和时间。然而，鉴于政治镇压，不合格庆祝"作者之死"不可能持续下去，印刷文本因情况而异的非人类的特性是一个必须考虑的因素，即使在看待（反）种族隔离和（反）殖民主义晚期的历史时刻的时候。我再一次引用保罗·吕格尔的话（1991：45）："读者是缺席写作行为的；作者是缺席阅读行为的。因此，文本在读者和作者之间产生了一个双日食。从而，它取代了对话关系，而这直接把一个人说和另一个人听联接起来。"我的阅读正是从这个延期和暂停的首要条件出发。被及时延期，读者和文本之间的关系是不断地可更新的。但是，延期并不是意味着文本作为一个超越人类居住世界之上的超现实而享受特权——确切点说，一旦通过阅读被读者吸收，文本就倒回现实，并使得对这个世界更新的理解成为可能。

印刷和口头表达

我坚持关注印刷将至少会引起两种实质性的反对意见。第一种意见是：这样的关注不仅忽视了本身的口头表达，而且也忽视了非洲语言中的文学性。我并不是很轻松地提及这个，而是关于非洲语言，如祖鲁语和金邦杜语，带着深深的失落感和无能为力，一种由殖民史和我的以欧洲为中心的学术培训等多种元素决定的无能为力。是的，我就是那并不懂得任何可能与我研究相关的本地语言的学者，就如阿希尔·姆边贝（2001：9）所哀叹的那样。那么，我目前的项目就不合理了吗？我不认为这只是一个修辞问题，而我的抱负——就这样吧——是通过询问这时期的作家是如何戏剧化他们自己在印刷网络中的位置准确地把弱势转变为强项。对于那些同化民葡语系作家来说，他们对非洲语言的疏远和他们看作是一个真正的非洲口头表达的东西被自觉地摆在了最显著的位置。对于一个莫桑比克混血诗人，比如若泽·克拉韦里尼亚，和一个"白人"安哥拉人，比如若泽·卢安蒂诺·维埃拉，葡萄牙语一直都是写作的基础，即使在他们把龙加语和金邦杜语融入作品中时。对于无数的约翰内斯堡作家来说，英语过去是，现在也是现代化的语言，是能够实现印刷的反潮流潜能的那种语言。

第二种，也更为相关的反对意见是一个印刷关注会冒险在非洲的口头表达和写作之间复制一个古老的精炼的天壤之别。口头表达/写作二分体在非洲文学研究上很长时间都一直是司空见惯的东西，而且也是一个有疑问的东西。如果忽视艾琳·朱利安对别夸张非洲写作和口头表达之间的区别的提醒，后果堪忧。她说，确定口头表达为非洲真实性的记号的习惯来自于把非洲看作是欧洲的对立面。这不是来自于显性口头表达的生活世界，而是来自于他们之外的一个以欧洲为中心的，有异国风情的位置。通过同一记号，写作和读写能力不应该被看作是欧洲固有的，或与非洲不相容的。朱利安说，现在需要的是一个更加灵活的不太精炼的态度来对待这些媒体：

> 我们的目的……不应该是孤立口头表达，不是把它看作单一的，天生的"第一"或"其他"反对写作。媒体既不是"好人"，也不是"坏人"。也不应该作为非洲或欧洲的转喻使用。演讲和写作是语言模式，而当我们找到方法来产生它们的时候，这两种模式就是我们的了。（1992：24）

这是对于马歇尔·麦克卢汉（1962）、沃尔特·J·翁（1982）和弗里德里希·基特勒（1987和1990）的技术决定论的一个重要反驳。这三个人都试图将不同媒体不仅看作是互相无从比较的而且是历史变革的推动力。然而，决定论者把主观性看作是由媒体产生，朱利安把语言而非媒体置于最重要地位，并指出后者能潜在地进入任何特别的主观语言。这并不是对自由人文主义的回归，因为她认为主体性是流动的，变化着的，但是她确实——有感染力地——宣称她有代表主体行动的能力。即便如此，朱利安的辩论捏造了参考书目代码和语言代码之间的不同，还冒险忽视，例如写作和印刷对于一个流派的历史性出现所产生的决定性影响力，比如科萨史诗（奥普兰1983：194~233）。我相信，这持久的教训不是要认为媒体关闭了相互之间的大门，而是他们都融入在一个紧张的相互交换的交通之中，就如当利兹·甘内尔（1989：55）指出南非口头文学中的媒体流动性，认为它是由一种印刷、表演和更加古老的文化的更加独立的口头表达之间的三向辩证法塑造而成。

即使我们把上述反驳纳入考虑范围，讨论媒体之间现象学的和物质上的区别仍旧是有根据的。个人主体毫无问题地从口头表达转换到读写能力并再转换回去，这并不意味着这些"语言模式"没有独特的质量或者在任何既定的历史结合点没有被分别评估。印刷的无固定位置和物质性的组合提供了口语中所缺乏的特有的可能性。本尼迪克特·安德森的"印刷资本主义"一词总结了19世纪和20世纪里印刷的很多特性。报纸和书本的分布、出版社的建立、识字率的微观学科的促进（或者在非洲通常是非促进）——古滕堡系的所有这些方面是用资本主义的全球扩张来重叠成瓦状的，而这正是安德森的观点。他还产生了民族认同的"空的同质时间"（1983：36）。

在种族隔离和后来的葡萄牙殖民主义的背景下，这个民族的"时间"不仅仅是空的，而且是核心中空。在第二次世界大战以后，萨拉查式修辞声称安哥拉和莫桑比克以及由此产生的葡语系文学，都系统地属于葡萄牙民族，因此，他们不能够组建他们自己的国家（朱尼尔 1972；卡斯特洛 1998：48~61）。在南非种族隔离的官方双语设置里，英语系印刷获得了一个模糊不清的职位，它属于进口英美文化和属于本地情境的程度是一样的。（相反，南非荷兰语总是作为真正的南非的东西被发扬光大，尽管它源自于欧洲。）加上那些可以进入印刷媒体的和不可以进入印刷媒体的事物之间的社会分歧，人们意识到安德森关于印刷资本主义的民族建设能力的乐观思想需要限制条件。

创造一个民族文化的努力，就像马里奥·品托·安德雷德或若泽·克拉韦里尼亚的事例所展现的那样，将通常出现在诸如这些的主导地区，但即使是为民族真实性所做的思想斗争，即使是特别的文学主导抵制，都是在和印刷的跨国流动的合作中产生的。在政治体制想控制人类运动以及信号传播的情况下，印刷的轻盈性比之通常认识到的更加具有帮助作用，而通常我们是在建立违背殖民霸权的交换，团体以及交流形式中认识到这个轻盈性的。在领土接地公共领域和文学领域相对缺乏的情况下，它使得建立衰减但依然有效的公共交换的跨国模式成为可能。对保罗·吉尔罗伊来说，假如这艘船是对黑色大西洋的跨种族的，跨国的社区模式的指导性比喻，假如罗伯托·施瓦兹坚持认为想法"乘船来到"巴西，那么，我就会，以一个不吸引人的方式，建议棕色信封作为南部非洲战后印刷文

17

化的提喻（吉尔罗伊 1993；施瓦兹 1992：34）。棕色信封不仅
在国家和殖民地内部传播，它还传播到了安哥拉、葡萄牙、法
国、南非、英国、莫桑比克、巴西和美国，或者从这些国家传
播过来；棕色信封带着书本、信函和期刊的内容，它们修复或
粉碎希望，点燃激情，激励反抗，或者简单却神奇地把远方的
各个事物联合在一起，否则就被现代性的主导陈述否定了。很
容易想象棕色信封把《鼓》和《行程》的编辑设计弄得乱七
八糟以及私人办公室、阅览室或卡斯特罗·索罗门侯、内丁·
戈迪默、路易斯·伯纳多·翁瓦纳、马里奥·品托·安德雷德
和博洛克·莫狄森的小屋。甚至穷困潦倒的沃普·詹斯玛也一
定需要棕色信封，假如只是收藏他的简报的话。

　　采用一种当代的观点，一个特定媒体的分析也许也会限制
"文学"这个分类的权威，也因此明晰了今天南部非洲文学史
的范围和意义。从 21 世纪初期非洲新媒体生态学的视野上
看——带着无所不在的移动网络和一个从达喀尔到伊扬巴内的
网络咖啡馆的流行——依据 20 世纪 50 年代和 60 年代印刷文
学而成的斗争和渴望是不为人们所熟悉的。没有贬损迈克尔·
查普曼对在后殖民主义中的文学转变的辩护，"在这个主义
里，对主体生活和想象的生活的探索应该寻求分阶段渐变，而
这通常在后殖民理论的概述中被删除了"（2006：14），那么，
新媒体的虚拟爆发使得接受"文学"以它的印刷方式作为一
个自然的或卓越的分类是完全可能的。这更需要依据它对殖民
主义、资本主义、公共领域的概念以及主导文学领域所产生的
美学价值的历史性特定影响的依赖性来看待。

世界文学与叙述的权力

换句话说，这本书将尝试给出一个非常规的后殖民文学史的写作进入方式。对一个像沃尔特·格诺罗这样的悲观主义者，这样的任务将会一直和殖民化的文艺复兴后期的历史纠缠在一起。即使给文学下定义的抱负复制出了"殖民差异"，然而，这个东西作为外观建造了所有"其他"文化，也就是说，作为殖民势力的自我巩固话语所固有的必要的外部。在米格诺罗看来，资本文化和历史，特别是自18世纪后期以来，一直是对殖民差异的划分至关重要——文学和历史被看作是欧洲的禁脔。虽然其他殖民可能拥有小写字体的文学和历史，但这些是地区和种族事务，不能上升到据称为全球文学和历史的高度。米格诺罗似乎想告诉我们，脱离这个的唯一方法是绕开关于"文学"的客观化话语，而把批评界的关注转到"文学文化"上，就像正规的语言表达出现并发展于这么多不同的情境一样。这解释了我对词语"文学文化"的使用，尤其解释了我把印刷文化推到前台的尝试——"文学"是它其中一个独有的方面。

然而，这个位置值得被限制。米格诺罗显然低估了这些说话/沉默主体的活力和代理，而他们一直处于作为殖民差异的文学的接收端。似乎觉察到了这个缺点，他有些唐突地介绍了杜波依斯的"双重意识"概念来明确地表达面对殖民地居民从事文学的蔑视一切的选择。米格诺罗写道，"殖民模式的这种建立暗示了殖民差异，而殖民差异在那些占领底层视角的人群中产生一种双意识"（米格诺罗2002：174）。在这里，词语

18

"底层"表示一个相对于主导的散漫系统的单纯相关的位置——黑人奴隶和克里奥耳白人都在不同程度上属于底层。即便如此，米格诺罗殖民差异的二分严谨和双向意识的启用实例并没有很好地融合；他们之间的距离太大，不能解释在文学中巴巴所看作是道德可能性的东西，不管是潜在的还是已经实现了的。"叙述的权力"这个概念帮巴巴抓住了文学处于最好状态的时候能够获得的东西：

> "从前……"那个所有叙述和讲故事的典型短语好像有魔力般地把我们的经历和期望的直接性变成了一种奇怪的、有目的的、专心的永恒。突然之间，过去和现在相互交叉，相互影响；历史和文化交汇；文学叙述的情节把我们放在了典故和清晰度的范围之内：我们身处"好像"的世界，小说的文学规则……事实的强硬面孔和经历的负担，小说的"好像"打开了"将会怎样"的违反事实的道德叙事："如果我，奴隶的儿子，移民的女儿，启蒙运动的流亡——如果我领悟了这些伟大传统的言外之意，写作与经典和教规格格不入，把比喻变成我自己的优势，我又将怎样建立我的叙述权力？"带着没有得到满足的过去以及一个将是这种又会怎样的将来，这种赌注就是文学的道德计划。（2002：197）

这让我们绕了一个圈，又回到了开始的地方。难道奥拉昆乐·乔治的"非洲主体的复原"没有很好地得到解读吗？它不是文学所赋予的"违反事实的道德叙事"——特别印刷的

19

文学——那种推动马里奥·品托·安德雷德的文化与政治发现之旅的文学？当用一种承认印刷媒体的物质性和不足的分析模式来细致描绘的时候，巴巴的评论帮助我们理解在诺夫里、安德雷德、莫狄森和其他人的写作中发生了什么。他们一起带来了明显的历史排斥经验和印刷文化的承诺，把"文学"作为一个全球分散价值来从事的可能性，不管它短暂的托管人可能会或者不会决定什么。既然写作和叙述的阐述行为并不为某个特定的个人所拥有，既然语言中有生产性的不稳定性，假定印刷的东西的旅程不可能完全控制，米格诺罗所批评的遗传下来的殖民模型并非静态的，它也没有一个单一的同类的含义。在假设叙述权力的专用行为中出现了没有预见的含义和互文的／跨国的联系。正是在这种情况下，帕斯卡莱·卡萨诺瓦突然打开的展望变得特别有生产力，尽管他们以法国为中心存在局限性。对于这里所涵盖的大多数作家，他们能清楚地感觉到印刷的横向流动和在布尔迪厄看来是作为一个受限的文化生产领域的"世界文学"的等级制度之间的紧张局面。20

# 2. 领域转换：在《行程》和《鼓》中想象文学复兴

"要说出一些新鲜的东西不容易；我们睁开双眼，注意或者意识到都是不够的，新的目标突然点亮并从地下冒出来。"

——米歇尔·福柯，《知识考古学》

"如果你活得够长，你就会看见一只长着喇叭的狗。"

——无名的茨内瓦谚语，伊扬巴内，1960 年

第二次世界大战后，在第一次遥远的去殖民化开始过程中，从 1945 年到 1955 年在洛伦索马贵斯（现在的马普托）出版的文化期刊《行程》（"旅程"）和自 1951 年开始在约翰内斯堡发行的《鼓》被寄予了强烈的希望，期待能让它焕然一新。在非洲现代文学史上和其他任何地方，这种对新颖的渴望是如此根深蒂固，以至于习焉不察。非洲写作中的内容或缺乏新颖一直受到热烈的讨论（比如，参考艾尔乐 1981：9 ~ 42）。

而作为统领其他价值的新价值并没有出现。

在洛伦索马贵斯，《行程》是一小批殖民地居民脑力劳动的产物，于1941年开始出版发行，繁盛于1945年后，并在20世纪50年代后逐渐衰落。这段时期恰巧碰上葡萄牙的安东尼奥·萨拉查的《新国家》（"新国家"）痛下决心要更加严格地管理它的五个非洲殖民地，并鼓励大批葡萄牙公民在殖民地安顿下来。在安哥拉和莫桑比克主要的殖民地，这不仅是硬化种族主义的一段时间，而且是葡萄牙和非洲殖民地居民之中政治异议和抵抗时间。正是在这样的情况下，《行程》成为，用弗朗西斯科·诺亚的话说（1996：238），"莫桑比克一个特定文学、思想和文化的先锋传播媒介。"它的内容从文学调查和艺术评论到政治干预和农业方法分析都有。假如没有低估《非洲呼声》，一份由麦士蒂索人出版并为之服务的先驱的洛伦索马贵斯周刊，那么，《行程》是莫桑比克那段时期文学抱负的主要媒介。[1] 而且，在它存在的最后几年里，这个往昔符合大众兴趣的杂志把关注专有地限定在了文学和艺术上面，或者用一个很难翻译的短语来说，"arte de divulgacao"（粗略地说"艺术和宣传"或者"艺术和大众化"）。我们并不清楚它终止的原因。经济困难和葡萄牙秘密警察（PIDE）的迫害很可能是决定性的因素。在对莫桑比克文学的简要调查中，奥兰多·曼德斯（1980：36）的确提到了在"压制和妨碍"《行程》最后几年的教育抱负上很多不同的尝试，但他没有提到比这更具体的东西。

《行程》当前的卑微身份和《鼓》的名望形成了明显的对比。后者是南非第一本把大众呼吁和一个独特的政治边缘以及

21

某些文学理想联合在一起的"黑人"杂志。和这本杂志最权威的研究一样，我的重心是关于它从 1951 年到 20 世纪 50 年代后半期的亚城时期。[2]这个特别的阶段为何会继续产生兴趣有很多原因，但最重要的是，我那时期的选择是受到把《行程》和《鼓》当作同时代的事物来阅读的雄心的激发。与《行程》不同，《鼓》出现时政治镇压不断增长——种族隔离主义的巩固——又像它的莫桑比克对手一样，培育对种族主义分子国家权力的文化抵制模式。此外，这两个期刊在同一地区出版发行：从约翰内斯堡到它最近的海港马普托仅仅 500 公里。尽管如此，这两本杂志却从未被人比较性地阅读。要是没有忽视这项任务的语言障碍——《鼓》是用英文出版，而《行程》是用葡萄牙语——这证明在南部非洲文学研究中有某些单一的趋势（正如第一章所讨论）。

也就是说，弄清楚《行程》和《鼓》之间的差异也很有必要。前者主要由白人作家制作，但也不仅仅是由白人作家制作。后者归白人所有，但几乎都由黑人新闻记者制作。尽管地理上是邻居，但这两本杂志显然相互之间从未有过交往。如果我们推断的话，更为可能的是《行程》的捐资者通常会流利的英语，也是约翰内斯堡的常客，可能已经注意到《鼓》的存在，而不是与此相反。对于博洛克·莫狄森、康·腾巴、亚瑟·马伊马内和其他人来说，比任何东西都重要的事就是亚城发狂的生活以及一个想象的美国的文化承诺。只要《行程》文化批评风格引起的"欧洲"很重要——它对那些知识分子，如莫狄森和伊奇基尔·穆帕赫列列的确如此——那么，作为英语化的欧洲剧院和古典音乐，它们在约翰内斯堡再次搬上舞台却在法律上一般不对黑人开放，这点很重要（莫狄森 1986：72～174；穆帕赫列列 1959：177～183）。与非裔美国人写作的联系不仅在期刊上，而且差不多在每一个他们接近不同跨国话语潮流的方面都很强，而这链接了被语言而不是被"种族"定义的知识分子网络。

## 22

很长一段时间里，传统的批评家一直认为，现代非洲文学是派生的、本土主义或民族主义的，并且忽视——或者想当然地认为——现代主义号召"创新"的重要性，而这是一种以空前的力量给予暂时性类别特权的命令。最近的学术研究已经开始矫正这个缺点（阿特维尔 2005；莱特 1991；泰斯托泰 2004）。人们认为博洛克·莫狄森或者若泽·克拉韦里尼亚的写作现在已经发展为对新形式和表述的可能性的积极追求，而不是仅仅作为从别处收集脉冲的容器。他们在文学形成领域里展开工作，而这些领域的构成以对新颖的渴望为转移。然而，话虽如此，所有的东西还是需要说出来的。毕竟，我们会怎么解释这种渴望可能存在的散漫状态呢？我们在英语系南非和葡语系莫桑比克文本中的新颖意愿之间发现了什么不同之处和相同之处呢？关于跨国文学流通，事实上是流通中的"世界文学"的本土影响，这些南部非洲空间告诉了我们什么呢？这些问题在本章中指导着我的调查研究。

我援引布尔迪厄的领域概念——位置和处置的关系系统——是因为在调查文学生产中变化的逻辑时的启发式权值，也是因为它的柔韧度。正如我即将在本章所阐释的那样，领域概念在第二次世界大战后约翰内斯堡和洛伦索马贵斯背景下需要重新考虑。最重要的是，在这些种族化的城市里，文学领域自治程度很低。[3] 代理机构和文本之间的关系系统并不属于"纯"文学的范畴，也不属于民族的范畴；对《鼓》和《行程》中的文学价值的理解不仅在与其它文学和文化表达性的不同形式的关系中产生，而且还参考了当地社会经验和政治抵抗。然而，或者说更有力的证据是，《行程》雄心壮志的文学评论（《鼓》从未出版过类似的评论）几乎没有涉及当地出版的文本，却涉及大量的跨国传播的美学话语和文化形式，从哈莱姆文艺复兴写作和意大利新写实主义电影到安哥拉文化激进主义。因此，其它文学和文化的领域动力学对南部非洲这些正处于形成期的领域有着决定性的影响。因此，我的分析定位于当地委托和跨国连通性之间的交叉点。我希望不仅证明这两者如何能够相互加强，而且证明南部非洲英语系和葡语系散漫的网络的差异如何帮助解释《鼓》和《行程》文学话语之间的差异（含蓄地说，今日莫桑比克和南非文学之间巨大的差异）。

23

因为文学领域的衰减本性，而这些期刊就在这领域里产生，所以在普遍的印刷和机械复制上设置了一个特别高的保险费。这是缘于象征性与现实性原因。利昂·考克（1996：64）认为那种说法，即读写能力是位于"南非殖民化的中心"，可能在20世纪40年代被谨慎地扩展到了莫桑比克。作为殖民政权，葡萄牙关于促进读写能力的政策是不规则的，也是很弱的（而那小小的，却极具影响力的、早期的、反殖民主义的、新教的任务却在这个领域取得了相当大的进步）。然而，象征性地，在葡萄牙殖民地居民的话语中，印刷也代表了现代性。"文明"和"进步"的决定性标志是通往印刷材料和阅读能力的途径。这点与摩尼教的二分法统治南非和莫桑比克相一致。其它的机械复制的人工制品，比如说电影、照片和唱片，都以某种相似的方式和现代性以及它的前景联系在一起。实际上，印刷的书或者杂志是接近国外权威文学领域的生产为数极少的几个方法之一。就像布尔迪厄所清楚解释的那样，文化生产领域在社会上是很密集的；它不仅包括书籍，而且还包括小道传闻和关于机构和个人的内在化知识："阅读，更不用说对书本的阅读，只是其他……获取阅读中调动的知识方法的其中一个而已"（1993：32）。然而，在约翰内斯堡和洛伦索马克斯，工作原理却不同。当这两个期刊都成为关系紧密的知识分子团体的焦点时（伴随着他们之间内在的差异），他们的阅读也聚焦在其它地方的文学上。《行程》作为获得世界性的机构的一个方式尤其奉献给了阅读。引用弗朗西斯科·诺亚（2005）的话，他们的世界是"一个书本的世界"。而且，正如 1947年《行程》的广告（阿农 1947）所阐释的那样，这是一个乘船到达的世界：

> 进步的书店
>
> 葡萄牙和巴西文学总是最新的
>
> 葡萄牙和巴西杂志
>
> 确保在葡萄牙船舶到达后拜访我们[4]

这种措辞传递出来的强大的距离感以及它对印刷克服距离问题同样强烈的感受，都表明文本让读者和作者都黯然失色的基本趋势（吕格尔 1991：45）如何能够在殖民地的领域上得以加强。[5]距离和传播强调漂浮（对，是漂浮）的能指的质量，而这要不然可能会被文学领域中的社会关系所掩饰，而这个领域更加稳定，更少受到外力影响。

正是在这些传播文本性的条件下，我希望把动力定位于新事物。《行程》和《鼓》出现于一个现代主义者的时代，正如詹尼·瓦蒂莫所说，"商品（齐美尔）和思想传播的增长以及社会机动性的上升（盖伦）把新事物的价值引到了焦点，并预先安排条件确认新事物的价值（存在本身的价值）"（1988：100）。在约翰内斯堡和洛伦索马克斯，不同版本的种族排斥歪曲了商品的流通和社会机动性，而这使得这种价值模糊不清。新奇是阿希尔·姆边贝称之为殖民指挥的特权，权力的武断行为宣布在殖民地领域开辟一个全新的时代（2001：24~26）。[6]同时，新事物的价格稳定也强调了殖民/西方文化权威的暂时性，因为它也能成为马克思所看作是现代性讽刺的牺牲品，在那里"所有固体的东西都溶解到空气中"（伯曼1982）。相应地，对于法农（1961），去殖民化将会开辟一个新时代，创造一个新人类。本章节的任务就是看看在那些被明确地或含蓄地希望成为文学生产的"后殖民"领域的事物的预想中，这种新事物的模糊性如何被协商。

值得强调的是，我对期刊的关注，依照现行事物和新鲜事物下定义的一种印刷类型，并不是一种巧合。正如提姆·卡曾斯（1984：36）所写，"报章杂志和文学，在南非黑人文学史上很长一段时间里是连体双胞胎，"而且，根据弗朗西斯科·诺亚（1996：237）的说法（1996：237），在培育莫桑比克文学过程中，忽视出版社的作用可能会犯下"一个深刻的历史

24

错误"。这和媒体的相对轻盈有关：因为比法典格式便宜，杂志不仅比书籍出版更简单更快捷地接触到阅读大众；他们同样也有潜力在全世界范围内传播到广泛散布的、战略定位于阅读的团体。关注于当前，关注于当前的存在，期刊是出版物的一个显著的互文方式。它使得文本现象的快速传播成为可能。引用、辩论、其他文章的综述、评论以及其他地方文章的再版：期刊提供了巴尔特的回音谷的一个强大的例子，一个喋喋不休和街边讨论的嗡嗡声的文本版；一个瞬间文本，而这个瞬间文本"可能产生于一个层次结构，甚至是一个简单的剪纸流派"（1994：1212）。位于印刷的跨国潮流以及印刷资本主义的相对肤浅的本地条件的连接处，它们是调查文学的世界性高效的地点——文学领域的形成如何被嵌入到转换政治、美学和商业话语的进程中。

在20世纪40年代和50年代，约翰内斯堡和马普托的作家们被边缘重叠进非洲南部地区的剥削经济，而不只是南非或莫桑比克的剥削经济。启动文本传播的基础设施不能视作独立地属于这个综合经济。可是，正如我一直所讲，英语和葡萄牙语在南非明显地跟随不同的文学轨迹。正是差异与共同点之间的张力需要比较这些语言。

25

# 第一部分

## 一份南印度洋月刊

当我第一次翻阅《行程》期刊时，它谨慎朴素的布局震撼了我。以小报的格式出版，这份期刊的图解很少，给报头的无衬线字体印刷术提供了足够的空间。文章通常也是设置为无衬线字体，一个与现代主义密切相关的严肃风格。[8] 它的内容从文学调查和艺术评论延伸到农业和政治调停分析（正如它对诺顿·德·马托斯将军反对萨拉查的战役的支持；阿农1949），显然，一个言过其实的关于"人类"、文化和启蒙运功的理想主义加强了这点，正如 1945 年一篇匿名的社论所解释的那样：

> 人类通过教育和启蒙成长。在他学习的时候，他把无知的阴暗抛在身后，而野蛮就居住在无知里。他再到达光明，而所有的国家都应该用之来照亮自己；知识让他丢弃了争吵，而争吵由偏见和害怕产生，并反之能让他和平和宁静，而这些则是科学精神的特征。
>
> 在第一阶段，教育就是废除文盲。但我们也必须达到第二阶段；教育承担那种能够给所有人带来富足的技术，而这种教育的功利方面和实用方面都是不够的。
>
> 基础教育、人类的初级和基本的文化，不能够仅仅局限于 ABC 的奥秘，整洁的书写和二加二等于四。它必须进一步探究：为了让人类超越处于野蛮状态下的生活，超越野蛮生活，他必须容纳生物学的概念。它是研究生命的科学；接纳历史作为人类进化的概念，因为这是照亮前方道路的唯一方法；容纳经济学的概念，它教给我们如何提取并达到地球的富有，虽然这些概念只是初步的。
>
> 以这样一个在几何学上肯定会扩散到所有人类的文化

作为基础，想象出现一个新秩序，一个崭新而更加美好的世界是可能的。[9]（阿农 1945）

在这里发挥作用的二进制显而易见。光明使黑暗相形见绌，文明将野蛮驱逐出境，新鲜让陈旧黯然失色。作为新秩序的促进者，读写能力带来了一个巨大的象征性负担。这些是修辞上司空见惯的东西。它们遗传于欧洲 19 世纪，受到 20 世纪大量的现代意识形态的强化。[10]他们俯伏在科学面前，断然地忽视了"科学精神"的道德危机——即将结束的战争就是一个特别苛刻的例子。它也可以被解读为殖民指挥的认知寄存器，权力在领域上的任意行动的认知寄存器，而这种领域在欧洲知识到来之前是被看作缺乏主权的（姆边贝 2001：188）。"人类"，这个表面上很普遍的术语，代表了一个欧洲现代化的模板。我们不可以忽略《行程》的殖民性方面，但它也仍旧富有成效地把这个杂志设想为一个散漫的力场，而不是一个意识形态的巨无霸。它构成了一系列的散漫事件，而这些事件一贯地——也是必要地——不完全地尝试管理历史矛盾。更好的是：这是一个运动中的力场，"路线"名义上是一个对自己的担忧，也是对这本书的题目，相当贴切的换喻词。当它经历这个过程时，《行程》将会出版种族分子和反种族分子的资料，评论"反民主的极权主义的"（阿农 1949）萨拉查的《新国家》，重申帝国伟大的梦想，开启黑人艺术家和作家的时期，复制资产阶级对"文化"的理解，并将无可争议地成为在安哥拉任何地方第一份给予紧急的原民族主义者文学景象持续的严格评价的杂志。因此，我认为，尽管我之前引用的现

26

代化/殖民化话语通过权威使得说话方式合法，而这种权威是"已经被写成"关于欧洲的至高权力，但是它也规定新奇性的价格作为本身权力的一个质量，并由此变得对矛盾和暂时性的压力敏感。

跨国主义

大量的跨国假想认可了《行程》页面上的新奇。上面有很多文章依据混合特性绘制世界地图，而大家假定这些混合特性对葡萄牙殖民主义而言是独一无二的。若昂·本特斯（1941）颂扬"葡萄牙—非洲—巴西的"文化联合的美德，阿拉冈·特谢拉（1948）以公开的种族主义者的方式把葡萄牙文化表述为"所有文化中最可塑最适合的和落后民族联系的文化。"这里我们面对的是葡萄牙热情分子的假想，而巴西社会学家吉尔伯托·弗里尔激发并主要性地组成了这种假想。也许，令人惊讶的是，它有一个后殖民主义潜力，以至于它使得葡萄牙殖民地（和巴西的后殖民地）之间相互联系，但是，在20世纪50年代和60年代它也用于反对葡萄牙的霸权。[11]另外一个全球性假想，一个完全异于葡萄牙热带主义的假想，让我们非常近距离接触卡萨诺瓦（2004）的"世界文字共和国"，一个文化和文学的国际性组织，其主要是追随最初由法国受限的生产领域所产生的价值——假设自治的文学领域。从这个"世界共和国"脱离出来，却还依赖它把印刷文学提高到殖民权力的压缩以上或以外的水平，最终，《行程》中有另一个属于黑色大西洋的知识分子潮的跨国假想。

《行程》中的文学写作不仅利用了这三种跨国假想，而且

27

为了支持对莫桑比克更大的关注逐渐取代了它们。在这些洛伦索马贵斯的知识分子中间，有关文学的兴奋驱使他们把对在大城市中参加受限的生产领域的渴望和想要创造自己的文学领域的雄心组合在一起。就如附录里文章列表所显示的那样，他们的文化好奇心跨越欧洲、非洲、北美洲和南美洲。除去评论以外，《行程》也定期出版诗歌和短篇小说。每一份刊物，包括那些奇怪的异常刊物，都至少刊有一首诗歌，而这诗歌经常是由本地作家所写，当然也不总是如此。1952 年，关于巴西诗人莱拉·里波利的文章和她的诗歌"A Gabriela Mistral"（"致加夫列拉·米斯特拉尔"）一同出版。1950 年 2 月，开创性的莫桑比克麦士蒂索诗人娜美亚·苏萨的诗歌"内格拉"是这本杂志的主要内容。1955 年，它包含了一个完整的诗歌补充部分。对于短篇小说，它们出现的次数更加具有偶然性。许多短篇小说都是由鲁伊·诺夫里写作，而且还是在他十几岁的时候写的（诺夫里 1999）。有好几次，《行程》收集了许多关于同一主题的文章，尤其是在 20 世纪 50 年代早期的"安哥拉"刊物里。

值得注意的是，至少自 18 世纪末期以来，考虑到巴黎已经被当作葡萄牙的文化首都，法语在《行程》里的重要性多少有些降低（法里亚 1983）。对于英语语系写作的关注是知识分子独立于大都市的一个微妙的标志，是这本杂志对于反殖民/后殖民写作逐渐尖锐的关注证明其正确性的一种假设。

必须指出的是，《行程》是在审查制度体制下出版的。"新国家"要求任何杂志的责任编辑应该在道德上、知识上和经济上表现"良好"，并且要求所有材料在出版前必须提交给

28

审查员以获得批准（索帕 1996：92）。如果他们质疑官方的廉政性，他们的文章可能被删减或移动，假如这些文章被认作是国家安全的威胁，或被认定为"不正常"的话。[12]然而，《行程》频繁地出版那些反抗"新国家"利益的文章。这增加了该杂志的成绩，而且还把我们的注意力转到了如此被争议的印刷领域。写作从来不是透明易懂的。所讨论的文章，即使在它们质疑政权的时候，都被迫由封面上的免责声明"Visado pela Comissao de Censura"（"由审查制度委员会筛选"）题献政权。然而，像库切这样的审查制度理论家（1992：299~300；1996：11）认为审查员陷入了夸大他们有意想镇压的东西的悖论，而我们也应该强调的是反殖民主义写作并不会在排除了审查制度或镇压制度的多元话语宇宙中出现。殖民者和解放主义者是相互的对手。一方会简单地删除另一方，这种观点是夸张的幻想。反殖民主义（反种族隔离主义）斗争的历史——特别在话语领域上——是共谋和包围的历史。[13]

新现实主义

考虑到它周围那些看不见的禁令，我们要更仔细地观察《行程》的文学材料。致力于葡语写作和文化的文章试图在葡萄牙和巴西吸引周围广泛的"新现实主义"现象，然而，关于英语写作的文章经常聚焦"黑人"文学，大部分来自于美国，也有来自于南非的黑人文学。看上去，成熟的美国后殖民地认可了对安哥拉和莫桑比克写作不断增长的热情。

新现实主义是一个特别重要的，或者有点模糊的焦点。在葡语语境下，这个术语一般是指 20 世纪 40 年代在葡萄牙艺术和文学领域中的一个独特的社会意识发展（拉兰热拉 1986：21；诺亚 1996：238；罗恰 1989：413）。另一方面，萨尔瓦托·特里戈（1979：77）把安哥拉作家和巴西"新现实主义者"联系到一起：豪尔赫·阿玛多、格拉西利安诺·拉莫斯、若泽·林斯·多·雷哥，也就是出现在 20 世纪 30 年代的"表演者"或地方主义作家。特里戈把他们和"巴西现代主义者"区别开来，比如科托·里贝罗和曼努埃尔·班代拉，然而，从一个巴西人的角度，这些表演者可能被看作是现代主义通过其他方式延续（丹尼尔 1996：171）。这种含糊不需要解决。相反，它表明"新现实主义"是更大程度地脱离 20 世纪 30 年代和 40 年代的现代主义者主观性的一部分。约翰·多斯·帕索斯的"集体小说"、伊瓦尔·罗·约翰逊的无产阶级写作、瑞典的莫瓦·马丁松和埃温特·约翰逊、让·保罗·萨特的文学融入观点、布雷赫特的史诗剧、葡语的新现实主义、苏联的社会主义者现实主义以及甚至意大利新现实主义者电影院：与其说是现实主义的形式将这些不同的发展联合起来（布雷赫特是反现实主义者），还不如说是它们对艺术与社会之间关系的关注将它们联合起来。每当各种各样的先锋运动宣布了标志和反对社会背景的唯我论的话题的首要地位的时候，而这些社会由于经济萧条和战争而四分五裂，他们就再次把对社会的呼吁明确表达出来。（关于更多的现实主义，参考第五章。）

29

胡里奥·波马尔的论文"A arte e o novo"（"艺术与新奇"）是一个恰当的例子。作为一个画家和葡萄牙新现实主义至关重要的理论家，波马尔写道，"不断的复兴就是管理艺术的法则"，而艺术"只有在死亡的时候"才是无害的。他的文章并没有作为一个宣言出现在《行程》上，但当他大略地勾画出一种对于变化的完全地方性的理解时，它华丽的辞藻模仿了一个人的独断：

> 当一个人，或一代人有话要说的时候，这可能会是一些新鲜的事物，并将由此和那些已经被接受或熟知的形式产生冲突，它也可能会去适应那些被接受的形式，适应正被表达的信息中的损害，而这样一来损害将会降到零。如果这个人或这代人确实有些新的东西的话，那么，冲突则是不可避免的——但这种冲突将会带来新信息的胜利，绝无失误。（波马尔 1948）[14]

这是对布尔迪厄（1993：52～55）所称之为受限生产领域范围内变化的逻辑的精确解释——他把这个领域和大众文学领域，或者大规模生产领域区别开来。波马尔并没有挑战这个领域以之为基础的幻觉，而是对支撑这个领域的美学生产的内在价值的默示协议表现忠诚。然而，他确实把美学革命的理念和确信社会变革决定美学变革的思想联系在一起。现代社会的个人主义以及自由市场的思想意识，培育了这些感觉的首要地位。感官知觉成为一个人存在的唯一确保，比如在塞尚的光学案例中。波马尔认为这种"特定视觉"的狂热已经耗尽，现在需要再次认知到由"人"引导的生活不能分成独立的隔间，却组成了一个动态的整体。这个对照将会给世界再增加一个革命。我们如何能要求这个革命美好呢，"假如创造它的手充满了当前不确定的所有苦涩，我们怎么能希望它是平静的、顺从好礼仪的命令，如果制造它的人卷入失败的最紧迫时刻？"（波马尔 1948）。[15]

即使当他哀婉动人的词句描述并参与到受限的生产领域的结构逻辑中去，波马尔和其他的新现实主义者也在《行程》中通过号召回归读者来挑战这个领域。这点至关重要。在"诗歌和危机"中，葡萄牙诗人马里奥·迪奥尼西奥（1951：1）解释说当前的"诗歌危机"有一个名字："诗歌和公众之间的离婚"。在布尔迪厄对法国文学领域的说明中，诗歌在 19 世纪与公众获得了一个彻底的改变（1993：51）。它是为其他生产者而产生的一个首要的文学例子。因此，新现实主义者所要做的是通过强调领域对于换代性变化的要求挑战一个主要的领域价值—艺术至上主义。[16]这也适用于当地新现实主义辩论中的评论家，比如马里利亚·桑托斯。通过将主观性和社会意识并列，桑托斯（1948：5，15）给出了物质主义者对欧洲现代主义的解释，并把起点放在了第一次世界大战，谴责艺术家"趋于求助自己，把自己放在离周围的人更远的位置。这让艺术变得主观，不真实。它的座右铭是艺术至上主义。"[17]她接着说道，在主观主义的现代主义中，"越残忍，越原始神秘，艺术家就越伟大。"[18]这就是新现实主义，作为"带着普遍主义的倾向，在全世界文学上的一个广泛运动"而出现的新现实主义所面临的挑战。[19]

新现实主义者对社会关联的强调在巴西和葡萄牙都被政治起诉，因为这些国家是由平民主义者瓦格斯和法西斯党的萨拉查统治。《行程》转移到东非地区去的正是这种反抗艺术的观点。必须强调的是，《行程》和葡萄牙运动的代言人，即《顶

## 30

点》，联系很紧密。始于 1942 年的科英布拉，《顶点》（意即
"矛头"）在战争结束后变得更加明显地意向政治化，正如
1945 年的这篇社论：

> 不可能让一个葡萄牙文化杂志去对国家政治保持漠不
> 关心的态度，尤其在我们的将来，我们的命运悬于天平之
> 时。因此，《顶点》支持葡萄牙民主主义者，肯定他们支
> 持自由公平选举的运动……《顶点》必须继续保卫艺术，
> 但它必须首先是一本有用的文化杂志，这种文化帮助我们
> 更好地理解我们的民族问题。[20]（皮雷 1986：304）

1946 年，一篇社论含蓄地把葡萄牙殖民地包括在它关心
的范围内："一个社会，如果它为了保持现状，把大部分人口
或者它的少数种族排除在国家生活之外，那么，这样的社会能
被称作有教养的文明社会吗？答案只能是一个响亮的：不。"[21]
（皮雷 1986：304）《行程》与《顶点》紧密的联盟正好把它
放在了葡萄牙民主党/左翼运动一边。至于审查制度，有人或
许要问莫桑比克的杂志如何能够如此公开这种联盟。有两种可
能的答案，它们都与文本权威的发行流通有关。其一，文学和
艺术是在葡萄牙殖民主义的象征经济中享有特权的记号。考虑
到葡萄牙"文明使命"理想主义的概念（门多萨 1988：9～
17），让当局切除这些传统"文明"的标志的范例并停止对它
们的讨论并不容易。早期对《顶点》的引用就是"文明"如
何可能被反对者口头上调用从而使得它的论述合法化的一个例
子。第二个可能的答案则是与大都市联系的文本较之与"本

31

地"相连的文本具有更高的权威。在这样的条件下，艺术和都市酒店的组合，是非常偶然的。它使得《行程》可以为那逐渐变得更加确定参与非洲和美洲的写作腾出一个空间。因此，对《行程》来说，新现实主义的主要意义恐怕不是它作为一个语料库作品的地位，而是它让文化价值中的战略转移成为可能。通过强调社会环境和新奇的双重参数，《行程》能够开始探索流通中的其他文本类型。

## 黑色大西洋

《行程》对于美国和南非的"黑人"英语写作的兴趣背离了葡萄牙语和欧洲文学的范例。这种兴趣先于该杂志对安哥拉和莫桑比克文学更持续的关注，也可能是说预示了这种关注。这样的阅读不是没有风险，因为它能把目的论发展的理念强加于不同的材料。然而，我想表达一个迥然不同的观点：我觉得这更多地是与发现有关，尤其是和那种认为发现是通过印刷媒体才变得可行的想法有关，而不是目的论。在一个殖民主义环境下，美国黑人写作的全球传播与《行程》浓厚的文学兴趣和对"新事物"的普遍渴望相一致。因此，哈莱姆文艺复兴与黑色大西洋表达性的相关形式（比如彼得·亚伯拉罕斯的《矿山男孩》［M. S. P. 1947]）使美学渴望和政治不满迁移到美国环境上成为可能。这是一种策略，是在这段时期在详细审查下经常发生（经常在《鼓》里很明显），却有很多表现的策略。在奥兰多·阿尔伯克基关于美国黑人剧院的文章里（1949a：1），文章重点公开地落在了种族主义如何决定文化上面：

> 黑人住在孤立的社区里——黑人住宅区、山区、贫民
> 区和南部——就像一个低等的不受欢迎的动物。在船上，
> 在学校，在医院，在剧院，他们看到一个诅咒：仅限白
> 人！……为了分散注意力，也是唯一的逃跑途径，黑人让
> 他的情感爆发成"爵士乐"。在"爵士乐"美妙的音乐
> 中，如果我们认真去听的话，我们能听到整个民族的
> 伤感。[22]

这种关于爵士乐的有力声明很典型。在若昂·席尔瓦两篇关于北美黑人文学的文章中，音乐也是十分重要的，首先是"黑人圣歌"，其次是种植歌和布鲁斯，在第二篇文章中直接引出了爵士乐。

因此，阿尔伯克基和席尔瓦俩人的文章都坦率地描述了美国黑人不管是在现在还是在奴隶时代的压抑，并认为音乐是他们经历与"内在"的真实表达。[23]阿尔伯克基甚至还奉上一首他自己的诗，诗里写到他"不能爱你，美国……因为你用私刑绞死我的黑人兄弟"（1949b）。[24]他对美国种族主义的反感明显地由多种因素决定，即美国对道德优越感和英美印刷文化（包括黑人写作）的牢固的全球地位的要求，但更重要的是，美国例子使得《行程》能够通过转喻位移的形式来解决种族歧视的问题。美国并不与莫桑比克"相同"，但这些文字使它可以把它的差异性和当地的种族排斥联系起来——而非主要通过环境之间的联系，就如若昂·席尔瓦（1949）记录的那样，

奴隶"甚至从东非"被带往美国，却通过现代性和种族主义之间更平常的耦合方式。这种知识策略成为保罗·吉尔罗伊后来关于黑色大西洋的很多论述的基础。它有能力动摇现代性的整体的概念，要不然就在《行程》扩散开来。通过质疑普遍论的修辞，它让新现实主义者对杂志的爱好变得激进，也允许一个现代性的限定主题按照"双重意识"清楚地表述（吉尔罗伊1993）。这在20世纪40年代后期的洛伦索马贵斯是极其新鲜的事。

奴隶制历史和美国黑人文化的相似资料可以同时在《非洲呼声》和1949至1950年间娜美亚·苏萨所写的诗歌中找到。[25]在更远的其他地方，约瑟·弗朗西斯科·登雷洛对作为希望的灯塔的美国黑人文化投以类似的关注，而亚城与美国的爱情故事在1951年刚刚冲进公共领域（费雷拉1989：84～85，94；Nixon1994：11～41）。《行程》以这样的方式注意到当前全球分支散漫的形成，但在福柯看来，阐明的地点让它成为一个散漫事件（1972：229）。这个阐明不能被降到之前的阐明。而且，值得注意的一点是，《鼓》几乎一点都不关注美国种族歧视。它将美国理想化为一个对"黑人"来说也是机遇之地的国度，而《行程》把痛苦看作是美国黑人文化的一部分。它对美国黑人的提及反射出它对社会文学目的性的担心——就如葡萄牙新现实主义者明确表达的那样——但更多的是带着对新奇和差异的持久的决心，而这种决心能让吕格尔（1978：245和1991：129）所提到的小说和具有人的形象的语言的次要参考（与非文学的语言使用的主要参考相反）能够打开殖民地的充满担忧的世界。

# 深入非洲

1948 年，在一篇名为"安哥拉的诗人"的文章中，奥兰多·阿尔伯克基对新奇的必要性做了充足的辩护。值得强调的是这个时刻是多么的不同凡响。1947 年对于洛伦索马贵斯的知识分子来说是奇妙的一年，就如罗恰（1989）展示的那样，就像有人也许会从《行程》突然出现的关于地域性的，尤其是南非黑人的文学和艺术的文章得出推论那样。作为正确地被称为非洲（和原型民族主义者）觉醒的一个直接影响，《行程》于 1948 年开始就鼓励持续从事那些最终描述为民族主义者在安哥拉文学中的觉醒工作（特里戈 1979；费雷拉 1989），但经历了那么久才有了这样的描述，而且还没有任何中介方。阿尔伯克基是一个洛伦索马贵斯人。当他代表莫桑比克的读者评估安哥拉诗歌时，他独立地担当了评论家的角色。这次介入的"位置"是不可判定的：它向莫桑比克致辞，却是"关于"安哥拉；它用葡萄牙语向葡萄牙观众讲述期望成为非洲的非殖民化的文学。阿尔伯克基文章中的话语事件在洛伦索马贵斯显现出来，它的思想倾向是民族主义性的，但是新奇话语的促成因素却是过度的核心。

在阿尔伯克基看来，"（现在）讨论'安哥拉文学'太做作了"，因此他排除了安哥拉的"拙劣诗人"、新闻工作者和利用业余时间"尝试诗歌写作"的官员。但是，总有一天这些都将被年轻的一代所代替。与其说阿尔伯克基是明确性的，还不如说他是暗示性的，但他的描述是有先见之明的：

　　在安哥拉，你已经能非常敏锐地感觉到到处都有（建立一个新诗歌）的急切渴望。他们是大地的子民——白人，黑人和混血儿。明天，那些现在谦卑地歌唱的人将会创作一个巨大的声音合唱团……未来的安哥拉诗人，假如他们想创造一种"安哥拉诗歌"的话，就必须完全"属于"安哥拉。他们将不得不在这片土地上，在它的风俗里，在它的传统里，在它的习惯里……总而言之在它的"气候"里发现他们的根。[26]（1948b）

　　阿尔伯克基接着区分白人、黑人和混血儿之间的"种族特征"。他将"种族"模式化如下：黑人就像小孩，因此是自然生成的诗人；混血儿充满愤恨，是反叛的，因为他们处于两个敌对的种族之间；白人不能理解安哥拉，除了感官和异国情调。阿尔伯克基试图从一个已经建立起来的种族分类的殖民形式来资助黑人，批评白人。然而，这应该和他的研究形成对比，而当前的模式并不涵盖该研究。基于新事物没能在非洲物质化，他把新奇放在了未来或者更为广阔的世界。写佛得角诗歌时，他花了好几个段落来写豪尔赫·巴尔博扎和已故的欧金尼奥·塔瓦雷斯。出于对塔瓦雷斯的敬意，阿尔伯克基（1948a）宣称这位诗人仍旧没有拥有"多亏巴西人民设定的榜样，只有现代［佛得角］诗人获得的自由的灵感和表达"。[27]

34

　　很快，对新事物的祈祷获得了实物。阿尔伯克基关于安哥拉文学的文章的出版和《安哥拉》或《天然安哥拉协会》的形成是在同一年，后者是一个自我意识的"年轻知识分子"的组织，包括了所有的"种族"分类。这也仅仅比卡斯特罗·索罗门侯的《死亡之地》出版早了一年（《死亡之地》，参考第五章），而它公认是第一个实质上的安哥拉小说（1950年在《行程》受到回顾）。从此事情发展很快。1951年至1952年，安哥拉的青年知识分子出版了有着重大影响的两期《讯息》期刊。在里斯本，阿尔伯克基和维托尔·埃瓦里斯托于1951年出版了一本薄薄的莫桑比克诗歌选集（费雷拉1989：107）。同年，在约翰内斯堡，《鼓》开始了它奇特的七年荣誉之路。里斯本的《讯息》（不要和罗安达的杂志混淆），由"帝国的学生"所创办，在那时也成为过激论者。1953年，马里奥·品托·安德雷德和弗朗西斯科·登雷洛出版了他们的《葡萄牙语表达的黑人诗歌选集》，第一本葡萄牙语的"黑人"诗歌选集（虽然也包括"白人"诗人，比如安东尼奥·雅辛托）。

在1951年至1955年总共的八本期刊里，奥古斯都·多斯·桑托斯·阿布兰谢斯编辑了对安哥拉文学和文学批评的慷慨的演讲。他对文学的接近微妙地平衡了真实性和混杂性。"安哥拉文学最突出的方面"，他写道（1952：7），"也许是，或者至少将证明是，它的非洲逆流，它在社会经济环境中的追寻和融入——它和自身的对抗"。[28]这在阿布兰谢斯所称之为"欧洲非洲"文化和地理环境下有所显现。他觉察到这个词语可能有争议，就赶快让它有资格作为理解一个还不明确的文学发展的方法。阿布兰谢斯把佛得角文学看作是一个已经"被奉为神圣的"文学，并坚持认为给予佛得角作家的严肃（和严格）的批评应该扩展到安哥拉文学，虽然它的重要性和它将走的方向必须保持笼统。

幸好阿布兰谢斯的方法还是初步性的。他的八本"安哥拉期刊"显然组成了一个有力的编辑短述，而演讲的有些矛盾的模式暗示他已经意识到他正探索一些新事物，而不是已经接受关于新现实主义和美国黑人写作的论述。

然而，与阿布兰谢斯低调的声音形成明显对比，我们在这八本书其中一本里发现了安东尼奥·雅辛托的一个演讲，而他则是诗人，是独立的安哥拉未来的教育部长。雅辛托以最激动的形式开发了新奇的修辞，并强烈谴责安哥拉文学和文学评论的现状。他想废止安哥拉文化的"巨大的谎言"。这包括：

> 奉承和甜蜜的假批评，而它提升了知识评判害怕丢脸的无效性……把慈善书信变成了优秀文学，把尖锐的音盲的声音变成了从我们中间流出的和谐的浪漫的声音，把一个早熟女孩的不优雅的步子变成了一个未来芭蕾舞者的韵律运动。[29]（1952：7）

35

他宣布必须结束这种情况，为了：

> 给新事物腾出空间，为了我们时间的真正价值……[不]是翻新而是创造新事物。真正的文化必须在废墟上建立，在灭绝上建立，在错误的虚假的文化消失上建立，而这种文化烙上了"安哥拉"的标签，现在正极其乏味地巡视。[30]（1952：7，9）

雅辛托的演讲参与到了对文化合法的激烈奋斗中，标志了它和殖民习俗的不同，并规定这种差异是安哥拉文化唯一的有效起点。他引用了安特罗·阿布雷乌的一首诗作为演讲最吸引人的部分。阿布雷乌属于"新的一派"，但当雅辛托赞扬这首诗的时候（据我所知它从未收入选集），他用它来例证安哥拉文化的萎靡。以自由体诗写作，阿布雷乌的诗歌概述了一个废墟之地，在那里"到处是雾"，"看到的是阴影，而不是树木"（雅辛托 1952：9）。[31] 这是一首残酷的黑色诗，仅仅暗示了贫瘠、虚伪、熵和死亡。在情感上，这是雅辛托演讲的一个低点，但也是一个高点，因为诗歌的力量本身对雅辛托提倡新事物提供了可信性。

这个论点的试金石是民族的真实性。文化必须是安哥拉和非洲的文化；在安哥拉，学生"知道欧洲铁路支线如何运行，能够背诵欧洲的季节"，却对安哥拉一无所知，这种教育的荒唐状况必须终止。他用一个结论，即"一个更好的文学确定性即将到来，它更加公正、更加人性化、完全属于我们"[32]，来结束他的演讲（1952：9）。

新奇、质量和民族真实性的联合调用相当于一个特殊的位置攫取。在暴力维护需要"真实的"安哥拉文化的同时，雅辛托拆开了欧洲和巴西受限生产的高度专业化领域的结构逻辑。因为安哥拉没有密集的机构和专业生产商能够维持对于合法性的独家内部斗争，而这在布尔迪厄看来是自主领域的特征，所以在结构逻辑和位置之间存在不适合——一个富有成效的不适合。[33] 虽然忽略文化社会化和位置之间的分离所带来的痛苦会很无聊——我们还能在雅辛托的修辞暴力中记录这种伤痛——但是这种分离，斯皮瓦克把它叫做用词不当，也使得新事物的诞生成为可能。考虑到演讲在《行程》的位置（一个额外的位移），它标志着一个新的区域自信，而这将更频繁地留下印记，直到 1955 年这本杂志停刊。1955 年 4 月，《行程》包含了一个诗歌的补充部分，涉及若泽·克拉韦里尼亚、娜美亚·苏萨、伯蒂娜·洛佩斯和雷纳尔多·费雷拉。倒数第二份期刊在封面上刊登了一篇短文支持"莫桑比克文化"。用词比雅辛托更加温和，但也以相似的假设为基础，假设并不存在"一套合适的作品"能"确定莫桑比克的生活"（阿农1955b）。似乎作为这个要求的回应，莫桑比克诗人卡伦甘诺（马塞利诺·多斯·桑托斯的笔名），当时他正在巴黎流亡，就在最后一刊里出版了诗歌"Aqui nascemos ..."（"这是我们出生的地方……"）——巧合地出现在同一页，作为利奥波德·桑戈尔和他的《黑人和马达加斯加法语新诗集》的简短声明。"这是我们出生的地方……"是一首陆地诗歌，献给诗人的兄弟，谈及"我和你出生"的地方，谈及"炙热的地球/升起来的太阳/绿色的地球/肥沃的土地/温柔的地球/慷慨的膝部/它对我们/它被自己给我们/充满活力/富有爱心的焦虑"（卡伦甘诺 1955）。[34]这些语句采用大量的修辞技巧来暗示诗歌主题和土地的立刻结合（指示的"这里"，照应重复的持续节奏——参考原文），而诗歌的日期落在"1955 年 6 月24 日，巴黎"。[35]因此，在一个跨国话语情景下，它陷入一个想要创造"真实的"莫桑比克文学的讽刺之中。词语和世界，身体和词语都被分开了；印刷的移动性和空洞性得到了恰当的展示。因此，诗歌的民族真实性表现应该被隐喻地解读，按照二级参考，不仅要看诗歌主题的目的性，更要看渐亏的《行程》的社论遗产。关于文学，这本杂志致力于现代主义者的发展，黑色大西洋和非洲话语，比该领域研究者公认的更多（如果有所公认的话）。它为杂志上随后的文艺活动提供了先例，比如《莫桑比克之声》（1961～1975）和瑞·科纳波夫利的先驱者诗歌杂志《卡利班》（1971～1972）。

# 第二部分

## 《鼓》狂欢节

对于《行程》，文学复兴很大程度上是一个理论和修辞问题。它把资产阶级公共领域认为是理所当然的，这是一个非常有缺陷的假设，认为莫桑比克有文化的人群——"公民"和"主体"之间典型的殖民分裂——代表少数公民塑造一个公共领域（马丹尼1996）。然而，不应该过于简单化地对待这种评论。作为一个资产阶级公共领域的进口理念的子集，《行程》拨出受限的文化生产领域的对立的，反资产阶级的风气。以熟悉多种不同语言和文化为基础——通过印刷——《行程》团队见证了本土葡萄牙领域的形成，与殖民文化的市侩惯例不同，它将此作为它最终的目标。《行程》可能有原则性地拥护一个无种族歧视的公共文化将有助于解释在随后的莫桑比克文学中种族破裂的相对缺乏。

《鼓》是完全不同的东西。它属于快节奏的商业媒体世界，并努力——和它的竞争对手《疲惫不堪！》一起——创造并保持种族隔离"话题"之间的领导地位。与《行程》相比

较，它扭转包容性和排外性的参数。它并不包含延伸到抽象的
"普通读者"这样的理念，而是明确地向城市男性黑人致辞。
相反，《鼓》对受限制的后康德美学理念并没有追索权，却全
心全意地拥抱流行文化。《鼓》属于大量生产范围，尽管根据
安东尼·桑普森的观点，它创造一个读者群是试验和错误的所
有事项。他是《鼓》的第二任编辑。1951 年下半年，尽管
"明亮的封面、爵士、女孩和犯罪故事推动《鼓》的销量到达
35000"，他仍然感觉有必要"有力地表明《鼓》是支持，而
不是反对它的〔非洲〕读者"（桑普森 1956：37）。这种抱负
可能会带来亨利·恩杜马洛开创性的关于在贝瑟工作条件的文
章以及随后揭露种族隔离制度下南非的压抑和镇压情况的
"鼓先生"的故事。在获得惊人成功的五年后，《鼓》发了一
篇文章庆祝它在销量上如何"超过所有别的杂志，不管是白
人或非白人的、英语的、非洲的还是本地的"（恩杜马洛
1956：24）。

　　《鼓》占领市场成功的秘诀似乎是它融合了社会报道文
学、小说、选美比赛、政治、犯罪故事、喜剧、运动和无穷无
尽的广告。这种致辞的不纯洁模式已经在学术评论家中产生了
惊慌失措。通常，《鼓》都被看作是一个政治的美学问题。格
雷姆·艾迪生（1978：9）总结了这些政治性抱怨："对批评
家来说这本杂志是一个问题，因为它来源于一个白人创业，社
论机会主义和不好斗的黑人天才的模型，而他们中没人对大众
的解放有很大的兴趣。"简单地说，《鼓》不是革命性运动。
相反，它所获得的是"可能比其他任何媒体更好地教育和通
知〔大众〕"（艾迪生 1978：9）。因为当时它说教的有效性，

艾迪生督促批评家更为严肃地看待《鼓》中的通俗文学。但在其他方面，它就令人失望了。

艾迪生的政治判断和一个通用的评估产生共鸣，即《鼓》中的小说大部分是"逃避现实的垃圾"（莫狄森 1986：139），缺乏完成文艺复兴所需要的艺术细化（林德弗斯 1966；穆帕赫列列 1959：187～188）。复兴的梦想仍然比这更小，直到它最终完全被 20 世纪 60 年代极端镇压所消灭。然而，在那之前，在 1958 年，《鼓》在汤姆·霍普金森的编辑领导下几乎已经停止出版小说（林德弗斯 1966：53）。这表明在 20 世纪 50 年代，《鼓》中文学创造性的问题不应该唯一地和种族政治联系在一起。事实上，考虑到出版社会报告文学不断增长的困难，人们也许会期待《鼓》更多地关注小说，而不是更少。文学材料的剥离不仅确定了《鼓》在世界商业化生产的位置，而且还在"黑人"写作中的两种生产领域之间标志了更为严格的劳动划分。当《鼓》变成一本纯粹的"图片杂志"时，它很多疏远的作家，比如穆帕赫列列、恩科西和莫狄森，都迁进全球精英英语文学圈。因此，尽管对早期《鼓》的分析通常已经隔离了它的材料的单个方面，但是，值得一做的事情是问一问对这本杂志的持续迷恋是否并不是主要来源于它对"所有事情"的快乐的融合，就如汉内斯（1994）和尼克松（1994：11～41）的讨论所暗示的那样。我将进一步冒险断言，在对《鼓》的讨论中，美学的压制受到了误导。在新千禧年的第一个十年里，《鼓》的永恒意义似乎主要是美学上的，与政治或教学意义截然不同。[36] 今天，有人发现斯通德切利 T 恤衫，一个目标人群为富裕的城市青年的衣服设计是有

原因的。《鼓》运动版从 20 世纪 50 年代一直延续到了 20 世纪
70 年代。[37] 即使到了现在，尽管有一个后现代的扭曲，但是，
《鼓》恪守承诺，一直把自己定型为 "新的" 城市事物[38]（尽
管《鼓》的政治声誉历史也为当前的吸引力注入了原料）。

　　为了掌握这新奇的美学性，我建议把《鼓》的现象学作
为一个大量生产的能够提供亲近的物体来看待，与艺术作品的
光环截然相反。在定义上，跨国幻想可能是把远方的东西带进
来的方法，但是，在《行程》的例子里，这仍然基于艺术王
国不同于商业媒体愚钝的世界。在 "在机械再生产时代中的
艺术作品" 中，沃尔特・本杰明（1970：224）把光环定义为
"一段距离的独特现象。" 艺术作品的光环以及自然物品都必
须处理它们的独特性和不可到达性。凭借它们在时间和空间上
的独特性，绘画和山脉同样都难以接近。所以，它们很遥远。
然而，在再生产时代，有 "当代群众把事物从空间上以人力
变得 '更近' 的渴望，它就像他们对通过接受它的再生产来
克服每个现实的唯一性一样的热情"（1970：225）。《鼓》有
力地阐明了这点，尽管本杰明的观点不能不加修饰地加以适
用。一方面，他的论证扎根于一个渐进的欧洲发展，从固定下
来的艺术物品的美学性到连续的再生产形式。在约翰内斯堡，
一个存在了仅仅 65 年的城市，当 1951 年《鼓》开始出版时，
随着照片、电影和印刷媒体几乎同时出现在屏幕上，机械再生
产更加是一个突然事件。除此以外，大量被吸引到约翰内斯堡
的非洲工人试图用商品和媒体景象来把这座城市看作为与之前
在南部非洲农村地区的生活相反的东西。引用本杰明的术语，
这是拥有一个光环的约翰内斯堡的全部——距离和独特性——

39

在移民者看来。因此，它不能够被看作一个赠予，即图像和文本的机械再生产使得"大众""从空间和人力上"把事情变得更近。相反，印刷媒体总体上形成了部分外国环境，尤其对于那些没有读写能力的城市居民。

然而，正是这点让《鼓》变得如此重要。如果《行程》促进了早期的文学理论化，那么，《鼓》让早期种族隔离制度下的生活体验能够被美化。得到确认的是当它把总部从开普敦搬到约翰内斯堡并抛弃了它早期的人种志倾向，《鼓》就获得了成功（艾迪生 1978：6）。然而，最初的几期期刊当时还被命名为《非洲鼓》，刊有对传统非洲艺术和音乐的博学的文章。这和《行程》在早期，最傲慢的时刻有很大的相同之处，城市读者发现约翰内斯堡的《鼓》在和他们自己暂时性同步的范围内和他们交流。有个事实进一步强化了这点发现，即《鼓》是第一批在市场上销售，而不是通过订阅的"黑人"出版物之一———也可能是第一个。然而，从这层意义上来说，同时性并不意味着《鼓》和读者的生活世界之间一对一关系。更确切地说，这本杂志尽力以讲究的，断断续续的，甚至反驳的方式来涉及这些生活世界，也扩展黑人的想象，并由此在这个城市和它的黑人居民之间架起了桥梁。通过调动机械再生产的资源，《鼓》自己树立了一个现代性的再现性形象。来自黑人住宅区的歌手（阿农 1953b）、在亚历山大的流氓、在万隆的政客（穆帕赫列列 1955）、东非的黑人海军军官学校学生（阿农 1955a）：所有人都分享了《鼓》页面上的私密空间以及读者的私人空间。约翰·马特什基萨（2001：9），《鼓》的作家托德·马特什基萨之子，在他的一本童年回忆录里唤起了对这种私密的记忆：

> 有时候感觉我是在《鼓》的那些厚厚的灰白色的舒适的多新闻页面层层包裹着长大的，就像一个穷人家的孩子。它的形象似乎已经在我身上留下痕迹，就像那些大量的廉价的新闻报纸上的墨迹会染到读者手上一样……《鼓》比生活更广大更生动，因为，在我天真的眼里，它是真实世界的一扇窗户，我能感受感觉到周围的一切，却只能通过它页面的虚张声势才能真正知道。 40

在这里，读者群和《鼓》的印刷之间有一个集合。更重要的是，《鼓》所提示的世界让主体的经验世界相形见绌。《鼓》作为一个势不可挡的，明亮的世事被记住，而这个东西不仅和主体经验相关，而且还超过了它。

《鼓》的视觉本性脱颖而出，与它冷静的、以词语为中心的葡萄牙语系对手形成了鲜明的对比，包括《行程》《非洲呼声》和《讯息》（在罗安达和里斯本）。不关心政治的《疲惫不堪！》开辟了献给"黑人"的基于图片的消费者杂志。但是《鼓》在它自己的战场上打败了《疲惫不堪！》（拉当 2001）。照片、插图、喜剧和无穷尽的广告一起形成了每月一次循环的视觉盛宴。和任何狂欢节一样，愚蠢的水平通常很极端。1953年 4 月和 1954 年 6 月，《鼓》刊登了它自己的科幻讽刺小说，调侃"来自月球的男人"，先拜访《鼓》的办公室，然后它接待了来自《鼓》的访客（阿农 1953a 和 1954）。在一个典型的性别歧视的扭曲中（阿农 1954：10），《鼓》宇航员捎上了

"我们最喜爱的封面女孩之一，乔伊斯·马林加"。1954年的传播内容大部分由一个特大号的乔伊斯和小小的月球人员在她身上攀爬的照片拼接而成。作为现代性的象征流派的科幻小说更随意地提出代表黑人的主题。（但是，也有和一个女性"非洲"相遇的使人不安的弗洛伊德方面。）

视觉盛宴的标准成分是选美比赛、摄影专题、连载漫画（由美国进口）、故事插图和无所不在的商品广告，比如手电筒、"血液净化药丸"、香烟打火机、软饮料、肥皂、炖锅、可可豆、沙丁鱼和很多定位在初期的黑人中产阶级消费的产品。在《鼓》中，通常融合了词语和图像的广告经常超过篇幅的一半以上。[39]这让他们较之《行程》更加占优势，而在《行程》中广告和视觉材料通常严格地服从编辑副本。

《鼓》中视觉的大规模投入是全球印刷文化中快速增长的影像密度的症状。这是必然的，南非黑人从未像现在这样作为现代性的主体受到大规模的质疑，而他们恰恰是现代化的重要群体。以往这些黑人作为现代主体被质疑往往是以使命、政府、产业和政治组织的形式，儿这些通常具有道德或工具主义色彩。[40]《鼓》是一个城市现象，远离农村传教所的平静环境——直接在约翰内斯堡人行道上售卖，而不是通过订阅的新型"黑人"杂志。在混乱地竞争马路读者的过程中，它必须深深地依赖愉悦原则。我赶紧补充一点，它的确做到了，通过在家庭主妇或受欢迎的女性和挣钱的男性之间加重性别差别——而工资基本和上班女性的经济状况无关（德里弗1996：233）。泻药广告宣称，一个男人工作的成功取决于消除便秘。石蜡广告则表明一个在家的女人就像一盏灯。编辑副本经常充满了性暗示以及桃乐茜·德里弗（1996：232）故意称之为"女性的贬低和诽谤误传"的东西。[41]

在这个性别设置里，《鼓》主要起到了测试的美学功能，借用一下本杰明的专业词汇。他说，在电影里，演员和观众是分开的。摄像机和编辑在双方之间斡旋。这让摄像机接近演员的表演近似于测试。同样的场景要拍摄好几次，"对于表演，摄像机不断改变位置"（本杰明1970：230），而片段被组合起来建构一个统一的底片顺序。相应地，当观看一部电影时，即使观众"站在摄像机的位置；它的方法也是测试"（本杰明1970：230～231）。这个术语应该在科学实验里使用。这个论证中有些窍门，尤其是电影制作的合并——这赠给演员和导演上百次的机会——以及观众获赠导演决定的底片浏览，但我们能让它暂时过去。激起我兴趣的正是测试的概念和它与《鼓》的文化氛围之间的联系。

电影，尤其是美国电影，使得亚城文化更加完整。有大量的证据表明媒体如何作为了测试态度和类型的方法，特别是在阿飞中（格瑞迪2002：144～155；莫狄森1986：51～52，65；Nixon 1994：32；桑普森1956：96～109）。我认为《鼓》的印刷页面有相似的测试潜能。在安东尼·桑普森的论述中（1956：24～36，114～126），对《鼓》的早期编辑方法是高度实验性的。更重要的是，《鼓》视觉和文本记号的短暂融合暗示，在这个印刷的私密空间内，没什么是确定的。科幻小说讽刺性文章在黑人群体上测试了一个白人性别。那幅著名的画，矿山废石堆上多莉·拉塞贝（因为它"看上去像一个海滩"，桑普森［1956：86］）是在玩笑试验的情绪下完成的，正如它在男性的凝视下征服了女性的身体（哥亚尼亚1954）。[42]与1968年巴黎的口号"在人行道下，海滩"不同，它不惧怕（男性）读者通过想象把煤矿的氰化物非产品——废石堆——变成娱乐的剧院。有了"唐·鲍尔斯"，一个在《鼓》刊登了多年的美国连载漫画，一位叫做卡格的尼安德特人的白人拳击手成了这份杂志的吉祥物。[43]这也测试了逆转的文明层次，有鲍尔斯作为美国价值的久经世故的黑人拳击手和卡格作为彻底的原始性代表。

相比于对《鼓》常见的逃避现实的指控，测试的概念可以说有更少的评判性却更富有成效（格瑞迪2002；莫狄森1986：139）。逃避约翰内斯堡冷酷现实的渴望肯定很真实，就如莫狄森对于他看电影的描述所证明的那样（1986：172），但在那种特定环境下，测试全球循环的形象和话语可行性的愿望同样真实。因此，《鼓》的跨国方面成为节略世界的一种方法。远方的东西被带进主体的私密空间，作为一个世界性机构的幻影来玩耍。阿飞帮目空一切地使用名字的后现代方面，来自于当代世界史——"美国人"，"俄国人"，"盖世太保"——不同于《鼓》对于类型和态度的剪切—粘贴方法，这方法主要来源于美国，也来自于非洲甚至印度的其他地区（桑普森1956：96～113；舍勒格1955）。

《鼓》中的文学

记号和形象的流通测试在《鼓》的文学页面上表现稍微有所不同。采用鸟瞰视角，人们可以在出版的故事中看见一个明确的张力，而这些故事一方面是后浪漫派明显的英国文学概念，另一方面是现代主义者迷恋全球分布的美国大众文化流派和约翰内斯堡"现在"的流派。这种张力在某个特定作家的写作中很明显，比如博洛克·莫狄森以及在作家们之间，就像彼得·亚伯拉罕斯和伊奇基尔·穆帕赫列列位于饱学之士阵营，而凯西·莫特斯斯和亚瑟·马伊马内处于大众文化阵营。

因为缺乏成熟，这种区别似乎要跟随《鼓》的"粗制滥造作品之人"的标准评论（林德弗斯 1966：57）和它的"非洲城里人想读的那些书籍的任意标准"（穆帕赫列列 1959：187）。但我想说的要点与此不同。不是解决"严肃文学"和"大众文学"之间质量上的冲突，而是让我们把张力本身看作印刷媒体在现代性中扩散的产物。这里，我们面对的是受限生产领域和大规模生产领域之间的分离，而它是由 20 世纪 50 年代南非的种族化成层奇妙地伪装起来。

彼得·亚伯拉罕斯和伊奇基尔·穆帕赫列列是这方面两个例证的人物。彼得·亚伯拉罕斯成为文学潮流的模板。除去身为《鼓》所刊登过的两个最长的连载文本的作者之外——《野蛮的征服》和《告诉自由》——他还经常担任短篇小说比赛的评委，成为黑人知识分子的偶像，甚至是新闻记者。[44] 参考文献代码的概念（麦甘 1991）对我的论证很重要，因为我发现亚伯拉罕斯的写作通常具体化为空洞的"作品"，只有以印刷书籍的形式才能获得。在《鼓》里，早期的连载《告诉自由》把自传放在了一个彻底不同的参考书目环境，而因为它不精美但可用的文本和视觉并列，它更多类似于亚伯拉罕斯所描画的养育，而不是英语书本里宁静的环境。讽刺很明显：用参考书目的说法，亚伯拉罕斯回到了让他能够逃避的书本世

43

界里。

亚伯拉罕斯 1939 年就离开了南非，远在《鼓》开始出版之前就成了一个有名望的作家。他被《鼓》占用为"他们的"文学名人，可能主要是因为他从未属于过亚城群体。亚伯拉罕斯是英语文学浪漫遗产的追随者，而他的自传《告诉自由》的连载是《鼓》最持久的业务之一，用一个与它印刷的商业化相反的文学概念。[45]通过对亚伯拉罕斯生活的记叙，《告诉自由》立刻完成了两件事情：它控告南非种族主义，获得浪漫主义流派和美国黑人写作的道德权威的支持以及提供一个持久的印刷将超然存在的寓言。李——在《告诉自由》里亚伯拉罕斯叫作李——发现文学是一种显现，熟练地把记叙分成了两半：

> 有了莎士比亚和诗歌，一个新的世界诞生了。新的梦想、新的渴望、新的自我意识都诞生了。我渴望以这些书籍所设置的新标准来认识自己。我生活在两个世界，弗里德多普世界和这些书籍的世界。但不知怎么地，两个世界都一样的真实。（亚伯拉罕斯 1954a：17 和 1981：161）

这刊登在《鼓》上，关于李的第二次顿悟的章节也刊登在上面。他在班图人的社会中心里发现了美国黑人的写作。在他欢天喜地地阅读了 W.E.B. 杜波依斯、康锑·卡伦和其他之后，为了他的思想争吵的两个世界则变成了现在他占据的，或者更确切地说占据他的两个印刷世界：

我的精神分裂了。美国充满无尽机遇的召唤很强烈。黑人住宅区，黑人同事和"新黑人"作家的召唤引人注目。但是查尔斯·兰姆、伊利亚、约翰·济慈、谢莉和他们带领的光荣的主人做出了一个相反的召唤……似乎作为一个黑人，美国有更多的东西给我……英格兰坚持零给予，甚至没有同伴的安慰，但这样的英格兰能够反击那个召唤，因为现在死去的人们曾经静静地不慌不忙地，穿过荒野，行走在路上，也曾经歌唱，唱得那么美好以至于在遥远的世界，在另一个时间，他们的歌声穿透了黑人男孩的心灵。（亚伯拉罕斯 1954b：53 和 1981：199~200）

在亚伯拉罕斯的修辞中，世界的扩散、分离和联系是很有趣的。很显然，印刷文化——特别在由诸如学校和 BMSC 这样的机构调停的时候——对《告诉自由》的叙述者产生了一个幻觉效应。通过"想象"，"想象"，"想象……"他对黑人住宅区的幻想有节奏地加上了标点（亚伯拉罕斯 1954b：53 和 1981：200）。在仅仅应对文本，应对在英语话语网络中流通的一本书的参考书目代码的同时，文学的真实性要求李不仅能够想象，而且还能相信完全不同于弗里德多普和约翰内斯堡的经验世界。我们面对的不是文学的新奇，而是作为新奇的文学。在亚伯拉罕斯所写的在种族主义、贫穷和普遍的不安全感当中发人深省的成长故事中，文学承诺了一个崭新而不同的世界。对李而言，当他最终设法离开南非前往英国的时候，它终于变成了一个解决方案。身为一个作者，他的事业远远超过自传的界限，但是，通过回到文学授权作者能够离开的那个国

44

家,《鼓》的连载章节描述了一个整洁的回文。《鼓》的编辑
副本强调这种鼓舞人心的作者和印刷的循环流通,通过不断地
提及"一位从贫民窟上升到国际声誉的南非有色人种作家,
彼得·亚伯拉罕斯令人惊讶的人生故事"(亚伯拉罕斯 1954a:
17)。[46]

通过强调一位老乡的成功,《鼓》不仅帮助它的读者引进
更宽广的世界,而且加强跨国性和印刷界之间隐形概念上的联
系。不是任何古老的印刷:亚伯拉罕斯的成功程度应该用他加
入英语文学领域要求的意愿来衡量。他谈到"召唤"和"反
召唤"并不是偶然。通过一个话语网络来到他身边的文学质
问亚伯拉罕斯,而这个网络是建立在长期的殖民历史上,一个
征收和镇压的历史。他由于赞同印刷页面,或者我们应该称作
该书的参考书目代码,所给予的卓越而在这个特例中删去的历
史。抓住他想象的是语言作为印刷的表现而不是它的使用
价值。

亚伯拉罕斯的文学理念严重受限,并在他作为一个无产阶
级的"有色的"南非人的社会背景下,严重衰减。他的文学
社会化发生在彼得斯堡(波罗瓜尼市)外围的圣艾米利翁以
及约翰内斯堡的"黑色的伊顿公学",圣彼得大教堂,但除了
那个以外,在南非他几乎没有任何机构的支持(亚伯拉罕斯
1981:220~246,249~259;韦伯 2000:1)。因此,跟随文
学号召的赌博被表述为孤独者的浪漫追求,尽管它是由英语文
学领域的机构权力和它与被判定为在印刷的巨大扩张中极具价
值的东西的隔离等多种因素决定的。亚伯拉罕斯对欧洲艺术和
文学的"宗教体系"做出了反应——本杰明这么叫它(1970:

226）——而它在 19 世纪作为回应大规模生产的冲击而得到发展。面对文本的扩散，文学和艺术在后康德欧洲时期向内转向，并在自己内部建立了价值基础，而不是在它对整个社会的"有用性"上。这就是布尔迪厄发现文学领域出现的地方。《行程》详细阐述了在这样一个美学范畴的分离逻辑之中，它对自满的殖民文化的准前卫批判（并经常反对它）。亚伯拉罕斯没有任何关于他的前卫气质，但他对文学召唤的回应是以对它的排外性的一个可比的向往为特征的。作为一个南非人，他的历史地位自认为是将英语文学受限领域中得到的经验文本化的渴望。这和发表在《行程》上的安东尼奥·雅辛托的演讲中的领域和经验之间的分裂非常相似，尽管后者希望转移领域，而不是转移他自己。

45

在《鼓》里，文学的受限领域不是一个测试问题或者复兴问题，而是一个重复的问题。通过赞美亚伯拉罕斯和兰斯顿·休斯，这本杂志加强了特定英语语系文学领域的价值。考虑到在让"黑人"写作的任何形式合法化的斗争中固有的困难，这不是一个直接的肯定行动。每年的短篇小说比赛，仅面向"非白人"并主要由成功的作家来评定，是《鼓》以美国和英国领域的模式，对培养一个本土文学领域最一致的贡献。[47]然而，人们低估了这点。它和大众文化印刷业的共栖从未作为一个问题来看待，尽管它确实导致了编辑压力。对于一份反身承担南非黑人文化的期刊来说，人们需要飞跃到 20 世纪 60 年代的《经典》，在此之前我们已经超越了《鼓》的多元主义的范围。具有争议性的是，正是这本杂志对文学受限领域的未形成理论的态度使得这些相异的故事讲述方式能够被测试（而不是被肯定）。

让我们转向亚瑟·马伊马内。和亚伯拉罕斯相反，他是亚城系列的一部分，也是"现在"约翰内斯堡的一部分。测试变成一个相当复杂的事情，一个占用和自我格式化的问题以及摆弄对比媒体范例。在他无情的短篇小说之一，"销售犯罪"里，在人物的描写和小说的写作上，测试都很明显：

> 我，很聪明。我知道所有的方面。我去过很多地方。在我大学二年级的时候他们把我开除了，而我的父亲把我赶出了家。我变成了一个流氓、扒手、抢劫犯、全方位的骗子。但我做这事是按照科学的方法。尽管如此，几年之后我还是发觉那个古话："犯罪没有好结果"，是正确的。在比勒陀利亚，我加入了警察队伍——在那里没人认识我。经过一年的出色服役，我递交了我的辞呈。在我让巡视员确信我真的有意如此，并告诉他我的计划后，他走后门让我拿到了一个私人侦探执照——一个可以带枪的执照。当然，你们都知道在约翰内斯堡不存在这样的动物。我不也存在——除了在书页上。（马伊马内 1953a：32；查普曼 2001：24）

在这篇文章中，趣味性很丰富。首先，我们面对的是作为私家侦探的切斯特·莫雷纳。他已经测试了社会上很多职位（并且是"按照科学的方法进行"），却退到社会生活的边缘。在一般性地展示美国态度和特征的时候，在黑人出版社，这是常见的做法。关于《鼓》的竞争对手《疲惫不堪!》，就像欧

46

文·马诺伊姆所留意到的那样（拉当 2001：524），美国英雄
"不必是真实的——甚至不必真的是美国人。"但惊人的是，
马伊马内大力地强调他的英雄的虚构性，就如后来在一本小说
里他谈到的一个角色（1953b：29）："如果你仍然不知道谁是
白色大丽花，你最好回去读读漫画——真正的犯罪漫画。"[48]这
就是在约翰内斯堡和南非的命名空间里的测试小说。我们不要
求把小说当作现实世界的一扇窗户来严肃看待，而是要求把所
有小说当作他们重要性状况的评论来更认真地看待。他们突出
印刷的模糊属性，而印刷能够建议和否定世界。在"销售犯
罪"中，媒体的波动性在情节展开的时候进一步变形了。我
们被告知，莫雷纳买了"最小的电影摄像机"和镇上"最大
的书之一"，却通过把这个摄像机嵌入挖空的书里转化媒体之
间的象征关系。然后，我们阅读了一个犯罪行动，而莫雷纳把
它拍成了电影。尽管转瞬即逝，但是元文本讽刺是令人崇敬
的。然而，这本书以及它所有的随之而来的象征资本，是一个
再生产长链的结果，而这个链的开始部分（可能）就是摄像
机。它是一个生产工具，而不是消费工具。莫雷纳是不现实的
也是不存在的。但他按这样的方式占用了技术先进的机械再生
产的代理处。马伊马内让他通过印刷媒体来完成这些，而这点
表明了印刷的可协商地位，除了强化讽刺这样的代理在种族隔
离制度下代表黑人主体。对于马伊马内的侦探来说，这本书是
一本方便的小说，只要它考虑到摄像机镜头对于私密空间启示
性的关注。这样，它描绘了一个回文：如果机械再生产可以把
远方的世界带进私密领域，那么这个侦探就威胁——借助他的
摄像机——把隐藏起来的东西公布开来，就像由亨利·恩杜马

洛所倡导的《鼓》的社会报告文学形式。

"销售犯罪"的测试美化了地点。类似地，博洛克·莫狄森的"值得尊敬的扒手"，凯西·莫特斯斯的监狱臭虫小说以及大量的其他书籍把美国风格瞄准了南非材料："她抓住我，我们开始减少平均跳"；"周日必须是我逃出这废石堆的日子"（莫狄森 1954：23）。这让叙述声音很有意思地变得不稳定：意指的地方是约翰内斯堡；表达意向性的方式却是美国方式。通过把一个流行文化的"美国"翻译成约翰内斯堡，比国家党的南非种族叙述更加迷人、更加鼓舞人心的叙述被编入了德兰士瓦省具有争议的织物。的确，故事几乎不会多过草图。只有有了后来的亚城的纪念，尤其是莫狄森的《把我归罪于历史》，这段时期的文学承诺才变成自己的。确实，诸如马伊马内或凯西·莫特斯斯的故事，如果有人尝试把它们当作对于早期种族隔离的回应来阅读的话，给人留下的印象是政治上不可知论的。然而，按照亚城作家的"不真实的现实"来谈论这个可能是令人遗憾的（格瑞迪 2002：153）。语言并没有给予我们立即进入现实的途径，就如马伊马内的元文本讽刺暗示的那样。不过，它可以影响现实，尤其是影响语言现实，当它通过机械再生产得到分配和商品化时。《鼓》的某些作家使用机械再生产资源的创造性，和通过聚合进口流行文化和本土经验，狂欢的印刷文化的创造性，本身就是一个突破性进展。

47

# 第三部分

在将非洲文学紧张的困境理论化的尝试中，艾琳·朱利安

（2006）谈到了"外向的"非洲小说，而它转向外界并急迫地遵循西方评论家和出版商的协议。她反对本土生产、分散并阅读的非洲文学。这个区别对《行程》和《鼓》也有用吗？首先，看上去确实有用。伴随着他们海外文学和西方元语言的频繁调用，《行程》的文艺辩论适合这种外向型。基本上由白人殖民者生产，这份洛伦索马贵斯的期刊肯定是在莫桑比克出现，但有争议的是它却几乎不属于莫桑比克（重新讨论莫桑比克文学评论的一个古老的区别）。相反，《鼓》可能是一个本土生产阅读的"内向型"文学的完美典范。

　　然而，我试图证明内部和外部之间的这样整齐的二进制将会扭曲我们对这些杂志的理解。这两者毕竟都抓住了文学文化和视觉文化的跨国趋势，并且两者都试着去将他们自身对文学和文学新奇性的表达本土化。安东尼奥·雅辛托对"即将到来的一个更美好的文学、更公正、更人性化、刚好属于我们"的安哥拉号召以及马塞利诺·多斯·桑托斯对于他出生地的诗歌性赞美几乎不算是外向型的例子，而是属于一种意向指向，朝着安哥拉和莫桑比克想象出来的团体的意向指向。《鼓》对美国持续的调用或者它对于彼得·亚伯拉罕斯的国际境界的骄傲不能被看作是内向型的直接的反例。印刷并没有像人类代理那样以同样的方式来谈判地理。它跟随经济和象征权力的流动，却又不是生硬地由它们来决定。相应地，文学流通的偶然的方面——以及话语网络的偶然的方面——不应该被忽视。

　　因为这些原因，我发觉，在文化生产和消费的衰减的重合领域之内，依据不同的位置，评估这些杂志之间的差异是更适合的事。由于它简要地关注社会冲突和美学价值的生产，这个 48

领域是一个特别有用的概念工具。"文学或艺术领域是一个力场，"布尔迪厄如此写道，"但它也是一个斗争领域，要想转变或保全这个力场"（用原文强调；1993：30）。一方面，正在讨论中的力是晚期殖民主义和早期种族隔离的政治窘况，而另一方面，这种力是远方的文化生产领域的质询。然而，我们正在谈论离散力量的融合。因为殖民历史，葡萄牙和英语印刷文化形成了能够在全球很多地方都能进入的话语网络。尽管如此，这些网络相互却是分离的。尽管源自相似的可能性的历史条件——资本主义、印刷机、公民识字率——但是，只有通过翻译和置换的动作网络才能相互渗透。新的修辞语境转变了翻译因素，因为这些因素反过来又影响新的语境。翻译和重复相当于话语事件，它们都很独特（不可复制），不可计算总数的话语网络的实例，而这个网络是通过书籍、杂志、语言技巧，等等的偶然性分布形成的。正是在这种网络的范围之内，通过这些话语事件，特定的作家和编辑也许就做出行动，开始组建一个有益于产生新奇的专门的文学领域。这既没有向结构决定论也没有向唯意志论赋予特权——或者说是结构和代理的组合——但与在欧洲和美洲能够得到的相比，殖民化的莫桑比克和种族隔离下的南非的文学领域代理的可能性的幅度大大地降低了。繁荣的印刷文化和这个领域中强大的社会交互作用（和争论）的联合——这就是19世纪时布尔迪厄是如何刻画法国文化领域的——在南部非洲却并非如此。我们所讨论的杂志是在亚城和洛伦索马贵斯强大的社会交互作用下产生的。它们联合组成了一个特别不平坦的道路，前往那些构成英语和葡萄牙语的网络的话语事件。通常来说，在英国、美国、葡萄牙和巴西，《行程》和《鼓》的制作人定位在争取奉献以外（彼得·亚伯拉罕斯是个至关重要的例外），但是话语网络使得他们可以参与外生领域动力学，甚至在某种程度上复制它们。

在自主权减少的情况下，作家和评论家努力去开拓他们自己的话语空间。在位置攫取的水平上，在与美国流行文化和美国黑人写作的互文对话中，《鼓》产生了本土文化的表达性。同样地，它对彼得·亚伯拉罕斯的赞美是他的弗里德多普背景和国际境界的共同作用。《鼓》作为一个文本代理，以这样的方式出现，不仅吸收了远远超出生产位置的来源和价值，而且，更重要的是，利用这些来源在大众受众和知识分子的需求之间协商一个标杆，而这大众受众形成了它的经济基础，知识分子则经常是使命教育的受众，就如亚伯拉罕斯和伊奇基尔·穆帕赫列列的著作中基本上清楚显示的那样。

在《行程》的例子中，调用的跨国话语的数量更大。在这杂志中，民族真实性将会作为文学价值最梦寐以求的方面。它的全球联系比《鼓》的联系更迅速，就像它与《顶点》的密切合作或者它对巴西、美国和安哥拉写作的展示。[49]有趣的是，它既不能（因为莫桑比克极低的识字率）也不想在与"大众受众"的关系中给自己定位。《行程》上充满活力的辩论背后的基本原理反而是在知识分子受众和殖民家/资本家受众这两个极端之间产生，就如雅辛托的介入用图表清楚解释这一切一样。

尽管他们在不同国家都攫取了地位，但《行程》和《鼓》身后的团队的确形成了地理受限的文学领域的支柱（并很快将在南非的例子中散播）。因此，刘易斯·恩科西，伊奇基

49

尔·穆帕赫列列或奥古斯都·多斯·桑托斯·阿布兰谢斯的各种各样的位置攫取不应该以其他文化领域的其他代理之间的认知斗争的方式来解读，更应该作为在关于文化生产的所有种族的、政治的和经济的局限中努力建立该领域来解读。在这层意义上，对新奇的意愿，讨论中的话语网络的一个普遍特征，在约翰内斯堡和洛伦索马贵斯开始变得激进了。

　　尽管他们不同的受众有社会动力学，但这些杂志对于到达文学的方法的差异（以及在南非和莫桑比克文学历史上他们地位持续的重写）也必须解读为反对不同的想象"种族"和"现代性"的话语模式，而这些模式那时候是在英语和葡萄牙语中通用的。《鼓》从一开始就致力于在南非（和非洲其他地方）建设一个类似的黑人公共领域，沿着美国黑人已经获得的那些东西；《行程》总体上说是一个反种族主义者，却并不困扰于"种族"。相反，它试图通过坚持"莫桑比克"作为文化和知识介入的一个综合语境的合法性来标明它与葡萄牙的不同。假如像莱特（2004：14～16）和巴文图拉·苏萨·桑托斯（2002）所说的那样，在与诸如英国和法国这样的皇权的关系中，葡萄牙殖民者本身就是"半卡利班的"，那么，看上去这个矛盾的职位以及《新国家》的专政状况，在反对派中促进了一个种族分类的轻松的方法。《鼓》对创造一个按种族定义的公共区域的策略永远不是《行程》，或者莫桑比克随后出现的文学杂志的选择项。

50

# 3. 刘易斯·恩科西、马里奥·品托·安德雷德和欧金尼奥·葡京：非洲文学评论的开始

1963 年，欧金尼奥·葡京非常愤怒。这并不奇怪。作为当时莫桑比克颇受争议的著名评论家，葡京从未远离文学热点问题的讨论。在词源学上，无知与忽视之间有联系，这点非常重要。通常这也是他研究的重点。1963 年 8 月，在《莫桑比克之声》中，他批判莫桑比克文学就像乌鸦一样黑，这并不奇怪。让他如此愤怒的直接原因是发表在《新非洲人》上的一篇关于莫桑比克文学的文章。最初，这篇文章让葡京异常兴奋。因此南非的人们开始关注邻国的文学。更多的原因还包括：

> 理查德·赖夫曾经去洛伦索马贵斯做过访学，暂且说是访学。人们与他进行了深入交谈。从友好的交谈中，我们发现他是一位年轻的、有文化的人，他对文化的各领域都比较感兴趣。他充满活力，有时有点淘气，尽管他资历高，却让人感觉到他非常亲切。总之，他是一个聪明的好

人。（葡京 1963：6）[1]

相应的，葡京很好奇南非人赖夫是怎样评论莫桑比克文学
的："他阅读了谁的作品？阅读了多少作品？所读的书都是最
佳作品吗？他读的书是否名著？谁给他留下了最深刻的印象？
假如他不懂葡萄牙语，他又是怎么读的呢？"（1963：6）[2] 我们
暂且在此分析葡京为何如此好奇与兴奋。问题的累积将读者领
到了一个领域，即战后非洲文学评论中特别棘手的一个课题，
这就是认知的开端。即希望他人能通过认知来了解我们所表达
的内容。葡京很渴望知道各个独立的群体如何通过媒体或者语
言相互联系，因此他更加坚定了文章的研究方向。然而，他非
常痛苦和失望。在他的文章里，赖夫（1963）仅仅强调了四
位诗人——若泽·克拉韦里尼亚、鲁伊·诺夫里、瓦伦特·马
兰卡塔纳和杜阿尔特·加尔瓦。葡京认为，后两位诗人并不重
要。赖夫遗漏了很多作家，例如：雷纳尔多·费雷拉、阿尔贝
托·拉塞尔达、格洛里亚·圣安娜、奥兰多·曼德斯、埃里迪
奥·罗恰和费尔南多·科托。葡京认为这些作家都比瓦伦特和
加尔瓦成功。"很难理解为什么忽视了雷纳尔多·费雷拉的诗
歌，而评论了尚未形成的马兰卡塔纳的诗歌，这非常不礼貌，
或者难道这仅仅是因为某些文学评论专家的粗心大意。"
（1963：6）[3] 此外，赖夫认为克拉韦里尼亚是所有莫桑比克诗
人中最重要的一位，尽管其他作家带来了优秀的内容，完美的
形式，也表达了诗人的情怀和价值感，但这些无论如何也不会
把克拉韦里尼亚创造的价值比下去。（葡京 1963：6）[4] 赖夫对
葡萄牙和莫桑比克诗歌的忽视是因为他把克拉韦里尼亚的

"社会代表性"和他的"文学造诣"相混淆（1963：6）。[5]

尽管葡京对赖夫文章的评论还算准确，但我发现他的见解有点偏激。赖夫在《新非洲人》发表的文章短小精炼，只有两页，但令人印象深刻。一名南美知识分子读了他的文章，非常惊喜地发现在洛伦索马贵斯，"文学氛围热烈，作家在精心创作，评论家们评论得激烈，富有创意的作品不断涌现。"（赖夫1963：121）赖夫虽然没有对莫桑比克的文学做一个全面的介绍（由于语言障碍，他也不可能做到），但他认识了那些关注的问题能与自己内心产生共鸣的作家。若泽·克拉韦里尼亚被描述为有强烈的种族观念。他发现马兰卡塔纳的诗歌"让人想起兰斯顿·休斯，一位美国黑人诗人"（赖夫1963：121~122）。[6] 对于这位年轻的白人，鲁伊·诺夫里，赖夫声明他对非洲的认识是如此强大，以至于"能够证明任何非洲人的个人特征都是虚假的"（1963：122）。依据从许多诗歌中零星的摘录（没有桃乐茜·格德斯的任何证明，他很可能是诗歌的翻译者），这些发现并不能有力地证明葡京的阐述——尽管历史证明赖夫认为克拉韦里尼亚是最优秀的诗人是正确的。然而，正是葡京对其尖锐的诽谤引起了我的兴趣。他自信他的分析角度能将他带到较高的知识境界，而不是气愤的情绪。他的语气背叛了他的写作灵感，使他的文章变得空虚。这看起来是相互矛盾的，因为肯定有一部分充满活力的人（即使很少）在支持《莫桑比克之声》。现在我们把《行程》遗忘了太久，自从它彻底失败以来已经过去了8年，但是它的坚持使其长存。《莫桑比克之声》成立于1960年，由莫桑比克的自然会建立（意思是占主体地位的白种莫桑比克人）。这本杂志基本

52　上符合《行程》的设想。双周刊，学术性的杂志，既面向国际化又基于本土（关注殖民者中的中产阶级的问题）。这本杂志出现在非洲历史上的一个关键时刻。1960 年，发生了沙佩维尔大屠杀，阿尔及利亚独立战争爆发，全面独立战争的胜利到达非洲大陆的西部。另外，依据当今的观点，《莫桑比克之声》对政治事件也不够关注。审查制度和萨拉查对葡萄牙殖民地的强烈控制当然会影响杂志，但是许多人（包括葡京）很可能对保持着殖民者的种族优越感感到窃喜。但是，与此相反的一个解读是，人们应该想象到在葡萄牙帝国统治的环境下，作者显然是一个直率的人。依据葡京的观点，来自葡萄牙的游客非常惊讶，即使在审查制度如此严格的环境下，《莫桑比克之声》都能发表如此言论（沙巴尔 1994：149）[7]。

　　尽管如此，《莫桑比克之声》为了补偿政治上的沉默，开始重点关注文学研究。正如葡萄牙评论家阿尔弗雷多·马伽瑞多（1962 和 1963）和本土诗人鲁伊·诺夫里（1963a，1963b，1963c，1963d；也见汉密尔顿 1975：1971～1972）的争论中所说，文学是一个充满激情的竞技场。在争论中，马伽瑞多的马克思主义诗歌与诺夫里的现代主义诗歌产生争论。对于赖夫对克拉韦里尼亚的评论，葡京觉得非常痛心。这是另外一个例子。当时，在洛伦索马贵斯，葡京与其他文学评论家普遍存在分歧，这些例子与他们的分歧有着直接的联系（葡京1996：133～135）。尽管如此，似乎读者中的本地群体和葡京本人的文章的权威性都取决于来自南非英语为母语的读者们的认可。换言之，葡京的修辞暴露出他本人的强烈的矛盾心理，既自信自己的评价，又急切想得到外部的认可。理查德·赖夫

的希望是，历史可能会展示，并不是误导：在莫桑比克这一
章，他的回忆录《记录黑人》里面插入了他在《新非洲人》
的部分文章。赖夫（1981：24）提到他如何遇见了这位初露
头角的作家路易斯·伯纳多·翁瓦纳，并且收到一份他的作
品，由桃乐茜·格德斯翻译。这使赖夫和格德斯成为作家、评
论家、编辑等有了第一步。之后，他才有可能将当时无名的翁
瓦纳归入声望显赫的英语话语网络的编辑，最后导致翁瓦纳的
故事 "As Maos dos Pretos"（"黑人的手"）于 1967 年（在内
丁·戈迪默的推荐下）刊登在《纽约时报》（莫泽 1975：
189）。[8] 葡京没有推断出之后的这些著名事件——在赖夫和葡
京 1963 年的文章里居然都没有提到翁瓦纳——但是，他提供
了一个对赖夫的正确的解读，表明了他在英语系统中潜在的重
要地位。翁瓦纳在文学界突然出名是战后南美和莫桑比克文学
边界相互碰撞的典型例子。从地域上说，这个步子还比较小；
但从不同的话语权系统的相对影响力和权威方面上以及在这些
系统里展现的各种各样的文学领域上来说，这是一大步。其它
资料显示（莫泽 1975：191；沙巴尔 1994：157），葡京是翁
瓦纳坚定的支持者，但是如果他的文章没被归入到英语话语网
络中，他的支持率可能就不高。葡京似乎在告诉母语为英语的
读者，他们也肯定没有读过他的文章，如果你仅仅知道英语文
学丰富多彩，那么，他就应该得到相应的荣誉。然而，翁瓦纳
将会证明他是一个例外。葡京提到的许多作家，其中很多是诗
人。他们仍然不为大众所知，甚至在葡萄牙也不是很有名。

　　事后来看，不管是正确的还是错误的，葡京仍然信心十
足。在这点上，他绝不是独一无二的。相反，人们会很惊讶地

53

发现战后几十年里，很多南非文学评论家（相对其它地域的
作家数量较少）对自己的评论都非常自信。当代评论家，在
各自的领域里和研究方向里，无人达到他们这般的自信，如来
自安哥拉的马里奥·品托·安德雷德、南非的刘易斯·恩科西
和莫桑比克的欧金尼奥·葡京。之后的一个例子是尼日利亚评
论家阿比奥拉·艾尔乐。他痛惜丹尼尔·法辊瓦被本国人认为
是一个伟大的作家，但是在国外却不为人知，然而，亚摩斯·
图图欧拉在国外备受赞美。这一观点与葡京对自己的判断有受
挫的自信正好相一致。这一观点可能出于这个错误的原因。但
是，艾尔乐与恩科西、葡京和安德雷德处于同一个时期，讲的
都是新批评主义的习语，都是英国文学评论家利维斯实用评论
的信徒，并都带着非洲的特色。今天，尽管非洲文学的语料库
很大，关于非洲文学的研究也已经成立很久，判断却几乎不是
显而易见的事。也许，当时这么自信的修辞是为了应对紧急发
展起来的印刷文化，希望批评文学能有一席之地。历史上，欧
洲文学评论职业化是随着国民文化提高和印刷品的大批量发行
而出现的。这个时期大概出现在 1800 年年初和年末。然而，
以前欧洲的一代人接受了亚里士多德、波娃洛和斯卡利杰的诗
学的权威，因此，他们认为文学本质上应该是永久的美的变
式。现在，注意力转移到不断增加的印刷品大洋中的某一单一
的作品。总之，评论家对文学是否变化有着自相矛盾的观点，
在为有限的文化产业领域服务中变为文化的守门人。[9] 单个的
守门人，而非一个集体的发言人。这既有有利的一面，也有不
利的一面：评论家使人们确信与某个文学领域的价值相矛盾的
作品或文本形式被否定了，但是，评论家也积极地推广被研究

者忽视了的特点。只要该领域围绕对文学的定义进行争论，评
论家的作用（明显有别于作者）就是要对知识有着特别的理
解，或者是对知识和情感的混合有着独特的见解。人们很容易
接受诗人是幼稚的天才，但是幼稚的评论家却不被认可。除非
是恶意诽谤，人们是不会这样形容评论家的。一个评论家必须
有着渊博的知识，并且要能展示出他或她的知识。这不仅仅是
让评论家享受和利用印刷媒体的可能性，而是要把他们的想法
利用印刷媒体传播出去（一种固有的虚幻的策略），并且确认
独一无二的好的文学价值，也确认非文学方面的价值。在这知
识和权利不对称的站点，正如我们现在处理的这个问题，矛盾
的本质更为突出。正如露丝玛丽·阿罗约（1999）通过拉康
辩论道，人们强烈渴望公认的主题。她指出，在殖民地的环境
下，主流文化扮演着公认主题的角色，扮演着知识的经营者。
毫无疑问，这点是不可置疑的，自给自足的（1999：143）。
如果评论家在主导文化和非主导文化中活动，或者，情况更好
点，在主导美学作品和非主导地位的美学作品中活动，会发生
什么情况呢？三名评论家葡京、安德雷德和恩科西是本章横跨
这个高度不对称的隔阂的重点。他们都表达出想揭示这个被公
认为应该知道的主题的愿望，他们也想确定这个主题的地位。
他们的研究方法各异，对知识的谈论发生在各不相同的领域，
如果各领域有关联的话。通过比较这些评论家们研究领域的交
集点和详细阐述前一章的研究视角，希望我能证明他们的评论
如何被权威化了。当我阅读到《行程》和《鼓》时，本土文
学这一领域的确定是建立在其它文学领域做主导这个假设上。
因此，与恩科西与安德雷德关注的非洲视角和葡京欧洲的敏感

性之间的可预测的区别相反的是，我认为三个评论家的工作就是通过他们争论的内容以及反驳他们各自的观点来达到一套已被认可的价值观。认知理解他们作品的钥匙。他的功能不仅是他们所说的选取的指标，也是他们洞察自己的研究领域的权威价值的指标。引人注目的是，这三位评论家不管是在各自的研究兴趣和旅游经历上，都是显著的跨国人士。恩科西和安德雷德非常爱好旅行。在 1948 年，安德雷德搬到里斯本，之后在20 世纪 50 年代搬到巴黎，20 世纪 60 年代搬到几内亚。1960年，恩科西经允许离开了南非，游历了美国和欧洲西部。相比之下，葡京在那段受质疑的时间里都是待在莫桑比克（他在1974 年离开这个国家），但是，要不是流亡的话，他的评论性文章可能既不同于葡萄牙大都市，也不同于 20 世纪 60 年代在莫桑比克非常强大的民族主义。不能随意假设当时的国际背景——尽管显而易见，安德雷德的作品被解读为民族主义——三个评论家寄希望于传播媒体和旅游价值上。因此，他们的世界主义背景是他们做出较偏激的评论的必要而非充分的条件。

## 文学的世界性规划

如果评论家需要很大的自信，刘易斯·恩科西在 1960 年时离开南非就非常的自信。在这三位备受质疑的评论家中，恩科西是其中最有可能在世界上找到一个家的人（甘内尔和斯蒂贝尔 2005）。同时，他被认为是 20 世纪 50 年代《鼓》一代的最成功的幸存者。伊奇基尔·穆帕赫列列也可被授予这样的称号，但是，他没有像恩科西一样被认为是典型的《鼓》一代。总之，刘易斯·恩科西是"极好的十年"这个词汇的创

造者。他给《鼓》的记者一个明确的描述为"去并得到，充
满了紧张的情绪，很讽刺"（1983：3）。然而，正如利兹·甘
内尔和林迪·斯蒂贝尔（2005：18）指出，他的流亡经历和
刻薄的评论使他的作品零星分散在南非各地。这个分歧只在
1994 年后期南非发布，阐述了很多不平衡，即使仅仅是从语
言学角度来看，也推迟了很多不同领域的联系，也阐述了单个
评论家要想跨多个这样的领域也是非常困难的。

恩科西早期的诗学描述出了《鼓》时期非常紧张的气氛，
正如在他早期的作品集《家与流亡》中所展现的，甚至当他
离亚城越来越远，那里还是非常紧张。在他主要的作品中，恩
科西展示了自己既有现代戏剧的知识也有欧洲小说，尤其是英
国和俄国传统习俗的知识。但他的谈论直接指向非洲文化和美
非文化的形式，尤其是爵士乐、小说和戏剧。他的风格愉悦，
有别于欧洲传统的冗长沉闷的风格——正如他有时很傲慢——
然而，正是这点为恩科西的文本提供了最基础的约定条款。

他的著名的文章《南非黑人著的小说》开篇就措辞很严
厉的写道：

> 竭尽世界上最大的努力，也不可能从南非黑人著作的
> 小说里找到任何显著的极具才华的作家，一个想像力丰富
> 又有足够写作技巧的作家能够应对南非所面临的问题
> （1983：131）。

这个评论是基于恩科西的发现，即南非作家群体缺少对现
代文学作品的了解。因此，

56

他们乐于讲故事或者试图解决早已被解决了的问题；假如问题没有被解决，欧洲同行们，如陀思妥耶夫斯基，伯勒斯等非常敏锐，从创新的角度充分分析了这些问题。然而，南非黑人作家仍然写这些主题，似乎陀思妥耶夫斯基、卡夫卡、乔伊斯等从来没有存在过。（1983：131）

与葡京一样，恩科西也非常关心知识。他责骂南非作家无知，尽管他们显然要比其他作家更了解南非的真实情况。关于南非的文献属于另外一个价值范畴；对于恩科西而言，其中文学价值更重要，或者更确切的说是文学的时代性价值。这个价值在全球范围内生成，帕斯卡莱·卡萨诺瓦（2004：87）将其定义为格林威治子午线："经过竞争达到的文学空间的统一是建立在这样的假设上，即有一个共同的标准可以测量时间，这个标准所有参赛者都应无条件地认可"。[10]正是基于这个参考点，人们可以测量单个作品的时代性。尽管我在本书中试图辩论，与卡萨诺瓦的观点相比，全球文学的时钟更容易滞后或重置，但这个现实主义者虚构的文学子午线几乎不能不被像恩科西这样的评论家低估。对照公认的想象中的文学的时间表，理查德·赖夫再次发现缺陷。恩科西（1983：136）批评《非常时刻》这本小说完全缺乏想象力，缺乏激情，结构极其笨拙。亚历柯斯·拉·古马的小说《夜里行走》写得很好。然而，恩科西对南非黑人小说总的评价就是糟糕。他们利用种族暴力、社会隔离、跨种族的爱情等现成的情节，没有试图做任何的超越或改变，就把这些社会事实变成了艺术上有说服力的小说作品。南非作家这样的做法违背了恩科西强调的想象力的创造者，而变成了"价值的制造者"（1983：132）。

作为恩科西修辞技巧之一，他列举了当今的条款和文本来有力的证明自己的案例。从罗伯特·兰根堡姆所著的当代美国文章中精选出来的词"价值的制造者"是一个例子，而且恩科西也把南非小说（否定地）描述成纪实电影，纪实的技巧就是"将镜头尽量拉长以拍到场景，通过这样的方式想碰巧能达到艺术效果"（1983：132）。然而，这种将小说写作和电影拍摄合并的方法颇受质疑。用语言写作的过程富有描述和修辞独有的特点。它与用摄像机记录空间和位置的移动的过程截然不同。从修辞学上来说，这个比喻稍微好点。"调整摄像机"可以被翻译成"生产文本"，但这是基于以下假设，即语言可以不通过语言变式来表示它所代表的内容，尽管这个假设也备受质疑。按照这种方式，很多被恩科西的轻快风格遮掩的有问题的假设就会浮出水面。然而，风格本身只是讲述自己的故事，揭示其本身只是一个电影、喜剧和印刷媒体的消费者。恩科西运用隐喻和列举的方法游刃有余。从这个角度看，他的风格在当代全球范围内的审美价值上具有权威性。也许有人会说，恩科西的文学评论标志着"高级文学"阵营。虽然他们不断努力，但最终没能主导20世纪50年代《鼓》时期的文学审美。恩科西更欣赏莫狄森和穆帕赫列列的非小说并不是没有原因的：《把我归罪于历史》和《在第二大道上》，这两本书都重申了受限制领域的作品的价值，尊重了《鼓》时期的作品。然而，与此同时，恩科西也被认为是吸收并改进了《鼓》早期快乐的多元主义的风格，这样他才能挑战保守的殖民地的价值等级观念。在一篇戏剧文章中（1983：：18），他

57

写道，与电影相比，现代英语话剧陷入了奇低的毫无活力的沼泽地，全篇都是令人厌烦的陈词滥调。然而，即使电影是在其最便宜的时候，违背了其是"现实生活的闪光点和激动时刻"（1983：118），戏剧也选择了平淡无奇的自然主义和现实主义（恩科西经常交替使用这两个术语）。戏剧需要意识到的是现实主义的写法比不过电影，因此，戏剧需要变得更加戏剧性：

> 如果采用自然主义的手法表现现实世界，摄像机比舞台更能真实的展现。所以这就是现代戏剧面临的危机来源。正如照相机的发明使自然主义的绘画变得没有必要，电影特写镜头能展示出两个情人做爱时皮肤上的小疙瘩，这样的真实体现手法迫使戏剧演员重新回到面具后，重新回到诗学的象征主义的魔法中。（1983：119）

尽管恩科西呼吁戏剧回归到戏剧的首要原则，但是，理解他的诗学的钥匙是他公开的革新主义。科技的进步会影响艺术创作的环境，艺术形式的内部变化也会影响艺术创作。恩科西抱怨南非作家不仅缺乏创新的想象力，写作技术也处于低水平。对于恩科西来说，艺术是实践与进步。随着历史的演变，解决具体问题的办法的积累，促使文学、戏剧和其它艺术形式都不断变化。正如胡里奥·波马尔或者安东尼奥·雅辛托在《行程》所讲的，创新不仅仅是在比较中存在价值，而是作为创新本身的价值。利用这种方式，恩科西避免了帕尔塔·查特吉（1993：10~11）所认定为分离精神和物质领域的反殖民主义的策略，而把文学的精神活动认为是完全与现代材料或技

术的进步相关。恩科西没有进行大篇幅的阐述。他认为南非文
学属于世界文学系统的边缘位置，这个边缘位置缺乏理解力来
模拟中心文学。弗朗哥·莫雷蒂（1998：1991～1997）研究
并赞赏那些处于边缘的 19 世纪的小说家们是如何很快就学会
了所谓的中心文学的法国和英国小说家的创新，注意到了形
式——不管这个特殊的形式起源于哪里——能帮助南非作家赢
得时间，获得作品，避免尴尬。据说，在戏剧里，新的媒体技
术的引进能带来同样的效果，乔伊斯和伍尔夫的意识流正被运
用到写作中：这使现在的戏剧形式变得过时。然而，在这个案
例中，恩科西选择的路径就是重回到戏剧形式特有的象征主义
的表现形式，这正是非洲戏剧的起源。公共的、戏剧的、非现
实主义的非洲戏剧有可能重振戏剧。在造型艺术上，这样的发
展显然存在了很长一段时间：

　　欧洲雕塑和绘画越来越向非洲的艺术方法靠近。欧洲
的表现主义、立体主义和超现实主义更接近于非洲雕塑和
图图欧拉奇妙的艺术手法，不同于拍照式的自然主义的方
法，而某些非洲画家却热衷于采用这种艺术形式，他们应
该为自己的艺术传统感到羞愧。（1983：121）

看到艺术形式作为全球一体化和内部沟通的实体，恩科西
很机敏地在认知领域的开端徘徊。他首先评论了当前的艺术文
本——我们姑且认为这些语篇是占主导地位的文本而非西方国
家的文本——然后分别分析了媒体和文化领域。这样，讨论非
洲文学并非认为其是一种古怪的民族文学而给予的谈论这样的

恩赐，而是把其作为艺术创新的资源，全球范围内大家正共同努力探索非洲文学。他并没有给非洲特殊的待遇，但他展示了自己的能力，既谴责了南非作家的落后，也肯定了索因卡对戏剧进步的贡献。戏剧的进步和现代的传统观念——很容易陷于西方或是非洲的二分法，在关于戏剧的论文中被颠倒了，使恩科西在评论南非黑人小说时依赖西方小说传统作基础更加可信。简言之，恩科西降低了民族和种族范畴的重要性，但是他没有否定民族和种族。摩擦点就在于此。例如，虽然表面上假设重要的是小说写作的实践，而不是来自于那个民族，但是，毫无疑问，恩科西特别想把非洲、美非和南非的文化介绍给读者。总之，非洲属性是最重要的。这种属性不是民族的本质属性，而是在全球文化价值系统中被压制了的文化。非洲文化的生产者，不管是分散在各地的还是在非洲大陆的，恩科西要想成为认知领域的创始人，仅仅是因为争论中所暗示的那样，如果他们仍然被排除在外，文学的格林威治时间将失去它的权威性。

59

这种高度国际化和致力于本土研究的冲突，在欧金尼奥·葡京和马里奥·德·安德雷德的评论中也很明显。在这三个案例中，对于谁起主导作用，似乎有很多的一致：依据安德雷德的阐述，包括法国、英国、美国、大都市和安德雷德口中的"某个欧洲"（2000：22）。葡京对法国文学的写作以及他对当代法国评论的理解是特别全面的，然而，恩科西更偏向于以英格兰为中心。但是，三位评论家在已经意识到的领域达成了广泛的共识。他们的主要区别在于什么被认为不可知，在怎样的基础上不可知的内容又能被认知。

从这个角度，安德雷德和葡京互为负面形象。葡京讨厌文学的社会性，而安德雷德很喜欢这个社会视角。依据新的评论理念，在葡京看来，艺术价值仅有一种价值，然而安德雷德认为价值是双重的。安德雷德强调文化普及的不均匀，而葡京认为文化普及只是一个事实。两者的区别（尽管他们从来没有直接接触过）在于文学文本上的争论，不仅争论同时期的葡语系非洲文学，也争论非洲文学评论。然而，正如奥拉昆乐·乔治（2003：89）用英语阐述的那样，两种趋势都令人惊讶地致力于要证明非洲文学独有的价值，尽管他们的理论观点针锋相对。

安德雷德是葡语非洲文学复兴的主要研究者，葡语非洲文学出现于罗安达的《讯息》一代，并继续发展至战后出现了帝国学生之家（CEI）和里斯本短暂的非洲研究中心（费雷拉1989：99~104；拉班1997：73，99），该学校在1951年至1953年间还继续发展。CEI和半秘密性的中心（其实是研讨会）是葡萄牙殖民地的激进学生的开会地点，包括娜美亚·苏萨、阿米尔卡·卡布拉尔和马塞利诺·多斯·桑托斯，但他们也深深地影响到葡萄牙本土的学者，如阿尔弗雷多·马伽瑞多。相比较而言，葡京的知识基础是作家、读者、电影迷等定期在洛伦索马贵斯市区的电影俱乐部见面讨论。他与葡萄牙作家和评论家有着私人联系，如现代主义诗人若泽·雷希奥（葡京1998：26）。从地域的角度分析，里斯本的CEI与莫桑比克的学者的分界线在于大都市与殖民地这样明显的区别，在于中心地位的作家与边缘作家的区别。在个体层面，情况更为混乱。CEI（并非马伽瑞多）的大多数学者都来自边缘地区。 60

在洛伦索马贵斯，葡京和诺夫里在默认的情况下被认为代表着中心（因为肤色和语言），尽管他们感觉远离中心。若泽·克拉韦里尼亚当然属于洛伦索马贵斯一队，并且认为是莫桑比克的特色。从文学价值的角度，回文是完整的。置于中心地位的CEI全体坚持扩大中心和边缘文学的差距，认为非洲文学是单独的，具有地域性的认知对象。洛伦索马贵斯的评论家们，尤其是葡京和诺夫里，低估莫桑比克文学的起源，这样使其与都市文学文本相结合。

首先，让我们来看看安德雷德两次决定性的评论，一篇是在1953年，另一篇写于1960年，1961年出版。这些年，通过最激烈的讨论，安德雷德被认为是文学学者；他之后的文学生涯更加政治化。1953年，他和弗朗西斯科·若泽·登雷洛出版了著名的小册子《葡萄牙语表达的黑人诗歌选集》，在利奥波德·桑戈尔的《新诗和黑人马达加斯加法文术语文集》（1948）中被选作为模版。这本18页的画报常常被作为参考的笔记，设计灵感来源于艾梅·塞泽尔的《回乡笔记》。该笔记描述了在欧洲之外的葡萄牙语世界里一个独特的多国的文化环境，然而，在里斯本，葡语系诗歌偏向黑人文化的倾向成为了分水岭（费雷拉1989：93～99）。在一份私人笔记中，我发现在与玛丽亚·德卢尔德斯·平塔西尔戈，前葡萄牙首长和葡萄牙社会党主席的谈话中，平塔西尔戈女士仍然能回忆起在她的学生时代，该笔记的出现激起了颠覆性的兴奋。[11]她和她的同行立刻敏锐地发现这是来自帝国新声音的前奏。1961年，安哥拉地区还在反殖民战争中，马里奥·安德雷德离开了里斯本去往巴黎，之后又去往几内亚，深陷入安哥拉民族主义者的

斗争中。他曾短暂担任了新近成立的 MPLA 的主席，1962 年
辞让给了阿戈什蒂纽·内图。这也意味着他作为文学评论家的
公告角色的重要性下降了。

平塔西尔戈关于笔记影响的回忆几乎没有错误。安德雷德
的《黑人诗歌》的前言非常自信这本小册子开启了认知学的
先河。即使在比较小的语境中，他也公开声明，用"先河"
这个词来强调选集的象征意义的重要性。

> 在葡萄牙语的非洲黑人的第一本选集的开端，简短介
> 绍黑人诗歌的基本特点是非常必要的。所谓的黑人诗歌并
> 不是仅仅指土著非洲黑人作家所著作品，也包括美国人写
> 的诗歌，因此就出现了对非洲问题的比较成熟的新认识，
> 运用欧洲文化中的技巧进行阐述。（安德雷德 & 登雷洛
> 1953：1）[12]

61

以上两句开篇词不仅清楚地表明了一个话题，也涉及安德
雷德对黑人诗歌的理解中许多模棱两可的问题。首先，它坚持
认为我们今天所谓的大西洋黑人（吉尔罗伊 1993）是一个健
谈的群体。非洲黑人诗歌包括在美国的黑人或者在非洲的白人
和混血儿创作的作品。总之，笔记包括娜美亚·苏萨和安东尼
奥·雅辛托。这首诗的关注点，而不是作者的肤色决定了诗歌
具有黑人品质。理论上，在美国的白人作家也可以很好地创作
出黑人诗歌，类似于刘易斯·恩科西（1983：64～67）从白
人爵士乐歌手希拉·乔丹的歌声中能听出黑人的特色。第二，
安德雷德将文学融合视为理所当然：这首诗歌有着黑人的主题

和欧洲的形式。尽管决心主要关注非洲文化活动，安德雷德从来没有表达出不切实际的渴望了解非洲的真实性。正如他在米歇尔·拉班的采访中指出的一样，跨国的印刷文化是他个人成长经历的内在的一部分。他的叔叔们是罗安达的印刷工人，可以自由地接触到日报；他的父亲是报纸的忠实读者。年轻的马里奥每日必干的工作是到他的叔叔家为他的父亲取报纸。一个叔叔给他介绍了一些俄国小说的巴西译本——高尔基、托尔斯泰和果戈理——后来，他也能从罗安达市图书馆里借阅葡萄牙语和巴西语文学。（拉班 1997：33~34）

最后，引用语存在争议，"第一本选集"与"成熟的成果"就非常有趣。在大多数文化翻译过程中，安德雷德的阐述在来源与目标间分裂。意识出现分裂，意识到在某一（主流）语境中是常识，而在另一（主流）语境中却不为人知。然而，安德雷德的阐述也暗示了在黑人人群中也有不同的文化分支。一方面，对比不同的和独特的黑人文化，由于历史原因黑人零散分布；另一方面，黑人又渴望政治上的统一。"成熟的成果"指的是在各种情况下的种族压迫过程，然而"第一本选集"象征着大西洋非洲人民内部不断寻求和解的过程，针对的是公认为跨国的读者。这些人由于历史原因，依赖于或者重新陷入都市中心文学的象征的力量中。

在前言中，安德雷德指出非洲的美学是社会和集体生活中的一部分：

62

> 传统的诗歌并不是单独成立的，也不是作为单一的个
> 体才存在，而是因为歌词是音乐的基础，而音乐与歌词又

是舞蹈的基础。这是一种艺术形式，通常经整合或演变成
更广更复杂的美学表现形式——戏剧。（德·安德雷德 &
登雷洛 1953：1）[13]

　　然而，这种公共的艺术形式正受到威胁，正逐渐被"边
缘且暂时的"非洲形式所代替。非洲作家缺乏真实性，在无
效的模仿着欧洲的形式。这就是安德雷德认为出现黑人文化认
同的原因。不是要提倡本土化，战争中期的新一代黑人——这
里，安德雷德指的是利奥波德·桑戈尔——强烈要求融合非洲
和欧洲文化。安德雷德非常了解这一点。但他仍然发现混血的
融合还不够成熟：当前面临的首要挑战是恢复非洲人民的尊严
和价值。安德雷德既没有参考萨特，也没有参考法农。安德雷
德协调黑人文化实际认同度和他对黑人文化的尊重度之间的差
异：实际上他接受了萨特辩证的观点，即黑人文化认同就是对
立面，预示着将来文化融合（萨特 1948）。他推迟了融合，这
正好与法农在《黑皮肤，白面具》（与《笔记》同一年出版）
一书中拒绝融合相一致。与黑人文化认同的创始人联系，安德
雷德分享了艾梅·塞泽尔从历史学角度对这个术语的理解，与
利奥波德·桑戈尔的民族特点学和文本的真实性（马尔西
安·东瓦尖锐的评论）几乎没有共同点（马德雷拉 2005：
159~160）。

　　安德雷德著作前言的其余部分阐述了非洲大陆和语言是当
代黑人诗歌的家谱。一开始列举了塞泽尔、弗朗西斯科·若泽
·登雷洛和娜美亚·苏萨等黑人作品后，安德雷德（安德雷
德 & 登雷洛 1953：3）大胆尝试，把奴隶买卖时代描绘成非洲

黑人处于美国的殖民统治下。殖民者既没有刀也没有剑，这个时代有的仅仅是奴隶和文化的载体。[14]他阐述道，这是一个高度异构的过程，在荷兰圭亚那森林里的黑人保持着非洲价值，北美洲的黑人已经与非洲失去了联系。关于混血和混种族，安德雷德列举的例子有古巴、海地和巴西。古巴诗人尼古拉斯·吉伦的地位非常重要，笔记就是写给他的。安德雷德对吉伦和古巴诗歌的评论表明安德雷德的诗学是如何反本土化：

> 在古巴，黑人诗人一直着迷于他们民间风俗的"色彩和节奏"，向他们的非洲和西班牙"黄褐色的"家乡唱着赞歌……直到1930年尼古拉斯·吉伦与其他的诗人才超越了对约鲁巴歌曲纯粹的抒情诗形式忠实的再创作，并通过发现他们的"黑人文化认同"发起一个社会意识的诗意运动，（德·安德雷德 & 登雷洛 1953：3）[15]

因此，黑人文化认同被看作一个明显的现代趋势，并且不应该和本质主义民族志的努力相混淆——回到根本——但它是主要通过种族主义和殖民主义的历史而产生的。在和这些社会条件的斗争中，它的价值是由它的有效性来衡量，而不是由它的内在形式方面来衡量。然而，在这种情况下，有效性不能和欧洲语言版本的印刷诗歌的价值相分开。所以，正如安德雷德和登雷洛的笔记所阐释的那样，"黑人诗歌"的概念在结构上是混合的，而且为了在大都市公共领域中留下记号，与这个公共领域相关的价值必须被占用。这点显而易见，尤其在安德雷德关于这些诗人如何对"一个新的全球范围的人文主义"

做出贡献的结论里（德·安德雷德 & 登雷洛 1953：3）。[16]如果
不惜一切代价要抵制同化——模仿登雷洛所称之为"小
Camoeses"——那么，在黑人文化认同、诗歌和人本主义话语
的标志下，这种占用恢复了黑人或非洲作家的代理机构。这些
诗人参与"非洲"和"西方"之间的自我翻译的策略性选择
性行为，而不是由占主导地位的殖民者来翻译。这样的代理机
构部分受到葡语印刷文化的推动，是安德雷德的号召点——而
非文化纯洁性。

在大约十年的时间里，马里奥·品托·安德雷德继续为黑
人诗歌在各种印刷媒体中的价值作辩护。他的文章分布很广；
有些在巴西出版，有些在葡萄牙、安哥拉和莫桑比克出版，还
包括那些重要的"安哥拉"期刊《行程》。20 世纪 50 年代后
期，他在巴黎也当了一段时间的《今日非洲》的编辑。这种
产生于印刷的世界大同主义客观地被解读为他执著于黑人诗歌
划界的对立点，就像从诗歌的主导概念中分离出来的东西一
样。1954 年，安德雷德所写的有趣的诗歌（2000：23），是那
些"尽管他们的西方教育试图与消失的传统之间重建关系，
但是面对非洲的过去，陈述黑人大众的问题和渴望。"[17]这是规
范的批评：在有效地尊重欧洲语系印刷的不对称网络时，安德
雷德在印刷文化中隔离了一个特定的微笑的趋势，目的是赋予
它更大的象征资本。作为一个受过西方训练的知识分子——第
一章里提到过，他开始他的事业是靠在里斯本学习经典——他
精通文学和学术领域的动力学。分离不一定是不利条件，只要
进入主导话的宣告性行为被公开辩护和接受。相反，正如卡
萨诺瓦证明的那样（1999 和 2004），强调差异和变化，如果

在策略上处理的话，恰恰就是那些能够产生文学合法性的东西。

1961 年，状况变得愈加两极化。现在公开地对抗，还带着一个马克思理论的坚实基础，安德雷德不再呼吁全球人本主义，而是加强文化/文学差异和对殖民主义的抵制之间的概念联系。不仅如此——当前"黑人"写作被看作是暂时的：

> 现在我们知道非洲黑人用葡萄牙语、法语或英语所著的文学作品是临时性的，而且在某种意义上是容易消亡的。假如我们认为殖民者发现，这些歌曲的语调是在"危险地"暗指自己，那么，另一个情况就很令人不安：非洲大众并不是这个诗歌潮流的一部分。（2000：56）[18]

与恩科西和葡京相反，但和他在《行程》的对手保持一致，安德雷德把观众带进了文学方程式。任何特定文学的价值都暗中取决于它被"恰当的"观众所接受，取决于大众对文学文化的参与。在这个意义上，安德雷德认为当代黑人写作是失败的，因此也仅仅是一个更大的预兆。这样的殖民主义状况阻碍了文化生产，并试图把被殖民者转变成一个纯粹的文化消费者。在这里，语言和读写能力是关键因素，考虑到殖民主义不仅让非洲语言边缘化，而且还禁止了文化的广泛传播。"源自于这个地区［安哥拉和莫桑比克］的人们的文学创作的所有形式仍然处于口头层次，并保留部落隐蔽状态。"（2000：60）[19]因此，反抗殖民主义的战争同时也是一场为了公共领域发展的战争，安德雷德默认把后者和读写能力联系在一起。然

而，暂时性地，葡语系作家的一小群精英大多和同化政策导致
的损害达成了妥协。他们的能量是——或者应该是——主要致
力于抵制主导文化的引诱以及克服"文化混种的伪条件"（原
文的重点；2000：58）。[20]安德雷德的前盟友弗朗西斯科·登雷
洛，这位曾经的"全球黑人代言人"，现在成了葡萄牙殖民主
义政策的可悲的支持者而被解雇，因此，也成了一位无足轻重
的诗人。

在写这篇后来的论文时，安德雷德与弗朗茨·法农、阿米
尔卡·卡布拉尔及其他人一起，坚定地位于一个革命性的反殖
民主义的知识网络中。因为曾在巴黎住过，也在《今日非洲》
工作过，他知道"每个人"，并深入参与革命圈。但是，有人
认为，这个时候也构成了他告别文学的开始。在 1958 年和
1967 年，安德雷德继续编撰葡语非洲诗歌选集，最后在 1975
年，他以胜利的民主主义精神编撰了一个完整的选集，赞扬那
些"普遍化民族独立战争的迹象"的诗人（安德雷德 1975：
1～2，14）。[21]但是，不管它在建立民族理想的角色怎样，文学
永远不能获得年轻的安德雷德和《讯息》团队所渴望的民族
解放。因此，安德雷德是我们所讨论的三个批评家中最有规划
性的，也是最不关心已经写出来的内容，而不是应该写的内
容。对文学的这种预期的方法把我们带回《行程》的辩论。
在这些辩论中，奥古斯都·多斯·桑托斯·阿布兰谢斯、奥兰
多·阿尔伯克基和安东尼奥·雅辛托从事于那些对未来的作家
管用的操作。在这过程中，安德雷德所做的事情就是从理论上
在传统的欧洲的文学概念——像印刷的一样，像被分割为流派
一样，像著名而又离散的美学对象和作为革命实践的文学之间

65

进行协商，一个将超越西方范例并被民族文化的全体性吸收的文学。他不仅指非洲写作，而且也是指巴西写作。巴西黑人作家的历史很短暂——"只有在象征主义时代以后我们才能在巴西讨论黑人诗歌"——但是，在没有奋力争取"与巴西社会中其他人的自我隔离"的情况下，他们已经更有力地证明在种族主义制度下所受的迫害。[22]最后一个记号很重要，因为它再一次修改了安德雷德的黑人性立场的任何简单化的解释。在他的评论里面，黑人的重点一直都是斯皮瓦克（1993：3～6）曾经确认为本质主义的策略运用的一个例子，总是很有策略。[23] 1960 年，在回顾安德雷德和他的同事在过去十年所取得的成绩的一些段落中，这点尤其明显：

> 我们在寻找我们自己的语言，尽可能地适应我们对真实性的要求，并期望成为大众愿望的解释者。我们都曾经承受过的民族同化主义的分量沉重地压在我们的肩膀上。实际上，我们不仅注意到了我们教育的做作，而且也注意到了根据我们自己的主张去反思非洲黑人价值的困难。为了成为我们自己，有必要把遮住我们的面纱扯开。在这段时间［由安德雷德，阿尔达·拉娜等等］成立的"非洲研究中心"成为文化辩论和对抗的温床。这是一个把我们的灵魂迁移到非洲的问题，并不立即拒绝欧洲教育。
>
> 换句话说，我们把自己扔进了我们"黑人兄弟"的歌声里以及那些组成世界的共生［co‑nascimento］和再创造，并明确宣称人类的尊严的任何诗歌。一方面，艾梅·塞泽尔，利奥波德·桑戈尔，兰斯顿·休斯，尼古拉

斯·吉伦，另一方面，帕布洛·聂鲁达，纳齐姆·希克马
特，阿拉贡，保罗·艾吕亚都离我们的心很近。我们不仅
吸收了深远的意义，而且还吸收了现代节奏。（原文重
点；2000：63）[24]

　　这就是安德雷德对他文学关系最具体的描述。它消除了对
他在全球现代主义趋势中的地位的任何怀疑。该趋势公开表示
艺术和文学的转喻潜力。但是，还有这个"一方面"和"另
一方面"。我们如何解读他在"黑人兄弟"与"其他"诗人之
间的一贯的区别，尽管他们所有人都对变革和尊严明显表达了
相同的意愿？我相信它再一次把我们带到了知识问题上。在面
对印刷文学的全球流通时，安德雷德的散漫策略是指坚持认为
作为一个种族主义的世界里的黑人所产生的处境是文学知识的
一个合法点。这并不是他所拥有的唯一选择。安德雷德也可能
已经抵制了这些区别，比如说还把塞泽尔和聂鲁达并列，既没
有强调塞泽尔也没有突出他自己的黑人身份。但这可能将背叛
迁移到非洲去的"灵魂"。必须记住的是安德雷德随着时间来
应对变化。他并不是说一个原始的非洲灵魂已经迁移到了非
洲，而是指一个通过了欧洲同化和教育的炼狱的灵魂。"欧
洲"因此就一直是一个既定的术语，写在安德雷德的"黑人
身份"上的一个剩余的、创伤性、暂时性的痕迹。与此相对
立的把"黑人身份"作为在"欧洲"的确认中一个暂时痕迹
的阅读同样也适用——逻辑上来说——但不是那么明显。假如
安德雷德把"黑人身份"的特异性作为一个知识点删除的话，
他就会成为知识和黑人身份之间持续的散漫区别的同谋。

66

相反，刘易斯·恩科西通过对他的批判性主体性进行文化生产流派的基础训练来规避欧洲/非洲二分法，而这种生产流派被看作是一个全球性的统一体——小说、剧院，等等——并把黑人身份和非洲问题贬低到一个次要地位上。这也许就意味着安德雷德叛国。凭借他的个人移动性和媒体的流通，恩科西以一种反现实的模式写作，似乎普救主义的情况已经在文化领域出现了；安德雷德的写作预测了一个未来的普救主义，它承诺将文学地方主义的当前配置地方化。这种状况相当理想化——尽管安德雷德倾向马克思主义——并有助于解释他对实际的文学文本相对减少的注意力。与恩科西相反，安德雷德的文学评论给予团结特权，而这样的做法降低了它在与文学的特定领域斗争中的重要性。他所做的就是再生产该领域的一个特定功能——准则的建造——同时把这个功能和中心领域价值分开，比如说漠不关心、艺术至上主义和普遍性。在1953年到1961年之间他所出版的评论文章里，作为黑人写作的旗手，少数几个名字不断被提及。在葡语领域，他们就是阿戈什蒂纽·内图、弗朗西斯科·若泽·登雷洛、娜美亚·苏萨、安东尼奥·雅辛托、阿尔达·拉娜和维里亚托·达克鲁兹。在法语和英语领域，安德雷德选择了艾梅·塞泽尔、利奥波德·桑戈尔和兰斯顿·休斯。事实上，这个影子准则表明的是成功的经典化领域功能的拨款和搬迁如何促进了对于文学的殖民主义偏见的抵抗。

如何震撼大都市

通过分离的意识，认知的阈值作为一个文学评论的问题出

现了：文学生产的离散空间和接受之间的分离以及知识的分离
性政权。刘易斯·恩科西试图克服非洲和南非黑人写作与全球
文学接受的主要地点之间的分离。他并不是通过团结的批评或
者表述差异来做到这点的，而是通过把非洲文学曲解成一个想
象的统一的全球文学时代。相反，安德雷德坚持重新配置分
离，以至于作为一个它自己的传统和主要的准则形成，黑人写
作是可以辨别的；在缺乏这些分离的情况下，假设可能就是黑
人写作在世界文字王国中有持续沉寂的风险。然而，恩科西和
安德雷德的位置并没有删除对方。相反，安德雷德的分离策
略——它再次产生了哈莱姆文艺复兴和黑人文化认同的作家相
似的策略——作为一个话语对象，能与西方文学相比较的黑人
文学的构成是有条件的。换句话说，黑人文学是以矛盾的方式
成为了黑色大西洋的典型，"分别融入"文学话语。

最后，欧金尼奥·葡京提出了另一个，也是一个极端矛盾
的尝试来克服分离。一方面，他坚持选择"纯正"文学与地
点、政治和个性的关注截然不同。在这个方面，通过拒绝询问
这样的殖民主义边缘化，他保卫了葡萄牙和全球文学系统的现
状。另一方面，就如在他与理查德·赖夫的口角中我们所能看
到的那样，葡京积极地捍卫了所谓的莫桑比克作家的"阅读
权利"，而这通常正是他对这些作家的了解授权了这样的捍
卫。接下来，通过更密切地关注他的两篇论文，我希望研究他
是如何协调这种矛盾情绪的。

从20世纪50年代中期到1975年，在这20年的时间里，
作为莫桑比克印刷界里一个独立的评论家，欧金尼奥·葡京都
很活跃。这段时间里，他很多的文章和论文都在《Cronica dos

Awos da Paste》"从鼠疫年代开始的编年史"出版，但也不是所有的。在离开莫桑比克后，他被吸收进了葡萄牙公共体，并成了葡萄牙的一位主要的评论家，而这段职业生涯不在本章节所讨论的范围之内。[25]但是，正如我开始的范例所显示的那样，他从来就不是一个对蠢人有耐心的人，尤其是那些来自于"大都市"又对莫桑比克的文学指指点点的蠢人，或者更普通的那些直接忽略它的那些人。在1973年的一次采访中，他解散了"［里斯本］希亚多文学省里的居民，他们大部分都想确认他们的邻居并没有那么伟大。这种态度没能鼓励他们去看看海洋的另一面"（1996：388）。[26]同样地，甚至"海外文学"的专家，比如阿曼迪欧·塞扎——萨拉查式帝国主义的文化辩护者——都经受了来自葡京的严厉的攻击（1996：330~336）。至于莫桑比克的本土评论，情况并不乐观多少：

> 除去我们一些人偶尔写下的离奇的那篇以外……出版的作品几乎没有任何关键的支持。例子？在莫桑比克，什么样的批判性阅读是由格洛里亚·圣安娜去年出版的那本漂亮的书组成的呢？在莫桑比克，谁又公开地学习格拉巴图·迪亚斯所作的《Quybyrycas》？《普洛斯彼罗岛》的批判性评估或者《曼加斯蒂斯与萨尔》的第二版［都由鲁伊·诺夫里所著］又在哪里？……那些需要被鼓励的东西——通过来自基金会、独立团体、书商以及我们自己的大学的支持——是培养批评的严肃杂志的成长，而这种批判是有组织的，严肃的，也是付有报酬的。（1996：389~390）[27]

68

欧金尼奥·葡京承认一个以印刷为基础的文学性文化有物
质前提，这是很罕见的。在大多数情况下，他认为接近书和批
判书是理所当然的（一个评论家必须是"图书馆的一个长期
的乞讨者"［1996：385］），并且写作起来好像文学领域之间
并没有分化或不平等。葡京通常认为文学以及批判性评估的基
础是普遍的。然而，突然地，我们偶然发现了这个领域的
"欠发达的"密度和专业主义的简短的曝光。这个描述是 20
世纪 50 年代早期安东尼奥·雅辛托对安哥拉批评主义的评估
的回忆录；只是现在它是由一种非常不同的政治气质，甚至是
不关心政治的气质改变。雅辛托对安哥拉的忠诚是明确的，然
而，葡京的忠诚被分成了"大都市"和"殖民地"，分成了渴
望别人的位置（比如说大都市）和假设那个位置就是他自己
的。在他两篇开创性的论文中，一篇关于诗人雷纳尔多·费雷
拉，另一篇关于若泽·克拉韦里尼亚。这种矛盾情绪产生了一
个分叉的但又通常为出色的启发式的批评性话语。

第一篇论文最初是介绍雷纳尔多·费雷拉的一个，也是唯
一的一个死后出版的诗集。在 20 世纪 40 年代和 20 世纪 50 年
代，费雷拉住在洛伦索马贵斯，作为一个诗人在一小圈朋友里
出名。1952 年，他有几首诗被收录在莫桑比克诗歌《Msaho》
重要的"增刊"里，但他的作品却没有另外再出版。1959 年，
他死于肺癌，而他的第一本书都还没完工。因此，关于葡京尽
最大努力来夸大的出版时刻有某种庄严的意味：

　　今天出版的这个作品是一位伟大的诗人的作品，尽管
它具有未完成以及断断续续的性质。他在大都市里完全不

出名，通过完整地出现于这期期刊，并没有被任何祖先通知，我们可以假设他的诗歌会在都市读者中造成震撼。在我们认为这种震撼不可避免，甚至可能是有益的时候，我们应该避免缓解这种震撼。事实上，见证如此杰出的作品的突然出现是很难得的，它远远地脱离了默默无闻（我们在此是指大都市），而它的作者却已经逝世，入土为安了。（原文重点；1960：7）[28]

在这个起始段落里，葡京大胆假设了一个分裂的修辞状况：他既是全球文学价值的一个崇高的仲裁者，也是一个殖民地的内幕人士。换言之，他的权威是取决于在文艺话语模式下两个完全不同的几乎相互取消彼此的职务。在 20 世纪 50 年代，一个"殖民地内幕人士"就近似于一个"当地线民"：他必须提供的当地情况在都市话语的生产中极具价值，但它本身不能被看作具有权威。另一方面，对"全球"文学价值发表意见的权力只属于都市话题，葡京有力地承认了这点。通常，在关于安德烈·纪德的文章或《死于威尼斯》中，他可以轻易地忽略他话语立场的地理政治复杂性，但在这里，考虑到费雷拉的默默无闻，葡京被迫立即打出两张牌。

一开始就带着出奇制胜的战术期望让都市读者羞愧地承认他/她的无知。葡京的主要战略是把诗人和他的作品分离，并由此把地点和文学分离。他认为，那些遇见过费雷拉的人将会发现很难将他们认识的那个人和现在他们即将阅读的这个诗人吻合在一起。"雷纳尔多·费雷拉的朴素，绝对的慷慨，差不多都是传奇，更不用说他的粗心大意"（1960：8），而这点和

他诗歌严格的完美相矛盾。[29]然而，葡京借助了葡萄牙现代主
义者的准则——若泽·雷希奥，费尔南多·佩索阿及其他——
以及马塞尔·蒲鲁斯特在《驳圣伯夫》中的著名语句（葡京
1960：11~12；蒲鲁斯特 1954：137），即"书是自我以外的
其他表现，是从我们的习惯、我们的社会、我们的恶习中产生
的产品"，以便认为费雷拉的个体自我和他诗歌人物角色之间
的差距是一个杰出的作家的模范。[30]这样，葡京不仅设法将他
对费雷拉这个人的了解转变成美学上有效的观察——一个由受
限的生产领域所识别的观察——而且也为他接下来的费雷拉形
式主义阅读奠定了基础。尽管费雷拉诗歌的虚无主义本性
（他想给他的第一本书取名为"一个盲目的任何东西"，"飞向
虚无的盲目飞行"）能够以后殖民的方式来阅读，但是，葡京
坚定地把它放在欧洲现代主义的"无私的"领域。[31]宣布放弃
所有的价值后，费雷拉清空了所有具有积极价值的诗歌，只保
留了一个：形式本身的诗歌。


　　因为对另一种秩序的永恒失去信心，艺术家把自己看
作是无法抵抗地被吸引到艺术上的一种救赎：换言之，通
过接受艺术的惯例。当他把艺术神圣化的时候，而他将之
视作能够获取的永恒的唯一希望，我们见证了这个奇迹：　　70
像佩索阿或雷纳尔多·费雷拉这些人，对他们来说没有任
何事情是与知道没有东西是重要的一样重要。他们在他们
断断续续的经常没有出版的作品中透露了他们对于追求完
美的顽固不化的忠贞。（1960：22）[32]

把人们的注意力引到了殖民狭隘主义的枷锁之后，葡京接着就像修辞上的霍迪尼一样设法逃避它们，并把费雷拉和神圣的欧洲现代主义者们放在一起，比如说蒲鲁斯特和佩索阿。葡京的挑战在这里达到了极点，并通过接受都市的挑战颠倒了殖民地和大都市之间的常规关系。我懂欧洲文学，也懂非洲文学。葡京有力地告诉大都市读者，而你们呢？

在 1962 年关于莫桑比克诗人若泽·克拉韦里尼亚的文章中，葡京的现代主义形式主义也很明显，但在这里，地址的模式有所不同：隐含的读者现在是本地的莫桑比克人。而且，如果有关费雷拉的那篇文章介绍了一位确实是第一次闯进印刷的诗人，那么，后一篇文章就致力于一本还没有出版的书的主体。克拉韦里尼亚的第一本诗集，《Chigubo》（第二版拼写为 Xigubo），出版于 1964 年，比葡京的文章晚了两年，并且只有在后来，随着 1974 年他的第二本选集《Karingana ua Karingana》的出版，他的全部作品才赢得了决定性的民众的支持。在媒体理论方面，这扭转了我们关于文本流通和再生产的更常见的假设的形势。当时，在洛伦索马贵斯，克拉韦里尼亚扎根于作家和评论家的一个小小的却又很密集的领域。在当地，作为一个活跃的诗人，一个比他有限的出版的作品表现出来的样子积极得多的诗人，他很出名——从 20 世纪 40 年代后期开始他一首一首的诗就出现在了当地的出版物上（包括《非洲呼声》和《莫桑比克之声》）——而他作为一个新闻记者盘踞于当地印刷文化差不多 20 年。在这些社会决定的知识的基础上，欧金尼奥·葡京开始着手一项雄心勃勃的分析。这个分析看上去似乎克拉韦里尼亚的诗歌已经传播开来。当然

了，如今，若泽·克拉韦里尼亚已经多次被奉为神圣，被神圣
化为莫桑比克的民族诗人（莱特 1991；马图斯 1998；黑格森
2006）以及杰出的葡萄牙语诗人（1991 年，他被授予迷彩奖，
这是葡语文学中最享有声望的奖项），但是，葡京的文章是在
这些发展之前的几十年里写成的。因此，他的干预先驱性必须
得到确认以及葡京本身对于表明立场的回顾：

> 我认为，第一篇我真的表明态度的文章以及我投入到
> 了莫桑比克事业中的所有的情感，是 1962 年一篇我关于
> 若泽·克拉韦里尼亚的诗歌的文章；那时还是一篇大胆的
> 作品，甚至市政当局也读过了。 （原文重点；沙巴尔
> 1994：155）[33]

71

费雷拉的作品很容易被归于欧洲现代主义建立的美学类
别。和费雷拉相比较，葡京尽力适应若泽·克拉韦里尼亚的诗
学。他写道（1996：124），这就是诗歌，"深深扎根于对我来
说是块处女地，或者甚至有时完全不能想象的领域"的诗
歌。[34]克拉韦里尼亚是一位当代诗人，处于一个"艰难的却又
困惑的"历史时刻——规避的措辞——将明显简化批评的任
务，但是，对他诗歌的评估性比较性的阅读是以存在大量其他
相似的证据为前提的，而这点本身就"能给我们呈现一个恰
当的标准，针对这个标准去判断若泽·克拉韦里尼亚诗歌的或
多或少明显的创意"（1996：125）。[35]葡京并不想抛弃他的评论
习惯。他相当清楚某种特定类型的文学阅读的局限性。领域之
间的不适合以及与不同领域相关的程序之间的不适合都很明

显，只能通过翻译的行为来克服。因此，考虑到克拉韦里尼亚是"我们时间和环境的一个声音"，他决定将他的阅读基于当地条件，但小心地避免"迫使他履行诺言"（1996：125）。[36] 这是一个复杂的、非专用的阅读策略。它承认转换基础，而在这个基础上，葡京必须构造他自己的解释。然而，在费雷拉这边，他坚持阅读这位诗人，而不是阅读这个人。他把克拉韦里尼亚的工作描述成"愤怒的抒情诗"（1996：125），但坚持认为它表达了一位诗人的愤怒，而不是一个愤愤不平的人的愤怒情绪。[37] 葡京把这个和一个演员可能如何表现愤怒情绪并把它上升到一个更加普遍的世人的水平作比较。由此，相比于他的个人情感，克拉韦里尼亚的愤怒中存在更多的危险。愤怒是他作为诗人必须完成的一个任务，用诗人恰当的手段：词语。葡京在这指的是马拉美的说法，即诗歌不是由想法构成，而是由词语构成；只有在这个事实之后词语响亮的、看得见的或者魔法般的力量才将它自己依附到所谓的诗歌的"意义"上。同样地，葡京也引用了保罗·瓦莱丽对于诗歌的描述，"感觉和声音之间的漫长的犹豫"（1996：127）。[38] 那么，诗人克拉韦里尼亚必须要做的事就是运用这些方法，不是为了表明他很生气，而是要在读者心中产生愤怒情绪。对葡京来说，这就是诗人的"表里不一"的一个例子，是他深谋远虑的，非人性的本性的例子，而这是艺术创作中的一个必要因素。

尽管他最初就放弃了，尽管他暗指了本地读者（这篇论文最初是洛伦索马贵斯一次文学聚会上的演讲），葡京对克拉韦里尼亚的方法与他对费雷拉的阅读仍然是相互兼容的。在法国现代主义者提出的以词语为中心、受限于印刷的诗歌理念以

及关于诗歌文本的自治权的新型批评性坚持上，他支持自己，
并且有效地促进了克拉韦里尼亚向文学的格林威治子午线靠
近。从后殖民主义的视角来看，这种策略产生模糊不清的影
响，并且最终将会由阿纳·马法尔达·莱特的论点（1991：
25~41）来精炼，即克拉韦里尼亚的诗学处于欧洲现代主义 72
和莫桑比克口头表达形态之间时是富有成效的。葡京为克拉韦
里尼亚做的事情基本上和刘易斯·恩科西为南非黑人写作所做
的事情相同。不能恰当地对口头表达的要求做出反应，只会更
加感激：他拒绝让莫桑比克诗人的作品保持默默无闻，远离主
要文学价值的传播。同时，他也拒绝妥协这些价值，并避免资
助克拉韦里尼亚或者把他降为一个"没被宠坏的"天才。尽
管他极度保守地学习，葡京严谨的本能让他很受用，并且在狭
义上，值得与后来间隙性的知识分子比较，比如爱德华·赛义
德和霍米·巴巴：他确认主要的文学世界系统是一个他和其他
莫桑比克作家不能拒绝占用的价值，也为了最后能转换或者瓦
解这个系统的坐标。在这个意义上，洛伦索马贵斯知识分子融
入社会的重要性不能被低估。考虑到克拉韦里尼亚的诗歌大部
分都未出版，随着亚城的乐观主义的结束和种族隔离的硬化，
一个相似的任务不可能已经在南非成功完成。这个任务就是跨
越分离"白人"和"黑人"知识分子的社会界限，并要求葡
京追溯克拉韦里尼亚的打字稿。

结束语

返回到半个世纪之前，阅读非洲文学评论是一个振奋人
心、发人深省的活动。它让我们想起那个时代丰富的智力发

酵，尤其是在安哥拉和莫桑比克不断地被忽略的情况下。在文学世界系统里，对于非洲写作的边缘化永远不会只有一个方法，一种推荐的解决方案，而是有很多。然而，它确实支持莫雷蒂的或者卡萨诺瓦的——尤其是卡萨诺瓦的——诸如此类的文学世界系统的假设。恩科西、安德雷德和葡京都全球性地协商传播文学价值，而这些价值与布尔迪厄所称之为受限生产领域的东西相关。恩科西热情地接受了文学现代性，并从它在欧洲和北美最有声望的地方说起。但他认为非洲文学，在它的鼎盛时期，是走在游戏的前列的。以面向未来的差异化战略，安德雷德任意地以主题和政治理由把"黑人"写作和文学主流分割开来。葡京再一次更靠近恩科西，尤其靠近卡萨诺瓦对文学的格林威治子午线的理解。他压制非洲事务和民族主义事务甚至超过了恩科西，却坚定不移地保卫莫桑比克作者被大家阅读，被认真地阅读的权利，简言之，作为文学生产者的权利。葡京与韦勒克、蒲鲁斯特和奥克塔维奥·帕斯相熟悉，他可能是我们接触一贯运用于非洲的新批评主义的形式最近的人物了——尽管，如奥拉昆乐·乔治指出（2003：85～98），这个批评主义流派在非洲文学上比通常认为的更加有影响力。在由安德雷德详细说明的情况下，规范的未来并不是为了葡京；事实上，他憎恶尝试立法规定文学应该是什么样，现在还坚持以它本身的样子来阅读它，就让未来随遇而安。相应地，克拉韦里尼亚仅仅代表了"莫桑比克诗歌众多可能的方向之一"（葡京 1996：138）。虽然，有趣的是，恰恰正是他对实际上写于莫桑比克的诗歌的敬意使得葡京去处理——如果不是用很多语言的话——新批评主义范式中的矛盾：它拒绝承认世界文学的

73

地理政治上的不公平。他对莫桑比克边缘化地带的忠诚产生了一个矛盾的话语。

　　在事后宣布三位批评家中谁是"正确的"是一件无趣，甚至是虚伪的事情。无数的政治和社会因素给他们各自的努力施加了压力；他们的智力项目和特定的先决条件和处置保持一致。然而，如今，在一个特征更加显著的、理论上强健有力的（有时是自命不凡的）后殖民主义辩论的时代，同时也是在一个撤去文学霸权的时代，当我们解读他们的时候，令人惊讶的是，我们注意到这些评论家把"文学"作为一个在偏差和独特性上都要珍惜的价值来大肆挥霍。 74

# 4. 为我们的大都市歌唱：
# 鲁伊·诺夫里和沃普·詹斯玛的
# 诗歌中的自我与媒介

在由欧洲语系话语网络维护的体裁系统里，抒情体裁尤其模棱两可。一方面，它已经被视作文学最主观的形式。在抒情诗里，设想一直没变，就是表达自我；个人感情应该从属于形式（库尔海德 2001：246~320）。另一方面，抒情诗也被视作自我排解的一种体裁。通过抒情诗，诗人没有说话但又通过诗词说了出来。依据不同时期，这个真正的说话人可能有很多的名字来称呼，比如"沉思"、"传统"、"无意识"或"其他人"。就像苏珊·斯图尔特（1995：24）在她的文章"拥有抒情诗"里说的："当演员成为动作的接纳者，当演讲者站在听众的角度上去演讲，当思想无可归属，目的是任性的，诗歌的处境就被唤起了。"[1] 在这一章，我会考虑在——主要的——南部非洲诗人沃普·詹斯玛和鲁伊·诺夫里的作品中自我和自我的抹杀之间的裂缝。前者来自于南非，后者来自莫桑比克。他们都活跃于 20 世纪 60 年代和 20 世纪 70 年代。我特别想看看抒情主体性、位置和全球流通媒体之间的联系。换句话说，我想问问这两位诗人是如何经由他们在后期的殖民化南部非洲的历史处境来参与抒情诗的情况，并作为当代媒体的消费者。最后一点至关重要。詹斯玛和诺夫里不是把印刷文字、摄影、录制音乐或电影自然化，而是想强调这些迹象的物质性。詹斯玛的所有书籍融合了文字和图像，从《歌唱我们的执行》中精美纸张上木版画的高端艺术范式移到一个抒情诗歌的马马虎虎的混合物（从一个更传统的意义上）、具体派诗人组合、照片拼贴法和木版画。这在他最后一部名为《我必须向你展示我的剪报》的作品里有所体现。在诺夫里的例子里，出于对莫桑比克岛的敬意，《普洛斯彼罗的岛屿》结合了诗歌和作者自己拍的照片。他在莫桑比克写作的诗歌一般都表明了一个媒体意识的加速程度。他的代表作《曼加斯蒂斯与萨尔》不断削弱抒情诗作为自我表达的通用假设。事实上，诺夫里对媒体的部署，比如印刷和电影，经常表明诗歌主题是构成的而不是散漫地表达。这并不意味着詹斯玛和诺夫里简单地否定了以主体为中心的抒情诗。相反，有趣的正是他们的抒情诗如何在南部非洲媒体化的情况下解决这个愿望的矛盾。即使当他们的工作一直是所从事的媒体的种族主义化和以欧洲为中心的屈折变化的猎物——并通过它而存在——它颠覆了南部非洲的殖民化时期后期超现实的"彩色影片"（诺夫里 2001b）。

正如我说的那样，当在（后）殖民背景下阐述时，我所建议的这种特定媒介分析可能产生特殊的奖励，假定这样的分析使文学与它的生产和分配模式相关。当运用到南部非洲的文学空间上时，这种分析不可避免地卷入到媒体的殖民变形中去，而这反过来又产生了卡萨诺瓦（1999 和 2004）和莫雷蒂（2000）所确定为世界文学系统的东西，虽然他们的强调中心

75

不一样，而这个系统的标志是西方欧洲语言和地理中心对其他地区的统治。因此，本章节经常出现的一个主题就是当诗人诺夫里和詹斯玛被"扔进"一个富有技术性媒介迹象和殖民加权迹象的世界时，而这个世界不是他们自己的，那么，诗歌的写作就提供了进入这个世界并象征性地再次注册这个世界的方法。[2] 以下我将提到他们作为大都市想象的阐释的再次注册的诗歌策略。

在我的论证中，决定论和作家机构之间的紧张关系故意追求模棱两可。其中一个原因是我对还原性及累积性的解释感到不安。媒介理论家弗里德里希·基特勒的论点，"作为文本闻名的摩比斯循环……来自于大师的腹语术"（1997：52），肯定在南部非洲有共鸣，而我发现将媒介语言——文学和抒情诗——降低到仅仅是一个机械（再）生产的殖民状况的展览会的这种观点几乎站不住脚。在早期阶段，基特勒假定了殖民主义和媒体的扩散之间有直接联系。在这个方面，他在殖民话语理论层面经常容易受到控诉：它恢复了它所批评的西方范式的核心地位（拉扎勒斯 1999：68～143；麦克林扎克 1995：1～18）。作为这个僵局的出路（但不是对基特勒的直接回应），重要的后殖民理论学家已经选择强调散漫的包含和排除所导致的不稳定性。正是这种不稳定性解释了巴巴模拟的颠覆性购买（1994：85～92）和斯皮瓦克（1999：14，430）称之为用词不当并致辞的东西。如今，这场辩论是相当过时了，但是，一个最近的崭新的贡献是迈克尔·泰斯托泰关于即兴创作的流动的策略的论述——受到米歇尔·德塞都的启示——作为权力的战略行动的一个挑战。在对沃普·詹斯玛的简短阅读

中，泰斯托泰（2004：123）宣称，诗人"在不同意义社区的
间隙沿着意义的增值途径，遭遇了迁徙的自我的不确定性"。
这样做的话，

　　　　［詹斯玛］的诗学，而不是寻求"原始的"个人方
言，依赖于单独片段的熟悉度和能力，当处于不同寻常的
句法之时，把我们运送到不可能的地方。我们非但不取消
或克服种族隔离意识形态所带来的空间，反而通过城市的
后街走进并穿过那些防疫封锁线，由政府设置来保护白人
免受感染的防疫封锁线。（2004：120）


　　当走进或随意漂进城市景观时，泰斯托泰坚持作家练习的
隐喻化。这在人格化印刷的趋势上不是没有问题的，但他的中
心点广为接受：权力的腹语与漂流或迁徙的策略是可能同时发
生的。意指的两个方面甚至可能在一个单独的言辞中被具
体化。

　　在布尔迪厄看来，决定论和机构之间二分法的进一步的资
格是由领域分析提供的。假定领域概念是解释多极性和变化的
一个尝试，而这个尝试与基特勒和泰斯托泰都传播的"权力"
的无代理的概念相反，那么，它考虑到了一个阅读练习。这个
阅读练习不是把诗歌弱化为审美代理的政治问题，而是把文学
视作自己的世界，一个以她独特的存在方式特有的权力斗争为
标志的世界，根据布尔迪厄（1992）和卡萨诺瓦（1999 和
2004）的说法。事实上，一旦我们决定了詹斯玛和诺夫里的
诗歌话语在转移当地和跨国文学领域中偶尔模糊的地带中的位

置——这个地带通过印刷和欧洲霸权而建立——他们实际上是在玩一些游戏，这点就会立刻变得清楚，其中有"自治权"游戏，相对摆脱经济和政治规则的游戏，或相反地，故意服从受限生产领域的倒转经济，在那里"失败者获胜"。换句话说，关于"漂移"和詹斯玛和诺夫里的形式的创造性，有一个制度上的媒体生成方面。文学领域被看作是虚拟的印刷共和国的分裂的省份，而它却授权偏离（有关种族隔离、萨拉查、欧洲文明、资本主义、时尚、马克思主义和本土主义的）法律的权威。授权偏离的概念埋藏在文学努力的心里。讲真话的格里奥和作者预言家都在系统里工作。这些系统允许他们有所不同，并且还授权他们必须完全属于这个系统。正是根据属于跨国文学领域却又处于边缘的痛苦，人们必须判断鲁伊·诺夫里和沃普·詹斯玛的大都市入侵媒体和文学世界。

　　这个世界的痛苦

　　"大约在 1880 年"，根据弗里德里希·基特勒（1997：44~45）的说法，"诗歌变成了文学。它不再是凯勒的作品里的红色血液，或者霍夫曼作品的必须用标准的字母来转换的内在形式；它是技术人员一个新的美丽的代名词。根据马拉美即时的洞察力，文学除了由 26 个字母组成以外，并不代表任何事情"。与此类似地，欧金尼奥·葡京（1962），除了是莫桑比克一位至关重要的文学评论家以外，还是鲁伊·诺夫里的亲密伙伴，在他的论文中引用马拉美关于若泽·克拉韦里尼亚的论述——我在第三章对它进行过讨论——并坚持认为诗歌不是关于想法（内在形式）而是关于词语。登录到后来的全球先

锋网络的詹斯玛不仅把印刷当作离散字母的合奏来使用，而
且，更为重要的是，把它（基本上）当作在很多具体派诗歌
里的一个纯粹的外在形式来使用。

诗歌作为外在，外在作为印刷。这对战后的南部非洲又意
味着什么呢？正如关于《鼓》和《行程》我已经指出的那样，
伴随着他们在"严肃"和"流行"，或者"国家的"和"殖
民地的"文学之间他们特定的张力，印刷和其他媒体的跨国
流通有助于本土文学领域形成的出现。这个故事开始于人们在
南部非洲建立第一批印刷出版社，但是，在南部非洲，这段战
后时期标志着媒体和文学扩散的集约化。尤其是在莫桑比克和
安哥拉，就如我们所看见的那样，20世纪40年代几乎就是他
们的现代化的民族的文化的诞生的代名词（埃尔韦多萨 1979：
73；门多萨 1988：36～45；罗恰 1989；特里戈 1979：22）。
除了大规模复制和分发上的技术进步以外——第二次世界大战
加速了这些进步——战争的结束也意味着，相对而言，葡萄牙
殖民地的隔离被解除了。在南非，即使在国家党的严厉政策
下，《鼓》和其他期刊也都能够探索和庆祝某些媒体技术的潜
力，虽然仅在一个强迫的杂散的单独公共领域的范围之内。

在这个方面，印刷的诗歌体裁占有一个有趣的位置。和大
规模发行的杂志相比较，比如《鼓》，基特勒认为，诗歌在
1880年一般没有受众或仅有一个小小的知识分子读者群。小
型诗歌杂志，比如在本实例中的《俄斐》和诺夫里的《卡利
班》（1971～1972）构成了每日新闻的另一个极端。诗歌和新
闻报纸之间的差距可追溯到一个巨大的读者期待的不同范围、
作者对于语言的不同态度、分发的不同形式和不同的时间性

（长期生产 vs 短期生产）。在诗人和知识分子无数次的自由机械化所指的混杂性尝试中，这个缺口很明显，而在这个缺口里就有一个印刷资本主义的产品。在南非，迈克尔·查普曼所描述为上流社会的自由人文主义的安哥拉—南非诗歌的东西——盖伊·巴特勒是 20 世纪 60 年代这个主义最后的一位主要的解释者——概括了这种反抗的态度。自由主义诗歌永远没有很好的装备去率先处理南非变化的差异与步伐，它把艺术看作"既定事实的精炼的表达"，并促进了"以持久而不是改革为基础的自然和心智的概念"（查普曼 1984：29）。它可能会被描述为表达良好想法的诗歌，而对探索语言所指的易变性，它是小心翼翼的或者甚至怀有敌意。

相比之下，在莫桑比克和安哥拉的例子中，战后诗人通常对在巴西、葡萄牙和欧洲其他地方逐步形成的现代主义抒情诗投入很大（朱尼尔 1989；莱特 1991：25～30；特里戈 1979：39～45）。尽管对现代主义的接受经常以批评的形式来表达——就如《行程》上的新现实主义论文——但在殖民主义现代性中，它形成了部分更宽广的抒情诗与变迁和媒体的约定。除此以外，似乎这里的抒情诗比在南非拥有更大的象征分量。直到 20 世纪 80 年代之前，莫桑比克一贯被看作是一个诗人的国度。这个国家几乎没有散文作家，除了路易斯·伯纳多·翁瓦纳。甚至后来奥兰多·曼德斯（1981）、卡内罗·贡萨尔维斯（马林达 2001）、若泽·克拉韦里尼亚（1999）和鲁伊·诺夫里（1999）的散文也仅仅稍微地影响了诗歌在莫桑比克文学历史学上的主宰地位。按照标准的陈述，只有当科托·米亚和昂古拉尼·巴·卡·科萨在 20 世纪 80 年代的出现时，莫桑比克才不再是一个专有的诗人的国度。克拉韦里尼亚、诺夫里和娜美亚·苏萨是这个陈述中不可避免的三个名字，但是一本选集，比如内尔松·萨德的《曼加斯蒂斯与萨尔》（2004），说明了诗歌传统的深度和宽度。在安哥拉，印刷流派之间的平衡更加复杂。诸如卡斯特罗·索罗门侯（从20世纪30年代一直活跃到20世纪60年代）和卢安蒂诺·维埃拉（他的作品大部分写于20世纪60年代，却在十年后出版）巩固了记叙性散文在安哥拉的地位，但没有遮蔽抒情诗歌在文学反主流文化中的位置。弗朗西斯科·登雷洛、马里奥·安东尼奥、安东尼奥·雅辛托和，尤其是，阿戈什蒂纽·内图是现代安哥拉诗歌中至关重要的名字。

葡语系诗歌的狂热背后的原因——这让鲁伊·诺夫里在此领域的地位比沃普·詹斯玛的地位更不奇特——抵制简单的列举，但我想强调三个有趣的相互关联的授予流派特权的因素，并且扰乱传统的假设，而这假设是说，大体上这是一个最初民族主义者自我肯定的诗歌。首先，我们有诗歌的材料轻便性：它能被记住，并大声朗读，它还高效地使用了昂贵的监管的印刷页面的空间。在缺乏印刷品的大众市场情况下，而这不仅将降低它的相对费用，而且还降低了任何独立文本的相对重要性，诗歌给出了一个能够轻易在不同的物质性之间移动的形式。在相当惊人的娜美亚·苏萨的例子里，她第一本完整的诗歌选集——除两首诗外，其余所有的诗歌都写于1948年到1951年——出版于2001年，但在它们首次在《非洲呼声》发行后，她的诗就在杂志中传播以油印形式传播，在选集传播，以及在洛伦索马贵斯口口相传（门多萨 2001：162）。第二，正如在《行程》中可以看到的那样，在安东尼奥·雅辛托的争论中或欧金尼奥·葡京的批评中，在安哥拉和莫桑比克，作家们对受限生产领域的最初的法语概念的依恋是很强烈的，而在其中，诗歌（而不是小说）占据等级制度的最高阶层。[3]第三，多少有些荒谬地考虑到我刚才所说的，在葡萄牙和巴西，较之 T. S. 艾略特和以斯拉·庞德的高等现代主义，现代主义抒情诗更易接近。费尔南多·佩索亚，若泽·雷希奥，曼努埃尔·班代拉，卡洛斯·德拉蒙德·安德雷德：在这其中我们找不到任何一个可以与艾略特的（或者马拉美的）主义相比的赫尔墨斯主义。葡语系现代主义诗歌，不管从世界的哪个角落，经常惊人地变得清晰而通俗。

现在，让我们回到马拉美的声明（文学由 26 个字母组成，而诗歌由单词组成），看看如果我们把抒情诗流派的激进化也错误地当作是诺夫里和詹斯玛的南部非洲现代主义的象征，那么会发生什么。事实上，这让我们远离了解放或抗议诗的工具主义概念，却可能更接近这些独特的诗人的情景实践了。对马拉美的引用要点不是它们抢占抒情诗的野心，而是它们是从一个神圣的诗人的领域位置来表达的。深奥难懂的马拉美缩短了高雅诗歌和"单单的"印刷之间的分裂。[4]鲁伊·诺夫里和沃普·詹斯玛诗歌的关键特性正是这种缩短的行为，承认任意性的行为、机动性以及大众媒介所指的物质性，并同时继续负责诗歌的实践和领域价值。我并不因此而否定他们作为诗人的特异性。这将是一个大错误——基特勒频繁犯的一个错——假设一份特定媒体的分析删除了对解释的需求。相反，正如凯瑟琳·海尔斯（2004：72）指出的那样，一个媒介的

物质性"不仅仅是物质特性的惰性集合，更是一种动态性，
而这个动态性产生于作为一个物质艺术品（它的概念内容）
的文本和读者与作者的解释活动之间的相互作用"（原文中的
重点）。二十六个字母不能帮忙却能所指。这和罗曼·雅各布
森（1960：358）曾称之为是从选择到组合的对等原则的转移
不是没有关联。然而，这些术语已然改变：它更像是一个问
题，物质性和概念内容如何转移位置。二十六个字母的媒介变
成信息，概念变成制作诗歌主题的材料。

　　诺夫里的《曼加斯蒂斯与萨尔》用一首题为"这个世界
的痛苦"的诗作为结束（1972a：153），而这以特别尖锐的方
式引发了中介和意义问题。它读作"自然艺术品"，也可能是
出版过的唯一的地球外的诗歌：

　　　　　"Prossiga，Houston

　　　　　Apollo 8.

　　　　　Queima complete.　　　　　　　　　　　　80

　　　　　Nossa orbita：

　　　　　169，1 por 60，5

　　　　　169，1 por 60，5."

　　　　　　　　　　　　　　Cap. James A. Lovell Jr.，

　　　　　　　　　　　—para a Terra em 1968 年 12 月 25 日


　　　　　（"前进，休斯顿。

　　　　　阿波罗 8 号。

　　　　　完全地点燃。

我们的轨道：

169，1 通过 60，5

169，1 通过 60，5。"

小詹姆斯 A. 洛弗尔 上尉

——献给地球，1968 年 12 月 25 日。)

这些穿过太空通过无线电信号传递的，由美国国家航空航天局转播，由报纸和电视宣传，并（大概上）由鲁伊·诺夫里翻译，在洛伦索马贵斯最终出现在一本出版了两次的书里（以及在后来里斯本出版的选集《同意记忆》里）的单词——这些书随后散布到了世界上各种各样的场所，被一些像我这样的研究者影印，作为数字码进行再加工，并再一次分散到不同的，同样不可预测的受众。这些多重轨道联合了一个演讲、时间间隔以及翻译的置换行为的极端的电子转位和印刷的机械减少和重复。它们追踪一个完整的悖论，即希望在一个全球媒体扩散时代获得主观性的抒情代码。在此，我们面临的是强大的德里达式"写作"（德里达 1967）：不是存在一个人类演讲主题，也不是存在一个孤立的文学作品，而是一系列多重移动的所指，而以前现代主义的世界观来看，这些所指具有技术性（'169，1 by 60，5'）而不是抒情性。这是诺夫里写作生涯中的严峻时刻，但也和他诗歌中其他话语位移的例子保持一致。在他第一本选集《O Pais dos Outros》'其他人的国家'里，我们发现"Naturalidade"（"国籍"）（1959：41）：

Europeu，me dizem.

Eivam-me de literature e doutrina

Europeias

E europeu me chamam.


Nao sei se o que escrevo tem a raiz de algum

Pensamento europeu.

E provavel... Nao. E certo,

Mas africano sou.　　　　　　　　　　　　　　　　　　　81

Pulsa-me o curacao ao ritmo dolente

Desta luz e deste quebranto.

Trago no sangue uma amplidao

De coordenadas geograficas e mar Indico.

Rosas nao me dizem nada,

Caso-me mais a agrura das micaias

E ao silencio longo e roxo das tardes

Com gritos de aves estranhas.

....


（欧洲人，他们告诉我。

他们用欧洲文学感染我

还有教义

他们叫我欧洲人。


我不知道我所写的是否起源于任何

欧洲思想

也许……不。毫无疑问，

我就是非洲人。

我的心随着这光线和这疲惫

忧伤的韵律而跳跃。

我的血液中有着地理坐标和印度洋的

振幅。

玫瑰对我毫无意义，

我宁可回应坚强的米该雅

和漫长的紫色的夜晚的宁静

不时被奇怪小鸟的叫声打断

……）

与"这个世界的痛苦"相反，"国籍"是围绕代词"我"来组织的。诺夫里（1972a：19）在别的地方规定了这项程序：不是负责人类的抽象化，"最好的最真实的/尝试的方法是开始于/我。"[5] 但是，这样的一个开始会变成怎样？纵观诺夫里的写作，严重减弱的"我"进行着一场反对"非我"的旷日持久的战斗。就如我们进一步看到的那样，重要的例子是"'黑曲'"（1972a：102）和"调节自己的演讲笔记"（1984：15~19）。[6] 这个"我"的坚持不懈乃至侵略性——有时是厌恶女人的侵略性——是个暗示，暗示它在媒介话语流中多么强烈地提出了一个解散威胁。这可能被解读为"抒情诗财产"，而苏珊·斯图尔特曾有力地写过这点。在她的叙述中，诗歌的声音"通过它在另一个地方的源头"来辨别（1995：36），它幽灵般的能力，能用腹语来表达诗歌。正如我所说，这样的一个

通用角度不需要删除诺夫里和詹斯玛的抒情诗的后殖民式阅
读，就如斯图尔特自己可能会承认那样。[7]相反，诺夫里和詹斯
玛的诗歌力量尤其来源于抒情诗的一般情况和他们作为诗人的
历史地位之间的同源性。抒情诗使得他们能够表达历史的特定
方面，无论是作为"拒绝（使用艾伯特·敏米的术语［1965：
19～44]）的殖民者"，还是在冷战时期和后殖民主义时期作
为身处一个全球广为传播的媒体网络中的读者、听众和观众。
在"国籍"（"根源"）中，即使欧洲人在说话时，"我"——
"非洲人"——也是用腹语来说的。这首诗的后面一行写到：
"你叫我欧洲人？那我就只能保持沉默"（1959：41）。每句话
都会带有"它在其他地方原有的痕迹"，即使你试图将它们从
原有的痕迹中分离出来也是如此。当我们读到"玫瑰对我毫
无意义"（1959：41），我们同时也读到了诺夫里对他自己在
欧洲文学传统中的铭文以及他对这个传统疏远的铭文。他企图
写一些有别于一般意义上的巴尔泰斯的、明显殖民主义的和欧
洲中心主义的文章，尽管是匿名的。这就是我们熟悉的后殖民
主义色彩。诺夫里的措辞是混合而矛盾的。他抓住了语言的不
稳定性，我在前文也提到了这一点。他处理这种消除威胁的诗
歌策略是两手抓：一方面，大量的诗歌遵循否定神学，切断了
和外部世界的所有联系，而否定神学苦涩地保卫单一的
"我"；另一方面，诺夫里擅长将变化和发行量讽刺性地融合
在一起，在缺乏核心主题的情况下获得一种互文性愉悦。然
而，要想在他诗歌的后殖民方面和在"这个世界的痛苦"里
更加全球化地吸纳媒体技术之间做出严格而快捷的区分，这本
身可能就是个错误。双方都和话语消失的焦虑有关，而这种焦

虑只有通过焦虑本身强迫性地重复才能表达出来。[8]

正是在这样的情况下，我们才应该考虑通常被批评家所强调的诺夫里诗歌的两个方面：互文性和世界大同主义。费尔南多·马丁荷（1987：122）指出他经常提及美国以及他"对于伟大但不可挽回的遥远的世界中心的怀旧。"[9] 阿纳·马法尔达·莱特（1998）谈到了"他在这个星球上的诗歌职业"，谈到了它"归属多个地区，而在这些地区用葡萄牙语定义边界几乎是不可能的。"[10] 弗朗西斯科·诺亚（1998：37）更加关注互文性，他强调"[诺夫里] 吸收、加工、提炼出的文本的多重性和多样性以及以此形成的各种各样的浆糊，构成一个特定的美学—文学世界的残渣。"[11] 这些发现至关重要，但值得进一步讨论的是诺夫里的世界大同主义和（以偏离巴尔特的方式）那些被称之为有意的互文性如何部分地形成了同一个现象。[12] 宋惠慈（2001：174）敏锐地指出，"文学的时空是有条件的，是富有弹性的；它们的距离能够改变，能增长或缩短，而这些取决于谁来进行阅读以及阅读什么东西。" 不考虑地点，发行中的文本创造了某些"世界影响"，而这些影响根据语言的变量、领域价值和经济力量在认知层面上绘制世界地图。然而，正如惠慈所说，到底是谁在阅读这些文本，这就造成了截然不同的后果。假如你生长在 20 世纪中叶，比如说在伊扬巴内，莫桑比克或纽约，世界影响的诱惑和重要性就会变得完全不同。诗人通过在一个地理区域流通媒介，而这个区域又被这些媒介定义为边缘的、外来的甚至不存在的地理区域，这是一个矛盾。处于这样的矛盾当中，生于伊扬巴内的诺夫里通过培育城市的假象来协商这个困境，而这个假象比费尔南多·马丁荷谈论"怀旧"的意义更加有质感。诺夫里在"诗的艺术 66"
（1972a：71~72）里写道，"我的诗歌/没有更大的抱负/除了
好好地当一个城市男孩的/诗歌/混凝土多边形中的/一个极小
峰。"[13]我们不仅可以用"在世界文学空间里"粗鲁地拒绝或稳
定物价的边缘化来描述这个抱负的影响，而且同时还能用代表
阈限空间和经验的，印刷和其他媒介的资源的抒情动员来描
述。因此，谈论"城市"假象是适当地模棱两可的。当诺夫
里承认大都市的帝国和西方遗产时，他的诗歌也去除了大都市
的传统意义，为了用他"自己"的方式来想象。这有很高的
风险。在完全意识到都市文化产生的排斥后，诺夫里对它的质
询做出了回应。一个相关的例子就是"致巴黎"（1972a：
29~30）。我将它全文引用（原文的葡语标题）：


O meu Paris e Johannesburg,

Um Paris certamente menos luz,

Mais barato e provinciano.

Mas Johannesburg lembra-me o Paris

Que nao conheco: o mesmo movimento

Endemoninhado, as luvas brancas

Do policia sinaleiro, o brilho das montras

A cor da moda, os mesmos amorosos

Que se beijam sem pudor nos bancos

Das aleas ensolaradas, o Sena

Que tambem nao. Aqui compro

O meu livrinho proibido e vejo

O ultimo Antonioni, aqui sou

Bem o estrangeiro cobicoso de espanto.

A noite janto no "Montparnasse"

De Hillbrow, que e o Quartier Latin

Do sitio e olho essas mulheres

Excentricas e belissimas

De pullover e slacks helanca

E esses beatniks barbudos

Excentricos e feissimos.

Tudo com o ar sincere

Mas pouco convincente do made in U. S. A.

Olho tambem esses efebos de palpebras

Cendradas, com os ademanes e o ar triste

De quem vive na perplexidade dos sexos.

Depois do Turkish coffee meto-me

Ate ao "Cul de Sac" e fico-me

A ouvir o sax maravilhado

De Kippie Moeketsi. O jazz, sim,

E genuine e tem um bite

Todo local. O neon e a madrugada

Silenciosa, o asfalto molhado,

A luz da aurora ea a luz dos reclamos

Misturando-se, a minha solidao,

Aconteceriam assim em Paris.

Aqui ninguem sabe quem sou,

Aqui a minha importancia e zaro.

Em Paris tambem.


（我的巴黎是约翰内斯堡，

一个肯定没那么光鲜的巴黎，

更廉价，更守旧。

但约翰内斯堡却让我想起

我从未了解过的巴黎：

同样疯狂的人群，交警的白手套

商店闪闪发光的橱窗

时尚的色彩，同样的恋人

毫不害羞地在布满阳光的人行道

坐在长凳上拥抱

塞纳河不在这里

埃菲尔铁塔也不在这里

我在这里买了禁书，看了最新的

安东尼奥尼作品。我在这里是

名副其实的外国游客，四处渴望惊喜。

夜晚，我在蒙帕纳斯就餐

位于希尔布罗，当地的拉丁广场，

看着那些穿着毛衣和海兰卡休闲裤的

奇怪而漂亮的女人

看着那些怪异又非常丑陋的，

留着胡须的披头士

带着真诚却不足以让人信服的神情

85     "美国制造"。

我也看着那些抹着灰色眼影的

年轻人，有礼貌的年轻人，

还有生活在性别困惑中的悲伤神情。

喝完土耳其咖啡，我继续前行

来到库尔代萨克，坐下

聆听凯派·莫伊科特斯演奏令人惊讶的

萨克斯。爵士乐尤其真实，

拍子完全本土化。

霓虹灯和寂静的黎明

闪闪发光的停机坪，

清晨的光线，广告牌的光亮

我的孤独

都和在巴黎时一样。

这里没人知道我是谁，

这里我的重要性是零。

就和在巴黎时一样。）（诺夫里 2001a）[14]

  在这里，巴黎作为了现代化之都——尽管这个巴黎完全不是那个巴黎。巴黎的唯一性适合用来简单指称大都市的生活方式，或者说的好听点，一个同时存在的空间，这个空间能让波德莱尔的漫游者非常愉快的主体地位成为可能。直到 1994 年后约翰内斯堡一直都处于"世界城市"的考虑范围之外，它也因此被推入了都市霸权话语当中。"商店闪闪发光的橱窗，/时尚的色彩"，"禁书"和"最新的/安东尼奥尼作品"

都表明了通常为巴黎这样的大都市而保留的和访问等级和发行量。这并不是那个明显撤销伊斯克亚·穆帕赫列列（2002：277～289）曾称为工作场所专制的地方——在我们面对诺夫里要不被降低到当地，要不被否认同类的话语认知这样的困境时，我们就遭遇过这样的情况。标志和媒介的流通对于这种愉悦的体验非常重要，而讽刺的是，正是这个符号学的通量使之不可能和解自我和场所之间的矛盾："我的重要性是零。"

于是，"致巴黎"表达了城市自我呈现和关联地方的主体能力的双重混乱。"抹着灰色眼影的年轻人"强化了这点，而这种形象挑战了诺夫里诗歌中通常默认的异性恋的男女性别差异。有趣的是，音乐在这个城市格局中发挥了特别的作用。凯派·莫伊科特斯的表演显然反抗了循环和分离的逻辑。除去提供另一个无家可归的"巴黎人"的名字，"库尔代萨克"与"萨克斯"之间语音的共振强化了一种感觉，即提到爵士是诗中唯一能够暂时缓解大都市对于符号的不安（除了阴性韵及最后"我是谁"和"零"的还原逻辑）。这并不意味着诺夫里以天真或种族化的观点把爵士看作非洲"本质"的一种真实的表达方式。事实上，他专门讨论最前卫、最具有挑战性的爵士，这点在"查理·帕克的独奏台词"（1968）中有所阐释。该诗写道"一首生硬的歌/简洁，却带着受污染的边缘。/受折磨的多边形/受到极度痛苦的喊叫的/推迟的危急的干扰。"[15]莫伊科特斯的"令人惊讶的的萨克斯"的短暂时刻（或者是"惊奇的"、"吃惊的"或"迷人的"；选用"令人惊讶的"而不用"精彩的"表明萨克斯已经在进行演奏了）褒奖了美学创造性的潜能，而不是提供了文化真实性。而这种潜能是指重

86

建约翰内斯堡的感官和符号交通，并达到阿希尔·姆边贝（2004：376）所建议的那种模仿的潜能，也就是"确认自己或与别人建立相似性，同时创造一些原汁原味的东西的能力。"（奎拉舞曲音乐在诺夫里早期的一首约翰内斯堡诗歌[1959：80～81]，"明日的奎拉舞"，发挥着同样救赎的作用。）作为一个元诗歌设备，它将安放的愿望具体化，并担保整个诗歌，但这点它却只能靠回避，靠讽刺性地把异化当作天堂来拥抱来完成："就像在巴黎。"

"kniedie pi ndi eka"

乍眼一看，和诺夫里相比较，沃普·詹斯玛的语言显得非常内向，也不太致力于确保在某些模糊的跨国文学领域中的地位。相反，詹斯玛的诗歌背负拆开一个业已受到威胁的主体性的责任："先仔仔细细地给我脑袋涂上油漆/再扯出双眼/砍掉耳朵/剥去双唇/粉碎牙齿/烧掉头发/剥开皮肤"（1973：25）。这种暴力反抗自我的必然结果是自我的巡回，这也经常通过施洗者约翰割下的脑袋的意念来表达，通过把"我"远远地推离传统认同的边缘而导致语言不确定性的加剧："我出生……在芬特斯多普……我出生在……亚城……我出生……在第六区"（1977：6）；"我的名字是赞努科"（1977：13）；"我是白人，我蛮不讲理"（1973：63）。自我灭绝和自我增加之间的紧张气氛已经被解读为詹斯玛努力商议在南非的一个不可能的身份，而这通常是由种族隔离关于语言和社会存在的连贯的病态压力而产生的精神病或"精神分裂症"（甚至詹斯玛自己在"什么样的难题"中也使用这个单词[1997：7]）。"沃普认同被压迫阶级并非一项功绩"，彼得·霍恩在回应谢里·克莱顿时如此警告，因为"是他自己意识到一个生理和心理都很野蛮的系统破坏了人们的言语和思想以及企图表达这种支离破碎的意识"（原文重点；霍恩 1994：107）。与此类似，迈克尔·加德纳注意到"在种族隔离状态下，了解并承认对方是要精神分裂的"（1990：70），而这导致了他浪漫而对称的结论，即詹斯玛艺术上的成功是以他的个人毁灭为代价的。

87

这些评论家废除文本和心灵，艺术和生活之间的界限的愿望可能对艺术家不利。詹斯玛变成了那种虚拟的存在，那种天真的天才，不能故意形成艺术素材。但这种用心理学分析的阅读模式有备选方案。迈克尔·泰斯托泰宁可选择强调詹斯玛的"本体论迁移"的复杂的语言本质：

> 詹斯玛跨越了语音、词汇和借喻可能性的融合，从不同演讲团体中（以及文学和音乐团体）收集了富有表现力的元素，把它们放在生产组合中或者置于不和谐的对比中。然后，他构建了道路，援引以往"遍历"史并在穿越支离破碎的南非象征的旅程中联合来自于同步可能性的多样性的元素。这一点上，他和德塞都的行人和即兴表演的音乐家没什么不同。这是一首基于取样、引用和联合……一个人沿途所闻的诗歌。（原文重点；2004：118 ～ 119）

泰斯托泰没有受限于维护诗歌、个人和社会之间问题的等价性的需求，相反，他考虑到像詹斯玛自己的写作一样灵活的阅读实践。然而，这点不仅对重申詹斯玛"道路"的多样性很重要，而且还对反省它们轨迹之间的差异很重要。除去常见的"精神分裂症"追索权，还有一个同样强烈的趋势，即通过"南非"的管理比喻来挽回詹斯玛抒情诗破碎的本质。早先，詹斯玛被冠之于"第一个完全整合的南非人"（罗伯茨1977），甚至"第一个南非人"（威廉1973）。泰斯托泰，尤其是阿什拉夫·贾马尔（2003）都反对这点，并坚持保持全面看待破碎或融合。但即使在他们的阅读中，承认破裂和援引南非作为詹斯玛诗歌的超验所指之间一直存在着紧张的局面。碎片，是的，融合，是的，但是，在某种方式上，它最终重新提及了南非的现实，或者南非的象征，这个具体情况看情形而定。

这给詹斯玛诗歌的无界性帮了倒忙。的确，那些意味着"南非"的历史、地志和语言标记在他的书里很普遍。其中一个可能是指他混合南非、荷兰语和英语的方式，对南非空间的持久命名以及提及南非音乐家——这点我就不必预演了。但是，这个民族的名字却给我们提供了一种组织阅读詹斯玛的方法。大都市想象的跨国概念，就如我正这样使用的一样，暗示了意的其他载体。当和鲁伊·诺夫里一起时，詹斯玛的大都市想象有助于探索位置和文本之间、地理和媒体之间的分离，有时还是作为莫桑比克诗人，在一个非常相似的互文空间里探索——证明他们提及了爵士音乐家，比如凯派·莫伊科特斯和索隆纽斯·蒙克，或者他们对葡语现代主义的使用。詹斯玛的流动策略允许霍米·巴巴（1996）定义为本土世界主义的一种模式发展进化，而不是像诺夫里那样直接挣扎于大都市价值

或规范价值。他使用泰斯托泰确认的横向运动来开发印刷文字
和图像混淆中心和边缘二进制的能力，开发"白人"和"黑
人"的能力，开发欧洲和其他地区，甚至开发南非和其他地
区的能力。

在这点上，我们应该首先观察到詹斯玛作品中强烈的地域
倾向，而不是南非倾向。据我所知，再也没有别的南非诗人这
么频繁地提及莫桑比克。"不对称循环"、"悼念阿克巴先生"、
《歌唱我们的执行》中的"改写的不对称循环"（1973：10~
15，60~61，81~84）和《白色是色彩，而黑色是数字》中
的"莫桑比克"（1974：77）只是转喻性地唤起洛伦索马贵斯
的几首诗歌而已。在《白色是色彩，而黑色是数字》和《我
必须向你展示我的剪报》中，大部分照片——用来当作抽象
拼贴画的材料——也是在莫桑比克拍摄而成，其中很多照片是
由著名的莫桑比克摄影师里卡多·兰热尔拍摄而成（詹斯玛
1977：标题页）。除此以外，如果与诺夫里的"致巴黎"放在
一块的话，詹斯玛如此频繁地使用豪登省的地形和约翰内斯堡
与洛伦索马贵斯的区域轴似乎是南部非洲当时最肥沃的诗意
之一。

这就是在洛伦索马贵斯和约翰内斯堡，横贯贫穷和暴力领
域的詹斯玛大都市想象的空间方面。南非和莫桑比克的城市空
间是不可互换的，尽管剥夺现象一贯如此。"悼念阿克巴先
生"在洛伦索马贵斯追溯沙土之城和水泥之城之间变换的偶
然的生活："叽叽嘎嘎的地板，一个纱帘门/沙地的后院，"
"不知从哪突然出现的现金……湄河的一个公寓，""在西帕马
尼内的芦苇小屋"（1973：60~61）。相比之下，"我看见她坐

在人行道上/我看见她在水槽边吐血/我看见她一只脚笨拙地行走/我看见她紧紧握住一根棍子"（1973：39）中的"约堡精神"的魔咒般的首语重复的节奏暗示了郁积，而非迁移。同样地，在下面同一首诗歌中的令人心寒的讽刺并不承认运动的可能性，只承认摩尼教次序的倒转。

> 在我前往圣彼得教堂大门的路上
> 我隐隐约约看见一个标识
> 欢迎来到索韦托
> 带空调带浴室的房间
> 我们能推荐肥皂——（1973：40）

这些差异表明，凭借其与约翰内斯堡的对比，洛伦索马贵斯在使得"本体迁移"可行方面发挥了重要的作用，而泰斯托泰将这个迁移概括为詹斯玛诗歌的核心特征。

詹斯玛的本土世界主义的对立面是他对于世界主义的消费主义形式相当明显的批评：

> 拥有你自己的香蕉王国
> 在安置好的分期付款里
> 在做了巴黎、伦敦、纽约
> 洛杉矶、里约、悉尼、东京［原文如此］
> 司机走了
> 在你的科帕卡巴纳海滩梦中情人
> ……

89

这就是美好的生活

这就是广阔的户外

这就是高低不平的大草原

这就是优质的古老品牌

（建立时间退回到 1984 年）（1977：12）


　　发表于 1977 年的《我必须向你展示我的剪报》里的这些语句的确是有先知之明的，是南非在 20 世纪 90 年代进入全球资本主义世界的一个征兆，但它们最重要的作用是提醒全球化的长时间持续。（似乎并不是所有的事情都开始于 1989 年那堵墙的倒塌）。"1984"更多地成了一个文学标记，而非时世标记：暗示资本主义和极权主义的种族隔离趋势——奥威尔的阴影——如何能够共存。

　　然而，空间和地形上的标记只是詹斯玛大都市想象的一个方面而已，甚至超过了诺夫里。如果我们单独来看，我们就会冒险将实体空间和它们在页面上的铭文合并。然而，正是结合了活版印刷术，地形才收集了概念权重。毕竟，除了页面的位置，字母和图像的外形和安排所定义的位置和空间，在出版的书页上的位置是什么呢？我如此直率地提问这点，目的是在于维护那些不仅我的分析需要，而更关键的是沃普·詹斯玛的诗歌实践所要求的分割的视觉。仅仅和威廉·博肖夫（维拉蒂斯拉韦 2005）以及后来的伊凡·维拉蒂斯拉韦（黑格森 2004：3）相比，其他人就已经黯然失色了，所以可能没有别的南非艺术家或作家如此坚持以字母印刷和印刷书本为材料来工作。对比出版界的标准劳动分工，我们可以在《白色是色彩》中发现，"沃普·詹斯玛构思、排版并设计了这本书"；在《剪报》里只是简单的"沃普·詹斯玛构思了此书"。

在詹斯玛的诗歌艺术中，指定的现代主义者和诗人诅咒的荟萃证明了他在印刷和参考文献代码上的投资的特殊性。"直到没人"，作为《歌唱我们的执行》的开篇，说到了《鼓》的波西米亚作家康·腾巴和捷克诗人米罗斯拉夫·赫鲁伯。"不平衡的圆"的第五部分（1973：14）炫耀了巴西现代主义者卡洛斯·德拉蒙德·安德雷德的题词："我的手是肮脏的"。在《我必须向你展示我的剪报》里，弗朗索瓦·维隆，所有地下诗人的中世纪守护神，与非常神圣的现代主义艺术家一起被大量引用，例如梵高、特里斯坦·查拉和马塞尔·杜尚。

这不是简单的利用名人效应来抬高自己身价。德拉蒙德·安德雷德的"肮脏的手"（"肮脏的手"）为"不对称循环"的第五部分提供了重写本。在安德雷德的诗歌里（2003：129~131），主体抱怨"我的手是肮脏的。/我必须砍掉它。"[16]他曾经尝试把手藏起来，但完全没用："我发现这没有用/不管我是藏起还是使用它。/厌恶感还是一样。"[17]在詹斯玛的诗歌里，安德雷德的身体惊恐又回来了，而且还更严重了：

> 我的脑袋有个很深的伤口
>
> 鲜血喷了出来
>
> 我必须砍下我的头
>
> 我必须把自己藏起来
>
> 不能让人看见我这么做
>
> 因为鲜血是我的罪恶

我不能止住鲜血

鲜血后面的一股力量

把所有的绷带都扯开。（1973：14）


这和巴西食人运动之间的联系并非巧合。德拉蒙德·安德雷德在写下"肮脏的手"时也和这个运动扯上了关系。詹斯玛自我灭绝的暴力令人想起巴西人，就像"吞食"对方的那种人物合并一样（马德雷拉 2005：21～51）。在"今天刚刚雕刻的天花板"中，詹斯玛（1977：71）声称，"我也是一个所谓的真正艺术家/我，詹斯玛，我，文森特·梵高的化身。"但他的话有更深的含义：页面上的单词所产生的诗人效应"他"是维隆、特里斯坦·查拉、马塞尔·杜尚、内·纳卡萨、康·腾巴、多拉尔·布兰德和在他诗歌里不断出现的所有其他艺术家、作家和音乐家的化身（这些命名中最极端的例子可能是南非荷兰语诗歌"敲了门就该关上，"［1977：24～25］）。詹斯玛成了他所吞食的东西。回到斯图尔特的话来说，他的"抒情诗财产"明显无界限，不受民族界限的限制，而且对文化等级制度不像鲁伊·诺夫里那样焦虑。

这种深远的抒情诗财产的唯一局限同时也就是使之能够成行的东西：流通媒体，尤其是印刷的物质性。在他的拼贴画里，詹斯玛强调印刷页面的平整度。报纸剪报被剪成类似于他的木版画的图案。他在照片上随意乱写，把图片和文字粘到彼此之上。材料的选择并非是随意的。从莫桑比克和南非的照片中，詹斯玛也用了巴西诗人曼努埃尔·班代拉的照片，艺术家斯拉芭·杜米勒（南非）和瓦伦特·马兰卡塔纳（莫桑比克）

的画作，并且从一篇有关安哥拉战争的文章中剪切了一个模式（詹斯玛 1974：20 和 1977：39，72）。然而，强调物质性把倾向时事性话题归为一类。当涉及拼贴画时这点更加明显，但它在大量的诗歌里同样明显，尤其是在《我必须向你展示我的剪报》一诗里。"贡林格变化"是指四首用南非荷兰语写的图案式有形诗。它有力地表明詹斯玛的绘画及诗歌实践如何抓住了对于媒体的物质性的普遍关注。通过空间和字母的逐步调整，"kniedie pi ndi eka"的不值一读性（1977：38）在 30 行以后转变成了"kniediep in die kak"（"齐膝深的狗屎"）强大的可读性：

kniedie pi ndi eka

kniedi ep ind iek

knied ie pin die

knie di epi ndi

kni ed iep ind

kn ie die pin

k ni edi epi

kn ied iep

k nie die

kni edi

k nie

kni

kn

k

ak

kak

e kak

ie kak

die kak

n die kak

in die kak

p in die kak

ep in die kak

iep in die kak

diep in die kak

ediep in die kak

iediep in die kak

niediep in die kak

kniediep in die kak

　　有趣的是，最初的难以理解的几行字传达了书面恩古尼语
言的痕迹：比如说，可以在大量的祖鲁语中找到"ndi"和
"eka"，如"umnandi"（"美好"）或"ukubaleka"（"逃
跑"）。那么，这首诗就是一个翻译的行为，是由那威胁压制
这首诗的白人楔形所强压的翻译必要性吗？它应该被解读为种
族隔离其他被转换成文字部分的混乱的说法吗，而那些文字是
统治者的加尔文主义条件敏感性不能拒绝憎恶的？或者，它证
明了当具体化为各种形状的集合时所有的意义是如何任意妄
为，屈服于诗人的皮鞭和欲望？我会建议说这里没有总结性的

92

阅读，这种不可判定性是这首诗的关键点。通过在可读性范围内的移进和移出，通过开发平整度、视觉节奏和物质性与语义学，我们远离了定义和摩尼教二元论。

虽然在那个时候，主要的欧洲以及巴西诗人可能激发詹斯玛的具体主义（以大量的詹斯玛诗歌为特征的杂志《俄斐》和《武尔姆》都很熟悉具体主义），但是，现在有争议的并不是"影响"，而是，从占有以及被占有的意义上来看，侵位以及拥有。詹斯玛坚持现代主义或先锋话语的排序——就像在拼贴画一样——很明显是他试图从霸权的南非话语中获得自治权，而这些南非话语试图根据种族主义视角或欧洲中心视角决定每个言语。尽管在诗歌艺术上可能会更受限，但詹斯玛对领域价值的吸引力比诺夫里的吸引力更灵活，更不易预测，而跨国的神圣的现代主义者团体体现了这些领域价值。毕竟，它享受了多极化的好处，享受了被一个本土领域所认可的好处，而这个领域比诺夫里的莫桑比克正在形成中的领域密度大得多。[18]在 20 世纪 60 年代和 20 世纪 70 年代早期，由于有了诸如布雷顿·布雷腾巴赫和艾蒂安·勒鲁这样的南非荷兰语作家，南非荷兰语文学显得特别充满生气，形式上也富有冒险性（查普曼 2003：249）。以英语为母语的黑人意识诗歌在 1970 年前后强势出现，一些编辑也促进了它的发展，如莱昂内尔·亚伯拉罕斯、迈克·柯克伍德和沃尔特·桑达士。《俄斐》《武尔姆》和《紫色的莱诺斯特》以及一些出版商，譬如拉万和大卫·菲利普，培育了一个反抗性的文学文化（查普曼 2003：333～334）。自相矛盾的是，我们有黑人意识和风气恶劣的南非荷兰民族主义的排外主义趋势，而那这几年以来，

"黑人"和"白人"之间以及英语和南非荷兰语文学领域之间
的联系比之前更多。詹斯玛地下秘密的声音概括了南非文学中
这种强大的本土时刻。但是，迈克尔·查普曼曾经称之为的他
那"没有受过教育的"音调，（在引文里）（1984：258），用
彼得·霍恩（1994：112）的话说，他否认"我们所知的文化
概念"，都是通过不同寻常的彻底的全球先锋教育而得到的。
他的诗歌最终证实了惠慈（2001）所认为的文学与民族边界
和政府权力之间的无政府主义的关系。

绘制媒体地图

在詹斯玛和诺夫里的抒情诗里，介导标志的主体声音在全
球的命运是完全不同的。诺夫里试图戏剧化地把世界划分为中
心和边缘，以便于代表一个边缘化的诗歌主体来破坏这些术
语，而詹斯玛回避了这类划分的二进制逻辑。就如我们所看到
的那样，地理对詹斯玛来说并非不重要，但它很零散，很零
碎，通过突然提到或暗示一些地方来表明，而不是通过排他的
绘图法。他的诗歌主题无处不在，只要印刷的文字能够被定位
在任何独特的地方。詹斯玛把页面作为一个空间来开发，而只
要是为了短暂的阅读时间，这个空间就会瓦解距离、界限、甚
至还有理解以暗示其他不可表现的方面。通过向印刷政权插
入毫无意义的"kniedie pi ndi eka"或者"刚好／是我／正在洗／
一个白色的／桌布"带来的侵蚀的感觉（1973：82），詹斯玛
不能代表被压迫阶级，甚至也不能允许意识到它的暴力强迫性
缺席。

和我们在"致巴黎"和"国籍"中看到的一样，地理在

93

诺夫里的诗歌中扮演着更加显著的角色。诺夫里并没有逃避殖民绘图的程序，而是试图拨出它们，并将抒情诗自我放置"在图上"。只要这导致了拒绝与莫桑比克的"其他人"接洽——这是一个要预料到的因素——这个策略就是失败的。相反，它的成功依赖于诺夫里使得大都市绘图法的条件可见的能力。在"变化之风"（1982：152）中，规划的空间是洛伦索马贵斯时髦的波拉纳社区。这是一首暗指 1960 年哈罗德·麦克米伦在开普敦演讲的诗：

> Ninguem se apercebe de nada.
>
> Brilha um sol violento como a loucura
>
> e estalam gargalhadas na brancura
>
> violeta do passeio.
>
> E Africa garrida dos postais,
>
> o fato de linho, a calor obsidiante
>
> e a cerveja bem gelada.
>
> Passam. Passam
>
> e tornam a passer. ...


> （没有人注意到什么
>
> 疯子一样炙热的太阳照耀着大地
>
> 喧闹的笑声
>
> 在紫白色的人行道上。
>
> 这就是耀眼的非洲明信片，
>
> 亚麻衣服，强迫热

和冰镇啤酒。

路人走来

又走去。

……）（2001b）[19]

　　一开始貌似是"表现主义"的色彩和光线的径直扭曲，
很快就获得了技术上的和摄影上的动机。这种扭曲由诗人真正
的主观经验产生。这不仅是"明信片上的非洲"，而且后来的
电影色彩也被分层叠放在图片上：

　　　…

　　De facto como e mansa e boa

　　a Polana

　　nas suas ruas, tuneis de frescura

　　atapetados de veludo vermelho.

　　Tudo joga tao certo, tudo esta

　　tao bem

　　como num filme tecnicolorido.

　　Passam. Passam

　　e tornam a passer.

　　Ninguem se apercebe de nada.

　　（……

　　波拉纳是

　　多么地平静美好啊

> 街道就像凉爽的隧道
>
> 铺上了深红色的天鹅绒。
>
> 每个事情都恰到好处
>
> 每个事情都像部彩色电影
>
> 那样美好。
>
> 路人走来
>
> 又走去。
>
> 没有人注意到什么。）（2001b）

通过讽刺和含糊所引起的预感氛围是由技术的限制感构成的。非现实色彩的使用（"紫白色"，"深红色的天鹅绒"）结合对摄影和电影的引用——传递常见的或普通的各种各样的"现实主义"的媒体技术——强化了这首诗的幽闭恐惧的感觉。这个表面有序的世界被看作并变成了它自己介导自身识别的技术模式，而不是向读者提供任何版本。就不计其数的匿名的能指以及口齿流通而言，暗含的没人注意到的"东西"也许不是在文本之外，但肯定超过了这个文本。

我们甚至可以更具体点。明信片和彩色电影作为规划世界的技术，朝着不同的方向发展。明信片由科朗和游客从"非洲"寄往都市。它向外界展示了这个殖民地。彩色电影从都市中心转到了殖民地，使得殖民者能够消费时代性的一个商业化的、霸权的形式——在此，我们应该回忆一下卡萨诺瓦对时代性的不均衡分布的确认（1999：127～148和2004：87～103）。然而，这些不同的轨道被隐含仅仅是为了能被这首诗的持续的、正式的、有主题的循环所借鉴：短语和单词的重复，"同心圆"，还有那些哪里也没去，仅仅返回原点的路人。
这是一首致力于在殖民空间循环和重复的诗，假如这点真的存
在的话。大都市想象带来的不是一个可以获得的家，也不是一
个肯定的对方，而是关着同类的镀金笼子。这个笼子只有通过
同类事物的讽刺性重复来抵制。[20]

于是，绘制地图变成了一个难以捉摸的操作。强调全球媒
体共和国如何产生位置的说法推翻了位置的客观化——"自
然"坐标、"这个世界的痛苦"的轨道以及波拉纳和约翰内斯
堡的物理存在性。诺夫里的地理包括了话语、文本化的层次结
构和介导欲望，而不是数学或现象学。"下午的枪"可能是个
极端的例子。在那里，他的童年西部片使得洛伦索马贵斯的自
然环境黯然失色，并产生了"横向电影之下午"（诺夫里
2001c）。[21]这并没有真正让诺夫里的地理变得更加"不真实"，
因为我们现在处于认识论的境界之内，而这种认识论否定现实
和话语之间经验主义的对立（假设话语是使得现实他真实的
一部分因素）。它所做的事情就是强迫我们不要把诺夫里的
"巴黎"、"美国"或"波拉纳"看作地方，而是看作纸张上
的单词。这些单词动员了意义的特定档案，并且通过重新占用
打滑和讽刺，制造了一种潜在的令人不安的都市效应。诺夫里
以这样的方式阐释了一种情境的元诗学，对侵位和代表性的跨
国制度之间的矛盾非常敏感的元诗学。

在诺夫里的写作中，对艺术自主性的痴迷应当被解读为反
抗这种介导信号的漩涡。的确，它与对政治的强烈厌恶有关。
在他的"写给诗人叶夫根尼·甫图申科的信……"中，一个
政治上颇有争议的苏联诗人，他建议道："不要遗憾任何

事。/一首诗永远是对的/即使它是错的……不要让生锈的/政
客玷污了/诗句的叶片。诗人不是拿来卖的"（1972a：31）。[22]
但是诺夫里坚持自治防御已经远远超过了政治的范畴。在杂志
《卡利班》第一次版本出版的"有关恰当的话语调控的笔记"，
从更一般的意义上来说，稳定了诗歌的阻力和成为"例外中
的例外"的必要性。它最后的结论是"没有比背叛的声音更
厉害的地狱了/也没有什么能超过它的正直。"[23] "'黑
曲'"——引号暗示它是以葡萄牙现代主义者若泽·雷希奥最
著名的诗歌命名的——负面定义了个性，与在受限的文化和知
识生产领域中不断的都市奋斗奉献相反。在否认了当时时尚人
物让·吕克·戈达德、毛泽东、罗伊·利希腾斯坦、安迪·沃
霍尔和赫伯特·马库塞之后，演讲者宣称更喜欢"少数派。/
少数人。稀有的。唯一的一个/如果必要的话。但我仍旧希望；
有一天/你会明白我的独创性/的深刻含义：我真的就是地下组
织"（原文的重点；诺夫里 1972a：102）。[24] 和雷希奥尼采哲学
式的过分自信相比较（1978：57）——"这诗我的荣耀：创
造非人性！拒绝跟从任何人！"[25]——诺夫里故意融入话语世界
就显得不同寻常。雷希奥的黑人赞美诗仅仅是指一个一般化的
"你"，附带马路、花园、规则和国家，并颂扬了伟大的、暴
力的、冒险性的扩张。对于诺夫里来说，自我主张的斗争发生
于特定的能指的领域——从引号括起来的这首诗的标题开
始——而不是在通用的个体之间。因此，讽刺的事是，即使当
诺夫里记下自己在现代主义血统中奇异的，不能传达的主题
（《行程》经常批评的现代主义的张力），那些已经写出来的东
西带来了他的发音上的能力。与时髦的吉尔罗伊和利希腾斯坦

相反，他的书架堆满了"大量严肃的/庄严的诗歌，新成员还
有中国/唐朝作品、伊丽莎白时期作品/早期作品、文艺复兴时
期诗人、与外界隔绝的/模糊的、无法解释的首席书记官"
（1972a：102）。但是，这不是简单地安排一个晦涩难解的图
书馆对抗那些通过当代媒介传播的物质。最后一行用英文写的
话不仅冲击了 20 世纪 60 年代的"地下组织"概念，而且还
占用了当时所有语言中最有媒介性最时髦的语言，也就是英
语。诗歌的主体自治性防御，从文章开头到结尾，完全依赖于
一个全球性分布的非主体制作的档案。

尾声

独立艺术家的人物对沃普·詹斯玛和鲁伊·诺夫里都有
用：假如詹斯玛被拉向魏尔伦的《厄运诗人》，与当时的惯例
完全相反的这本杂志，那么，诺夫里和高度现代主义表达的自
治理想就有着紧张却又多少有些麻烦的关系。转移到南部非洲
冲突四起、种族化的地区，这些现代主义理想考虑到了那种在
南非和莫桑比克社会中简直不可想象的说话方式，譬如说日
报、收音机和学校。詹斯玛的《白色是色彩，而黑色是数字》
是被列入禁书的，这点毫不奇怪。诺夫里的杂志《卡利班》
（1971～1972）在出版三次后彻底失败了，尽管我们并不明确
政府干预是否直接造成了这一结果。不管环境如何，他们在公
共场合作为诗人出现在自我意识上是不可避免地无足轻重的。
这种意志的边缘性，这种拒绝接受种族隔离的南非、殖民化的
莫桑比克和介导文化趋势所带来的霸权的主体地位，能够被解
读为对拥有主权的我的尼采式断言，尤其是在诺夫里的例子

97

里。然而，在他们的抒情诗中，诗歌自我的复发性分散有着显著的不同。两位诗人都从事于询问并建造个人真实性的可能性，而不是表达个人真实性。在哈罗德·布洛姆的影响焦虑的一个明显后殖民化的版本里（1973），詹斯玛和诺夫里抓住了语言的外在性。当诺夫里的"我"被迫定为"欧洲人"时，当詹斯玛让印刷文字"剥去嘴唇"时，语言不可思议的差异性就被唤起了。尽管这种差异性可以用拉康的象征手法来分析，但是，当前分析的术语更加历史化：我宣称语言和主体不能无缝地合并是和一方面来自于位置，另一方面来自于媒体流通的压力相关。依赖都市想象——边缘化但却独立的诗人就隶属于此——是管理这种矛盾的方法之一。对于印刷的诗歌的强调又是另一回事。在两个例子中，我们都能记录跨国、跨洲以及印刷媒体的翻译迁移的当地影响。就像一个幽灵，飘忽但又看得见，不受控制却又定位在局部，詹斯玛和诺夫里的抒情诗穿越了幽灵般的印刷世界。

98

# 5. 南部非洲现实主义中的
# 印刷和殖民主义

　　在殖民小说里，邮件是和衰减的特权感和归属感联系在一起的。桃瑞丝·莱辛在《玛莎任务》（1952）中记录到，在寄邮件的日子里，"各种气派"的汽车如何在镇上聚集，让所有白色的阴影汇集："过分亲密友好的动作和基督教的名字，一种欢乐的家庭氛围，有一点歇斯底里的必要性"（莱辛 1993：64）。寄邮件的日子给殖民者提供了一个急需的相互承认的时刻。在卡马克斯洛（卡斯特罗·索罗门侯 1949 年的小说《死亡之地》中荒凉的安哥拉前哨），邮件所引发的紧张和释放的感觉非常极端。一天晚上，当三位葡萄牙官员、亚美科、瓦斯康塞洛斯和席尔瓦坐下来玩纸牌游戏时，突然听到一声喊叫："卡车！卡车!"（索罗门侯 1975：108）。冒号是表示怀疑。想着他们听到的可能是远处的鼓声，一开始他们一点也不在意，不过，一旦他们意识到真的是一辆满载邮件的罗卡汽车从远处驶来时，他们变得兴奋起来。自从上次的邮包来了后，已经过了好几个月了。现在，他们强烈地期待信件、政府通知、杂志以及即将到达他们手里的各种书。一打开邮包，行政官和他的妻子就坐下来阅读"那些经历无数次旅行，最后来到这个世界角落的家庭来信"，而官员瓦斯康塞洛斯则"紧张地翻阅《政府公报》，想找到他的调令"（索罗门侯 1975：112）。[1]

亲密和官僚作风在写作的空间分布上联合在一起。在迷人的却又岌岌可危的"欧洲文明"圈里，它激起激情，传递权威，坚持归属感。在索罗门侯的卡马克斯洛三部曲中（包括《转》["转折"] 和《查加人》["伤口"]），邮件的这种象征性的重力被额外地加以说明。设定某个时期内他们在处理安哥拉农村地区电话和收音机的出现，这些小说给出了一个异常清晰的形象，即在殖民原则中如何暗示离散的写作和印刷媒体。在《转》中（1957），整个情节围绕行政官阿丰索的健康的不确定性展开。这是一种主要由书面信件的权威性和分布的不可靠性之间的紧张关系所维持的模糊性。宝琳娜和她的婆婆焦急地等待着有关阿丰索的每一个消息片段（他在卢安达住院），但是信件几乎没有，而且距离又远。他们就变成了殖民者之间冲突的来源，也变成了在一望无际的安哥拉腹地中"白人"身份的整合者。

至于其他的媒介，比如对于专心的听众来说的鼓声就比《死亡之地》中白色的冒号更有兴趣。当他们意识到白人不能分辨远方的鼓声和卡车的声音时，这种"文盲"让卡马克斯洛的黑人觉得好笑。然而，在《转》里，非洲人嘴巴里的单词和"由风从一个村庄吹到另一个村庄"（1979：43）的鼓的信息传递了（错误的）行政官死讯的传闻，而且速度比邮局更快，而这个事实给官员安东尼奥·阿尔维斯奥带来了巨大的恐慌。[2]在索罗门侯的小说里，名为殖民主义的战争状态也是一场信息战，不同介导话语网络和介导话语网络之间的战争。

索罗门侯的三部曲以及其他战后南部非洲作品，如内丁·戈迪默的《陌生人的世界》（1958）或者路易斯·伯纳多·翁瓦纳的《我们杀死了癞皮狗》（1964），一般被认作是现实主义作品（克林曼1986；莫泽1969和1975；多斯·桑托斯·利马1975）。现实主义，而不是"现代主义"或"魔幻现实主义"，是一种叙述模式，文学史家把它看作是20世纪中期的非洲写作上的默认类型。与这样的阅读相反，人们当然能够强调艾伦·佩顿和彼得·亚伯拉罕斯作品中强烈的浪漫倾向，内丁·戈迪默欠浪漫主义和现代主义的，或者索罗门侯在他对非洲的超自然信仰的写作中早期经历的幻想模式，甚至史诗模式。即使如此，作为20世纪非洲小说的关键的审美范式，现实主义的重要性不容否认。这需要关注文学写作的某些功能，而忽视其他功能；标签的有效性是通过它的解释力来衡量的。在这一章，我的观点是，那些通常被确认为南部非洲现实主义写作的实例对动力不足提供了重要的见解，并在殖民主义后期提供访问印刷媒体的权利。这种印刷索引的特定杠杆取决于现实主义通用的期望和它的历史宗谱之间的矛盾。一方面，印刷媒体是现代社会出现叙事散文的一个历史性先决条件，这个断言几乎没有争议。赞美性诗歌、《逊亚塔》史诗以及莫里哀的剧本都能被人们所记住并表演；菲尔丁、巴尔扎克或埃萨·德·盖罗斯写就的大量书卷永远不可能用口头传递（大声朗读除外）。但另一方面，一个现实小说或短篇小说的话语并不容易在根本上承认其本质上介导小说的地位。事实上，现实主义作为一种流派的定义似乎取决于这种不乐意。在谈到文学现实主义的"屏幕"时，年轻的埃米尔·左拉把它看作"一块简单的玻璃，很薄，很干净，决心变得非常透明以便图像能穿过它，并在现实中得到复制，而现实主义的屏幕否认了它的存在"（德拉特 1975：98）。³ 那么，自相矛盾的是，印刷在文学现实主义中的抹杀似乎与它对印刷页面的物质依赖同步发展。诡异的是，甚至现实主义的批评也延续了这种否认，因为在它暴露了现实主义的修辞性的时候，它合并了语言和媒介。罗朗·巴尔特在《写作的零度》中告诉我们，现实主义把词语误解成了世界，叙述了一个可认知的小说世界，似乎它很客观，不依赖叙述，或者当他在 S/Z 得出结论，"（在现实文本理论中）所谓的'真实'从来都不是一个代码表示的"（1994：608），他也把印刷文字和参考书目代码认为是理所当然的。⁴ 印刷等同于文本，这有效地在画面之外写出了物质性。后来，整个批评学派盲目地保持了这种媒体物质性，尤其是关于南非文学。自从 20 世纪 60 年代以来，比如刘易斯·恩科西（1983），恩亚布罗·恩德贝勒（1991）和 J. M. 库切，这些批评家们已经因为作家们假设文学陈述直接接触社会现实而批评了他们，而事实上，他们的现实主义，就像库切（1992：359）谈论亚历克斯·拉·古马那样，整个带上了"文学的指纹。"路易丝·伯利恒对南非文字王国的"修辞的紧迫性"的解构是一个特别严谨的推理的例子。伯利恒谴责长期存在的假设，即"南非的文学和生活保持着一种模仿的或者一对一的关系"（2001：366）。他也对一长串的南非作家和批评家做了一次解构阅读。这些人都通过忽视管理陈述的通用代码和散漫代码提出了"比喻当作现实"（2001：368）。她以巴尔泰斯式风格认为，尽管现实主义可能在外显层次上与社会次序相反，但是，基于它接受由现存的社会条件制裁的这些引用权威，它与权力同谋。在种族隔离时代的文学上，这个特别的论证有它最大的收获。到目前为止，它被反复排练过，甚至被夸大其词，但也令人惊讶地被限制在文学现实主义的其他途径的约定之中。[5]对我们当前的目的来说，尤其值得注意的是，甚至连伯利恒在媒体问题上也保持沉默。当她再一次解构现实主义的修辞机构时，我反而希望看到有着明显的现实主义倾向的叙述是如何与他们可能性的物质条件扯上关系。我觉得，这样的关注将会比现实主义的真相宣言的专有的语言分解给出更多模糊的结果（尽管引起物质性不可避免地也是一个修辞策略）。通过扩大调查，涵盖莫桑比克和安哥拉文本，这个观点也应该有助于对现实主义作为南部非洲叙述模式的更加微妙的理解。换句话说，我们必须对文学现实主义的全球存在性保持警惕，而它在英语和葡语散漫的网络中有不同的表达，还应该对早期种族隔离/晚期葡萄牙殖民主义的政治和伦理要求保持警惕。英语印刷曾经——现在依然如此——在殖民权力关系中清楚地得到暗示，在这样的情况下，现实主义到底有什么意义？

101

现实主义是文学研究中的一个非常有争议的词，甚至可能超过了现代主义。尽管它很辉煌，但巴尔特的现实主义启蒙绝没有涵盖一个词语所有的用法，而这个词语的含义从乔治·摩尔的不可思议的整体声明，即"除了现实主义就从来没有一个文学学派"（维拉努埃瓦 1997：1），到大概 1830 年 ~ 1880 年之间的欧洲小说生产的那段受限的历史。作为一个时代术语，现实主义和我当前的论证的关系仅仅是有限的，但我对击倒这个概念，以适应模仿的一般问题毫无兴趣。正如上文所表明的那样，我更愿意把现实主义看作一种模式，或者，更准确地说，一种在现象学意义上的以文字刻画意向，一种在风格和叙述上的倾向，能够在给定的任何工作中或多或少被断言。一个特定时期的写作和印刷作品之间的时空破裂意味着这种意向性会一直得不到满足，直到一位读者通过他/她自己的意向行为实现了文本。让现实主义写作在文本和读者之间熟悉的辩证法中享有盛誉的是它的社会意向性。很多文学历史学家和理论家都赞同这一点，不论他们的意识取向如何。雷内·韦勒克（1975：240~241）曾经把现实主义定义为"当代社会现实的客观陈述。"对马克思主义者格奥尔格·卢卡奇（1962）和弗雷德里克·詹姆森（1981：151~184）来说，现实主义能够表现出某个既定社会的客观历史动态（尽管对詹姆森来说，这样的语言将会在最后的分析中不能表现历史的总体性）。托尔斯滕·佩特森提出了共享世界的概念来作为现实主义的定义特征，一个能"被别人感知或……充分传递给他人"的世界（1992：190）。在哈里·E·肖的理解里（1999：56），"现实主义集中感兴趣的是社会关系和社会在时间长河中发展的方式。"靠近我们所选的语料，我们发现在卢卡奇框架下工作的斯蒂芬·克林曼（1986）将内丁·戈迪默的现实主义商标和南非社会的冲突直接联系在一起。在他们对葡萄牙新现实主义的调查中，与当前时代的更加主观的关注点截然相反，安东尼奥·若泽·萨赖瓦和奥斯卡·洛佩斯毫不畏缩地谈到了如何处理葡萄牙的"社会现实"（1987：1073）和"人类现实"（1987：1081），，而曼努埃尔·吉德斯·多斯·桑托斯·利马

（1975：26）坦率地宣布卡斯特罗·索罗门侯的"新现实主义"是以"外部现实相对于内部现实的优势"为特征的。

"现实"和"客观性"可能显得与后殖民主义和解构主义词汇不相容。此外，对这两个词的坚持和曝光的概念联合在一起。通常认为，现实主义挑战惯例、意识形态制造和补偿幻想。这点和巴尔泰斯的推理相反。偏离了既定的现实概念让它变得更加"真实"。考虑到它可能宽恕一个特定的社会领域的、共享的、思想观念的、无可争议的表现（因为他从未暗示过不同的团体可能会分享不同的世界），托尔斯滕·佩特森的"共享世界"（1992）是一个例外，但这是少数人的一个想法。大多数将现实主义看作一种模式的方法都假设这点很关键，与世界更成熟的陈述格格不入。因此，正如弗雷德里克·詹姆森做出的结论（1981：152），评论家声称"现实主义陈述把系统的破坏和那些已经存在的继承下来的传统或宗教叙事范式启发作为它的历史功能，世俗的'解码'，而这些是它最初给定的。"如果我们接受对现实的临界推力的一般描述——我相信不应该过于轻率地刷过这点——然而，我们发现在南部非洲，它希望破坏的"传统的"范式往往是属于同一时期的。在南部非洲批判现实主义的一个开创性的衔接中，作家的任务在对比殖民地异国情调的世俗实践中被明确下来。我想到了《一个非洲农场的故事》第二版的前言，奥丽芙·施赖纳1883年以拉尔夫·艾恩的笔名在此发表了非常著名的声明：

> 想象在遥远的土地上看见的那些辉煌的阶段和形状并不是给（当地作家来）描绘的。他很悲伤，他必须从画

102

笔中挤出颜色，浸入他周围的灰色颜料。他必须粉刷摆在他前面的东西。(1975：24)

在第二次世界大战后的几十年里，对卡斯特罗·索罗门侯、内丁·戈迪默、伊奇基尔·穆帕赫列列、布娄可·莫狄森和路易斯·伯纳多·翁瓦纳的写作来说，这可能是一个座右铭。在抵制萨拉查的意识形态构造和国家党宣传或者白人团体自我服务的神话中，索罗门侯的《死亡之地》、翁瓦纳的《我们杀死了癞皮狗》以及戈迪默的《陌生人的世界》有时候很明确，但经常很含蓄地被设定为紧凑型文本。他们对读者的伦理要求是他们用真相代替误解和彻头彻尾的谎言。[7]然而，施赖纳的美术比喻中存在模糊性，而这种模糊将一直萦绕着这样的现实主义的野心：它捏造媒介和主题之间的区别。[8]按照比喻的逻辑，对一个作家来说，把他/她的画笔浸入到"他周围的灰色颜料"又意味着什么呢？用土壤或者用岩石来雕塑字母又有什么意义呢，就像 J. M. 库切的小说《在国家的中心》的结尾处玛格达所做的那样（1983：132～133）？或者，当现实主义叙事作为叙事设置中的一部分非直观地代表了印刷媒介，这样浸入画笔能够被理解为那些时刻吗？

在这最后一点上，许多南部非洲的战后几十年的叙事作品趋同。我们可以回忆一下第二章，彼得·亚伯拉罕斯的自传以及亚瑟·马伊马内的故事是如何在《鼓》的页面上夸张报道印刷媒介的品质。在这一章，通过索罗门侯、穆帕赫列列、翁瓦纳、莫狄森和戈迪默在叙事中表现的痕迹，我希望进行进一步的观察。我不仅想要探索施赖纳暗示的模糊性，而且还想建

103

议印刷的这些转喻陈述应该有一个隐喻的共振：他们从故事外水平（政治的、社会的、经济的）到故事内水平，在字面上（从希腊元信息中）"延续"了依赖于印刷的物质性的焦虑。这让我们对现实主义的意向性有了不同的理解，而并非作为一个外部现实优于内部现实的"社会现实的客观陈述"来理解。从帕尔塔·查特吉对印度民族主义的批评得到提示，我反而会建议南部非洲的文学现实主义让现实主义理论中暗含的"外部"和"内部"领域之间的分离变成了问题（同样参考第三章）。如果我们跟随查特吉的推理（1993：6），有着相反趋势的文学可能就与一个"包含文化身份的'必要的'标志的'内部'领域"相关，并因此被视作反殖民思想的一种表达，将其自己与殖民者的物质支配区别开来。我们之前讨论的马里奥·品托·安德雷德的文学评论可能会支持这种阅读，在这评论里，"黑人"诗歌和非洲诗歌作为虚拟的领域被隔离了，躲过了殖民者强加的真理政权。可是，在20世纪中叶的南部非洲，印刷文学的种族化物质条件对现实主义作家的评论范围设置了客观限制，虽然他们是由一个完全不平衡的稀缺经济和一个欧洲语系主导的话语网络决定。在那种情况下，作为特权的记号以及权力的工具，欧洲语系读写能力的这种不可避免的作用可能让我们冒险假设一个职位，而这个职位和来自于查特吉的职位完全相反：也就是说，文学断然没有提供一个"内部"避难所，而是从属于基特勒（1997：52）所称之为"大师的腹语术"的东西。然而，当这本书试图用大量的方法来展示的时候，印刷媒介自身一直被定位为一个外部的、物质的物体和一个内在化现象。至于头脑和事件的反殖民主义的二分法，它的地位是不确定的。印刷给公众带来了拥有梦想的能力；它反对直接简化到稀缺经济，并且和凯瑟琳·海尔斯（2005：62）称之为信息经济的东西有关联，带着难以捉摸的无穷无尽的丰富的承诺。从这段时期开始，在现实主义叙事中，事情和头脑之间这种殖民权重的边界不确定性经常被带到危机之中。在某一个特定时期，阅读所带来的对公正和愉悦的梦想被赋予了很大的期望；在下一个时期，写作和印刷的无效性或纯粹的压迫性遭到公然抨击。它不仅展示了对于"彻底清除"压迫结构的愿望如何是一个幻想，而且还按照福柯的方法，展示了铭文掌权如何授予了权力的手段（傅科 1980）。

104

印刷和政治激进主义

很明显，在《行程》中，在莫桑比克和安哥拉，第二次世界大战战后写作的历史引起了一个特别的"新现实主义"的葡萄牙语宗谱。我们可以把新现实主义当作一场或多或少带有一个独特的美学项目的运动来理解。首先，胡里奥·波马尔、阿尔维斯·蕾朵尔、马里奥·迪奥尼西奥以及葡萄牙新现实主义的其他领导人在莫桑比克的《行程》中推动了这个目标，但是，这个趋势以这样的一种方式跨越了整个讲葡萄牙语的世界，以至于不清楚它第一次是在巴西还是在葡萄牙出现以及在什么程度上它作为一个本土风格出现在安哥拉和莫桑比克存在。[9]在马普托，20世纪40～50年代的知识分子决不局限于在葡萄牙与新现实主义者的对话，而是从欧洲和美洲吸收了丰富的现实主义和现代主义文本。在卢安达，正如无数的安哥拉作家已经验证过的那样（拉班 1991），他们和巴西的联系是很格式化的，尽管在当时接触到巴西书籍（而非音乐）到底有多困难是很难计算的。当他还在里斯本时，马里奥·品托·安德雷德显然读过了大多数巴西地方主义作家/现实主义作家的作品，比如说豪尔赫·阿玛多、若泽·林斯·多·雷哥和格拉西利安诺·拉莫斯。[10] 不管怎样，卡斯特罗·索罗门侯是一位总是通过新现实主义运动而获得确定的非洲作家（多斯·桑托斯·利马 1975：26~27）。路易斯·伯纳多·翁瓦纳，随后的一位来自莫桑比克的作家，也和新现实主义扯上了联系，尽管不是一个决定性的联系（莫泽 1975：189，199）。这种确认在葡语系领域里很常见，而在南非文学中就没有与此同样的事情，因为在南非文学里，现实主义很少和"运动"联系在一起——也许 1985 年 UDF 的"人民的文化"运动是个例外（阿特维尔 1990：101）——但它宁可被看作当代文学文化的一个不变的特色，即使不是始终如一的特色（阿特维尔 2005：169；伯利恒 2001；格林 1997：17~18）。

在葡语环境中，令人惊讶的是现实主义和政治反对派之间的对等。在 20 世纪 40 年代，没有一个说葡萄牙语的国家——包括巴西——能够令人信服地被称为民主。所以，在第二次世界大战后的法国和英国，国内的民主和海外的暴政之间的冲突是站不住脚的，而在葡萄牙，这点却并不是问题。实际上，如果我们查看葡京的话（沙巴尔 1994：149），从一个白人殖民者的观点来说，葡萄牙的政治气候比莫桑比克的政治气候更加压抑。对莫桑比克人民和安哥拉人民来说，后殖民巴西毫无疑问是某种乌托邦，而它在这个方面也没有更好的表现。热图利奥·瓦格斯的平民法西斯主义在 20 世纪 40 年代之前就已经破灭了这个国家对民主改变或渐进式改变的任何希望。因此，在这样的政治环境下，葡语文学现实主义与政治阻力的担忧相吻合。写作变成要么在统治者设定的限制内写作，要么就去挑战他们。我认为，这是目前英语系和葡语系话语网络之间的一个关键的区别。在这样的特定的意义上，假如文学表达的公共行为在整个葡语世界被政治化，那么，主要的英语国家通过法律上根深蒂固的言论自由调和了文学的颠覆潜力。尽管"演讲"不仅能通过法律关系受到限制，但是，在不忽略英国战争时期审查机构或美国麦卡锡时代妄想狂的例子的情况下，网络间的这种对比是非常惊人的。

当然，种族隔离下的南非是一个例外。它的审查制度的历史展现了它自身特殊的轨迹。在这个意义上，20世纪50年代仍旧是稍微没有被定义的十年。"色情文学"是禁止政治上不受欢迎的书的唯一明确的理由。正如内丁·戈迪默自己说的（1988：59），禁止《陌生人的世界》的企鹅出版社的版本是很普通的，因为它被坦率地宣称要去破坏"共和国传统的种族政策"。后来，1963年的出版法案和娱乐法案以及1975年的出版法案大大扩大了那些被认为不适合通过印刷的公众揭发的东西的范围，并导致形成了"世界上最复杂的审查制度之一"（库切1996：34）。[11]在南非审查制度下，写作的奇怪结果和冲突已经得到了戈迪默（1988）、库切（1996）和安德·布林克（1983）的闻名的检查。尽管有这个国家累赘，似乎英语写作的跨国网络促使了在戈迪默小说中印刷和政治激进主义之间的一个不同的关系变化，至少比我们在索罗门侯小说中找到的要多。（翁瓦纳、穆帕赫列列和莫狄森进一步介绍了关于印刷的政治和社会效价，这点我后文会讲。）也许，因为"言论自由"在当时全球的英语网中更加广泛的交流经验，对戈迪默写作中的自吹自擂的印刷为界的激进主义的主张似乎也有更大的怀疑。

卡马克斯洛的读写能力

在索罗门侯简洁而雄心勃勃的《死亡之地》里，若阿金·亚美科是唯一富有同情心的角色。其他的葡萄牙人从轻蔑到虐待狂不等。尽管黑人和混血人物的陈述高度差异化，这些却只能引起遗憾而不是同情。亚美科作为行政官的职责包括了收税和进行当地人口普查，而这与其他殖民者的差异基于两点：他从巴西来到安哥拉；他是一名热心的读者。两个特征汇合于他的政治激进主义。我们都知道，他逃离巴西是因为"他在反对独裁的圣保罗革命中的角色"（索罗门侯 1975：20），[12] 而他在殖民制度下工作的原因纯粹是为了生存。那时，20 世纪 30 年代中期，在巴西，左派激进主义似乎变得更加强烈，比葡语世界里任何地方都强烈，而实际上，亚美科被描绘成比卡马克斯洛任何白人都更加拥护平等主义。当亚美科打破等级制，保护若昂·卡拉多，一个"混种族的"男孩，免受一个名叫席尔瓦的行政官的虐待时，小说的核心冲突产生了。这种特殊的干预让亚美科丢了工作，也让一位年长的黑人大声惊叫"这个白人是有心脏的！"（索罗门侯 1975：217）。在文章开头，在追溯亚美科从巴西流放的原因的倒叙中，索罗门侯直截了当地将激进主义和印刷文化联系起来：

106

若阿金·亚美科的真正生活开始于这个大城市的大街小巷。他卖报纸，在印刷厂跑腿儿，又当了排字工的学徒，最后成了杂志《警钟》的排字工，而它在革命失败后受到了法西斯分子的攻击。他们一个人都没找到，整个人事部都已经参加了革命，一些人关在监狱里，其他人躲藏起来，还有两个在战斗中倒下了。气急败坏的法西斯把家具扔到大街上，抢夺了打字机，又放火烧了图书馆，毁坏了排字机，锤打旋转印刷机。他们狂怒不已，因为他们不能够粉碎印刷商和新闻记者的脑袋。(1975：23)[14]

因此，在他身体上抵制作为殖民化安哥拉的自己团体的一员之前，亚美科在巴西时和印刷的关联以及他参与到我们可能称为1935年的"共产主义政变"已经塑造了他。那是一个失败的政变，最终促成了法西斯在巴西的掌权（洛佩兹1980：83）。因此，亚美科通过阅读在卡马克斯洛的道德沙漠里坚持自我一点都不奇怪。在和他的同事瓦斯康塞洛斯的一次交流中，亚美科阅读的半秘密性清楚无疑，而这个同事处于亚美科和席尔瓦的中间地带：

瓦斯康塞洛斯开始阅读，或者是浏览亚美科收藏在房间角落里一个由盒子组成的书架上的书。——你已经知道它们了。在那里——亚美科指着边上的卧室，一个红色的棉制窗帘当作了它的门——我的东西是最好的。你可以挑选任何你想要的，但是不能拿走最上层的那些——他急忙补充道。他并不想让席尔瓦看见那些书，因为官方认为它

们是危险分子。(1975：111)[15]

后来，亚美科和席尔瓦之间的冲突爆发，行政官安图内斯把阅读定为白色镇静恶化背后的主要原因。非洲需要"硬汉"，而殖民地只有"狂想家"，就像某个叫蒙泰罗的人，"拜访茅草屋以了解人们的生活并倾听他们的故事，而不是收税或派遣工人下煤矿"（索罗门侯 1975：247）。[16]安图内斯最后得出结论，"阅读让年轻人堕落。我在大城市里的儿子回来了。他也黏住那些阴险的书不放，而不是在学习"（索罗门侯 1975：247）。[17]

在把阅读和激进主义的跨国模式相联系的同时，这些最后的引用仍然在印刷界引入了一个裂缝。在《死亡之地》的故事世界里，显然有一种印刷的形式。国家政权不仅能控制这种形式，还能从中受益，而另一种形式逃脱了它的范围。由此，安图内斯的儿子应该学习，而不是给予他自己自由读书的权利。类似地，亚美科也意识到了在认可的阅读和"官方认为是危险分子"的书本之间的分割线。表面上，这种分裂的成形目的在于把媒介推到支持信息的背景。"阅读"，当由安图内斯这类人说出这个词语时，它也许仅仅是一个政治异常的委婉说法。然而，我发现这样的解释太轻松了。如果媒介不重要，那么这些为了阅读这一行为及不符合要求的印刷的存在而进行的斗争又是为了了什么？难道这没有强化我们的争论，即印刷已经刻入权力领域，但相对于任何特定代理的意图却保持不确定？当然了，在《死亡之地》里，写作和印刷是殖民权力的终极标志。当亚美科干预席尔瓦鞭打混血儿若昂·卡拉多

107

时，冲突背后的原因是若昂对他已故父亲的房屋的声明。作为
一个穷困的葡萄牙商人和黑人女性弗朗西丝卡的儿子，若昂认
为他会继承他从小生长的房子：

> 在（他父亲去世的）同一天，这个白黑混血儿在政
> 府里出现。
> ——这是什么，若昂？——杰米·席尔瓦问道。
> ——房子的钥匙。我们要回去。
> ——什么钥匙？
> ——我们房子的。（1975：212）[18]

我们知道这个要求是难以得到承认的，因为若昂房子的真
正钥匙并不是由金属制成，而是包含写下来的话语，假如这个
存在的话。尽管卡马克斯洛的每个人都知道若昂·卡拉多是若
泽·卡拉多的儿子，但他却需要一个出生证明来证明他的继承
权。席尔瓦告诉若昂没有这样的记录，甚至提示他自己去看。

> ——……如果你愿意，你可以看一看——他指着那本
> 书，他早些时候从书架上取下来的那本书——来吧，看
> 一下。
> ——不知道怎么读。那个白人（意指他父亲）从不
> 教我。（1975：213）[19]

若昂在其他白人那里的咨询同样也没结果。没人能记起若
泽曾经给他儿子登记过。商人弗朗西斯科·伯纳多说过去人们

并不这么做，那时候还"没有［殖民］政府"（1975：213）。[20]然后，不顾他的恳求，席尔瓦告诉若昂，"根据法律，你既没有父亲也没有母亲"（1975：214）。[21]这种说法的野蛮性让人无法想象。在精神分析理论上，假如法律被视作父亲，那么，卡马克斯洛的法律让若昂变成了孤儿。在基特勒对德国浪漫主义话语网络的讨论中（1990：84～85），假如读写能力和妈妈的声音与爸爸的写作联系在一起，那么，在这个例子中，它领先于父母的权威鉴定。很难想象一个更加简明的绝对权力的殖民模式的形象，阿希尔·姆边贝称之为指挥。法律的象征领域，换句话说，是被殖民政府指派，而这个政府是一位不仅限制，而且禁锢子孙的父亲。书面印刷的文字在实践这样的权力中很关键，因为它不可能被若昂这类人反驳。在席尔瓦与若昂的交流中，法律非常简单地，而且是重复性地，确认了法律自己所说的话。以勒维纳斯（1996：73）称之为正在说的话（le Dire）闯入已说过的话（le Dit）来看，反驳就是提出反对意见。它要求在卡马克斯洛的世界里，在已说过的话里有一个确定的东西。这种要求的后殖民版本也许是：庶民不能说话。而这反之意味着：你必须进入到话语网络才能被大家听到。虽然在若阿金·亚美科阻碍席尔瓦鞭打若昂的时候绝对有大量的身体接触，但这个冲突的案例不仅嵌入亚美科作为白人男性的权威，而且还嵌入他的阅读能力。因此，作为殖民权力的工具，良性的、社会转型性的阅读实践和写作印刷并不是可分离的，亚美科的文化激进主义只能够通过成为法律（按照话语网络而来的广义定义）的一部分去挑战法律（按照法西斯殖民国家而来的狭义定义）。然而，他在离散的历史空间之间的刻进话语网络之中的个人机动性（葡萄牙—巴西—安哥拉）调动了网络中的不稳定性，而这种不稳定性是由不可能在不滑动的情况下利用已说过的话的绝对权威产生的。换句话说，亚美科作为法律（狭义上来讲）的一个"白人"代表，他的质询失败了，因为通过其他阅读和其他地理空间而给他带来了反质询。基于他可能被确认为索罗门侯批评现实主义的代理人，在散漫网络中，他对其他"事件"的接触使得亚美科对卡马克斯洛的了解比其他人更加"真实"，不易产生惯常死气沉沉的效果。

在中心位置的印刷疲乏

有趣的是，在内丁·戈迪默的《陌生人的世界》一书里，一个从别处来的游客对当地惯例的死胡同给出了一个供替代的选择。英国人托比 ·胡德作为一个绝对的新来者来到了约翰内斯堡，就跟亚美科来到安哥拉是一样的。但是，多亏了英语的话语网络，作为一个话题和原因，他对非洲一点都不陌生。在坐船前往南非的路上，他仔细思考了他遇到过的所有的非洲介导版本：

> 那些在我离开英国之前读过的书怎么样，就是过去三四年里我一直在读的那些关于非洲的书？蓝皮书、传单、调查、研究——人类学和社会学教授所做的厚厚的那种，经济学家和农学家所做的薄薄的那种以及新闻记者所做的那种轰动性的东西又怎么样？我的朋友家人都对茅茅党非常感兴趣，既然我现在离它只有 300 英里，而不是 6000

英里远，那么它的现场情况又有多远？……当我在床上伸
伸懒腰，舷窗下小小的书架映入眼帘。《南非的民族》
《南非的问题》《南非报告》和《非洲的心脏》。我开始
有节奏地强制性地阅读这些书目、作者和出版社的印记。
（1976：18）

就像我们看到的那样，印刷和地方的主题在戈迪默的小说
里非常明显。毕竟，托比·胡德旅行的原因是他作为一个出版
社的代理在约翰内斯堡工作。生长于一个激进主义家庭，涉及
远方的印刷的广泛传播对他来说并不是新鲜事：

> 有关马伦博士和新任的南非总理斯特赖敦，有关茅茅
> 党以及有关比利时在刚果的殖民政策和尼日利亚的自我管
> 理的各种小册子堆放在我母亲的浴缸边上，她喜欢在那里
> 进行这种阅读。新闻记者、外国通信者和十字军东征的牧
> 师过来一边吃饭一边讲述他们的故事。他们曾经在面对无
> 神论的白人压迫时撼动了一个基督徒的拳头。（1976：33）

换句话说，这个小说带来了大量的阅读积极分子。他们的
凝聚力完全依赖于英语印刷的全球传播。这在托比·胡德身上
产生了一种对政治激进主义的单调的依赖媒体的理解："自
由；一个空旷的国际化草原，风将废旧的报纸吹翻过来，报纸
上面写着你不认识的语言"（戈迪默 1976：32）。受限于印刷
的激进主义的公共空间是敌对的、不人道的。甚至在它断言最
崇高的人文价值时也是如此。而且，令人惊讶的是，这种不舒

服的形象也包含了"其他"语言。他们的外国特性强调了在面对他读过的英文书时产生的一种疏远感；它们强调在熟悉事物中的不舒服感。

戈迪默在这本小说里对非洲陈述的强调可以被解读为后来对奥丽芙·施赖纳的前言的回应。和早期的作家一样，关注的是远处的景色——"想象在遥远的土地上看见的那些辉煌的阶段和形状"（施赖纳 1975：24），但是，现在，异国情调已经被无数的科学和新闻报道所取代，而后者宣称是在揭开事实的真相。假定戈迪默自己的现实主义在南非的语境里对真相的渴望非常明显，这种厌倦和怀疑感在这么多的"讲真话"前面就非常重要了。事实上，戈迪默在一个几乎算是解构主义的层面上，为离散的评论设置了一个舞台，却选择推广经验（不管有多么不完整）而非陈述。这种经验主义偏见可能是小说的现实主义意向性最大的一个方面。但是，这是在托比·胡德慢慢远离英国媒体视角来看南非的过程中我们遇到的牵强附会的经验主义：

> 通常，在我收到的来自英格兰的信件里，我无意中会发现短语"那里的生活"：我认识的人读到了罢工，读到了啤酒店的暴动和以叛国罪逮捕。他们看到了微笑的黑人宝宝的照片，宝宝们都佩戴着珠子，高楼的照片，还有政治家们的照片，那些政治家可能公然开口预言厄运或发展。在这所有的一切中，我想他们圆滑了某种球体以便把我包含在内，他们对此很模糊，但我肯定对此相当地清楚。（1976：193）

在小说里的这一点上，托比已经花了好几个月去转换"白人"和"黑人"之间的日常基础。在船上，关于地方和陈述如何拒绝合作的曾经很模糊的不安已经在当地根深蒂固了。事实上，随着文章的深入发展，我们走近了南部非洲在摩尼教背景下特定的满足文学现实主义需求的问题：

> 他们或许已经了解了一个拥有多种不同生活方式的城市，混杂了所有东西的一个城市，但他们了解过我居住的城市里可怕的胜利的分离吗？我可以告诉他们在高楼大厦里得到平息和放纵是多么开心吗？我能解释出当我在那种种族隔离的地方，没有合法的权利去融入这个地方时感受到的自由吗？我想，如果想要有个"那里的生活"，在约翰内斯堡的真正的生活，你也许不得不属于这个或那个，而且是永远地属于。你真的不能将这个和那个和解，即人们存在的方式和法律存在的方式，然后将之变为一个整体。（补充的重点；1976：193）

这些文章阻止了内丁·戈迪默作为现实主义作家的过于机械化的特征。它不是简单提供地方经验作为错误陈述的替代品，而是把对现实的特定视角，对认为是真实的那些东西，和这些陈述联系在一起。就索罗门侯来说，书面法律已被包括在对印刷陈述世界的思考之内。假如必须把自己局限在两个法律定义的范围之一才能得到"真正的生活"，那么，这就表明不仅法律的文书在构建社会现实中很有帮助，而且托比·胡德的英国朋友们耗尽的那些其他的介导陈述与法律勾结。在开始决

111

定什么是真实的东西时，恩亚布罗·恩德贝勒分析了在种族隔离制度下，南非的"引人注目的"陈述如何保持作为法律决心的牺牲品。这种阅读并没有远离这个分析。尽管没有涉及"无权无势者确定导致他们无权势的关键因素的文学"，就像恩德贝勒那样（1991：46），但是，在托比·胡德的反省里有一个类似的理解，即陈述如何复制种族隔离强加的政治条件，而不是去挑战它。这给作为印刷的语言艺术品的小说的雄心壮志带来了明显的问题。它想清除惯例和错误的陈述，并提供真相。戈迪默决定用第一人称单数来讲述这个小说，而这无疑可以被解读为这些真相宣言的相对性。但在这种情况下，主体/客体二分体被颠倒过来：不仅仅是"主观的"，托比发现自己处于一个社会客观性的阈限空间里，而这在构成南非主观性的传统语言中没有表述。这种自相矛盾的说法让小说似乎成了直接而又难以形容的经验。在他开始进入法农（2001：183）所称之为"人们居住的神秘的不稳定地带"[22]——意指亚城的黑人世界——在他看来，这种转变一开始就是以文化和绘画为媒介的，好像真实事物的陈述必须经过造型描述才能进行：

当僵硬的杜松子酒偷走了我的身体，就像一个手电照亮一间漆黑的房间，我带着一只几乎无所不知的眼睛看到了那房间的图案。其他人的那些脸，黑黑的脸，其他人的手，黑黑的手，从同样破旧的大衣袖子里伸出来的手，有很大的区别。图案对亚洲地毯有着紊乱的迷恋。这点我母亲也有过。如果仔细看，你也会看见你所期待见到的卷轴和鲜花变成了人、动物、笑话和传说；在某个经验里，现

实生活中的事物并没有很紧密的关系。(1976：79)

再一次，"真正的生活"这个词语突然出现了并暗含着它所表示的意思的反面。叙述者并不是在质问这个经验的真实性，而是质问他对什么是真实的传统感觉。说来也奇怪，经验和真实感的中介物是毯子里隐藏的却又能够辨别的东方主义表现。然而，既教化又异化了经验的造型描述屏被折叠起来，一旦托比更进一步地深入亚城的黑人世界。别人带他去了一个地下酒吧。他注意到，在某种程度上直接让人回忆起安东尼·桑普森在《鼓：一次非洲冒险》里对黑人地区的观察，"这是我所呆过的最空荡的房间；它完全依靠人类。"[23]尽管这些人企图表现得很有文化——他们讨论陀思妥耶夫斯基、托尔斯泰、《白鲸》——尽管在少数让亚城的生活继续下去的事情上有着持续的关注，但是，叙述者对"空荡荡"的比喻似乎暗示现实主义的一种否定方法：只有通过除去通常构成"真实生活"的熟悉的陷阱，托比的经验真理才会逐渐出现。

这并不局限于黑人世界的经验。在小说的结尾，当托比加入一个狩猎之旅时——具有浓烈的象征色彩的白人殖民者男性的例证（克林曼 1986：65）——经验的透明性和印刷世界相比显得比较有利：

　　追赶的不稳定性和紧张非常吸引人，因此，在最热的时候，在有时间读书的时候，我们却没有去读。在我心里存在已久的害怕自己无书可读的想法（就是说某天某个地方人家发现你手上没有书）突然变得无关紧要了。我

## 112

不需要去读书。行李袋里装满了书。（1976：228）

故事的开头，托比在船上"有节奏地强制性地"阅读这些书目和出版社的印记，而上文构成了它的对立面，并可能完成了他有一个"私人生活"的愿望，这种生活不受他人的打扰，而他们通过印刷媒体，经常威胁用他们的观点和真理宣言闯入他生活的世界。尽管如此，戈迪默还是在很多方面有资格稳定无中介的经验。狩猎不仅发生在克林曼（1986：65）所称之为"一个彻底的象征世界"里，而且它是托比在统治南非白人男性生活的深层侵略和恐惧当中的教育时刻，就像高楼那块地表现的那样。通过把这插曲安排在托比得知他朋友史蒂文·西腾横死的消息之前不久，戈迪默进一步削弱了它对无罪和真理的声明。接下来，看起来似乎她的小说不仅由令人不满的事物掌管，即对南非的外在的介导的陈述的不满意，也由一个信念掌管，即历史不允许从印刷的象征领域中撤退。只有三页的最后一章确认了这样的阅读，而这一章标志着托比开始了与南非社会更加有原则的接触。在此，印刷卷土重来。对戈迪默小说的讨论，重点放在对叙述中的自由人文主义的讨论上，把托比和山姆的相互握手——用克林曼的话说是一个巧妙转换的福斯特电影般的"美好时刻"（1986：66；R. 佩特森 1995：52）——看作是主要章节的中心事件。然而，和这种明显象征性姿势并列的是有两个段落关注了托比口袋里的东西："两份剪报；一封信"（1976：253）。两份剪报都来自最近的一版早报，"那一天在刮脸和吃早饭的时候报纸突然没在它固定的位置上，因为上面有一个因为叛国罪而被逮捕的人的名单，白人黑人都有"（1976：253）。名单上的人物之一是激进主义者安娜·楼，托比曾和她有过短暂的婚外情。另一份剪报是小说中托比的另一个女人的照片，塞西尔。"她穿的那些衣服就像在胸部上裹上了绷带，而她在耸动肩膀哈哈大笑时露出了漂亮的锁骨"（1976：254）。托比留意到"两份报纸截然相反地躺在我的口袋里"（1976：254）。最后，信是托比的。它将被送往伦敦，里面包含了他对留在约翰内斯堡的出版社的请求。

在结束语中，印刷和写作的物质存在当然是一种记叙技巧；它让戈迪默能够以节约的方式把懒散的结尾绑在一起。然而，这种常识性的观察回避了问题的实质，这个问题是我针对索罗门侯和戈迪默提的：是什么东西使得印刷和写作的"道具"有效地记叙？一定是可替代的选择（这里只是指让托比的想法游荡一下）在现实主义框架下可能显得不那么可靠。印刷（尤其是印刷文字，而不是手写文字）让现实主义作家也能分一块蛋糕吃。它转喻性地表示"客观的"社会现实，同时允许她沉溺于我们发现的传播媒介语义上的不一致，比如说立体派艺术家的拼贴。以记叙的逻辑来阅读，印刷不仅位于公共领域——在一个至关重要的意义上，它就是公共领域，并因此在他努力更加全面地参与南非社会时不能被托比忽视。从现实主义美学的视角来阅读，整本小书中的印刷材料的叙述索引近似于叙中叙：即使当它证明这样的一个对叙述基础的轮回关注，它也不断地威胁要曝光印刷叙述的自身的可能性条件。这样的一种特定媒体的意识表明，和她很多的工作评论相比，内丁·戈迪默并不那么感谢现实主义的假设。

### 印刷、事情和摩尼教分割

我们之前已经见过戈迪默的《陌生人的世界》是如何做到比索罗门侯的《死亡之地》更加专注于印刷体系并更加怀疑它的政治价值。它颠倒了后面这本小说里描述的情况，即印刷在物质上很匮乏，却被赋予了特殊的权力。即便如此，戈迪默也辨证性地检索了政治激进主义和印刷之间的联系。承担成本的磨砺感和基于经验领域化印刷中介的需要（它被描述成两份简报的对立在托比的约翰内斯堡经历的背景下唯一获得的东西）取代了与托比父母亲的小册子和书籍联系在一起的那个随和的政治"偷窥狂"。

当我们着手研究翁瓦纳的莫桑比克小说时，权力和材料使用的这些参数陷入了混乱。在这里，印刷和权力领域的联系完全不同于之前的那些范例，以至于我们必须逐渐地转换我们讨论的重心。事实上，如果我们也把伊奇基尔·穆帕赫列列、彼得·亚伯拉罕斯和布娄可·莫狄森带入讨论，那么，从充分的比喻和/或印刷文字的政治化到匮乏和无权的复杂的作家式协商，在表现印刷的模式上，不仅提及语言分裂而且还提及种族分裂似乎就是合理的了。

在简短的"库存的家具和效果"里，翁瓦纳突出了阅读的物质性。他在《我们杀死了癞皮狗》中的叙述模式一贯是拐弯抹角的，但是"库存"以及"黑人的手"在陈述行为的意义上甚至不能算是一本小说；它是事情的一种陈述和阐释。这个观点是躺在床上，看着家里那些暗示而不是讲述许多故事的东西的记叙者的观点。它是这么开始的：

门窗都关上了。爸爸不喜欢门窗开着睡觉——我不知道为什么。有人猜测可能是因为他的病，但我觉得他总是那样。他现在睡在我们的房间，因为从医院出院时，医生建议他睡硬板床。这是在我们房间里临时凑合的，因为他的房间放不下双人床。（1969：20）[24]

尽管文章开头提到了他父亲的疾病，但在翁瓦纳的故事里，一贯的重心是在事情上而不在人身上——就如题目所暗示的那样。这点让人很惊讶，尤其是考虑到戈迪默（和桑普森）与索罗门侯如何倾向于突出非洲贫困的物质匮乏。到底非洲作家如何处理这些事情呢？没人真正地知道。这块潜在富有的调查领域，从欧洲现实主义的研究中熟悉而来，在非洲文学评论中几乎没有被涉足。如果我们看看晚一点的非洲现实主义记叙文，比如说吉吉·丹格兰伯加的《紧张的局势》（1988），事情就引出了一些问题。这是由社会政治条件和普遍期望之间的矛盾决定的。在遭受资本主义和（后）殖民主义不公正的社区里，眼前很少会有物质商品。但是，为了在修辞上调用事物——与子女关系或想法或人类的行为对比——是一个面对现实的散文的主要支柱。对此，原因有很多：现实主义的经验主义偏见喜欢描述事情；事情很容易预测为现实社会中"客观性"的轨迹；最后一项要点是，出现了现实主义的消费者。115
资本主义的世界过去和现在都是销售品的世界。[25]对丹格兰伯加来说，就和对很多其他的非洲作家来说一样，一方面要代表事物，另一方面还要代表一个几乎没有什么东西的生活世界，这种要求导致了一种普遍的紧张。在《紧张的局势》里，将

唐布德赛从她贫寒的家里到她叔叔的校长住所之行戏剧化优雅
地解决了这个问题，而这一转变把她引入到了明亮的眼花缭乱
的商品世界。[26]翁瓦纳选择了一种不同的行动方针："库存"里
的东西是理所当然的，但看上去有些旧，而且无缘无故地组合
在一起，好像他们是用过的残余物和从一个匿名的原主人传来
的廉价物品。这尤其适用于小说中印刷的存在。通过"库
存"，书被安放在这个居住环境：

> 在通往浴室门和通往这个房间的门之间有个书柜，上
> 面有五个书架，都装满了书。上面盖了一块布，布和起居
> 室的窗帘很搭配。(1969：22)[27]

在最后一段，印刷物被进一步通俗化：

> 在这张床下收藏着我的画作和绘画材料，放在两个木
> 头盒子里。另外有三个盒子装着书和杂志。在爸爸睡的床
> 下面有更多的书盒子。杂志分散在两个房间里的四个床头
> 柜上。在起居室里，在室中的桌子上，在餐具柜上，在缝
> 纫机上以及在无线电桌上有更多像样的东西。如果我现在
> 想读一本杂志，我就直接走到室中的桌边，因为那里有更
> 多最近的《生活》《时代》和《克鲁塞罗》。更旧的又更
> 普通的杂志放在起居室的其他地方。《读者文摘》也在桌
> 子上，不过我不会去翻它，因为它看上去并不怎么样。爸
> 爸说它就是垃圾。好吧，根据他的说法，妈妈放在起居室
> 里的所有杂志都是垃圾。这就是我为什么不想起床的原

因，虽然我一点也不困。(1969：23)[28]

这个家里的住客和他们所有的报纸杂志之间暗含的关系是温和而纹理密集的。印刷根据价值的等级而排序。时代性被限定了——最新的杂志放在了最明显的位置——《生活》比《读者文摘》得分更高。然而，价值范围在两个家长之间有所差异。杂志对讲述者的妈妈来说代表了社会地位，而他的爸爸显然不予理会这些期刊杂志——假定他喜欢书。不考虑这种明显的资产阶级层次的价值观——而这可能和殖民主义的莫桑比克的同化民的渴望相关——关于印刷材料的描述，有一些东西让它有别于索罗门侯和戈迪默的叙述。相比于接近权，这和丰富与稀缺性可能有更少的关系。我是说，当我们进入印刷王国和印刷的表现时，种族分裂和物品所有权之间的明显直接的殖民同源关系变得更加复杂——用法农的话来说（2001：31），"你是白人，因为你很有钱"[29]。毕竟，托比·胡德周遭充斥着书本，而若阿金·亚美科的物质性接近印刷会显得比讲述者在"库存"中的接近更加有限。但是，托比和若阿金都在印刷文化上下了很大的赌注：把物质区别搁在一边，两个人无条件地假设了他们接近印刷的权利——而这明显和他们作者对巴巴（2002）所称为说话权的东西的认可密切相关。亚美科的中等收入和是否应该有能力或者应该想与印刷文化的同时代性保持同步一点都不相关。作为索罗门侯做了大量的道德投资的一个角色，接近印刷文化可以看作是亚美科的职责。但这意味着，如果作为白人并且是有道德责任的白人并不是变得有钱而是作为一个读者，那么，物质性和印刷文化就从概念上相互分隔开

116

来。印刷文化明显属于一个更加理想化的非物质权利王国。这样的分离在翁瓦纳的故事中也很明显；只有现在这两个术语比较起来是不同的。在"库存"里，叙述者的目光扫过这个家，它包含了在拥挤的条件下坚持不懈的记号。从纯粹的物质角度来看，印刷在这个家占有很大的分量。有很多书本和杂志，但他们也都储藏起来。甚至那些破烂无用的东西——或许所有的都是没用的垃圾——都放在箱子里。换句话说，不可能想当然地更新这个家里事物，尽管不断的更新是期刊形式的本质。没有提到的更新的前提条件——钱、学科素养和白人的社会特权——同样也是参与话语网络的前提条件，也是时代性和公众可见性的连带影响。既然"库存"手边没有所有的这些前提条件，使用网络话语的激进两端的政治乐观情绪几乎没有被翁瓦纳登记。他的故事传递了一种家庭感，尽管他们在家庭的私密空间里接触印刷物，尽管他们想区分好的和坏的阅读，他们却并没有感到成为印刷文化的一部分。他们周围环绕着印刷物；他们读书并享受阅读，差不多那样。在叙述者缺乏感染力的情况下，我们可以登记物质接触和参与之间的这种特别的区分。他——或者可能是她——并不感觉困，却找不到理由起床去看一本杂志。我们怎么解释这种模糊性和情感强度的缺乏？故事并没有给出任何解释。只有在结合选集里的其他故事时——尤其是"黑人的手"——"种族"才会被认为是"库存"里印刷文化比喻的一个因素。通过引用"种族"这个词

117 语，我想表明的是，我的问题的一个可能性答案是在葡萄牙的意识形态同化下再次访问"种族"和"文明"的构建。在这种情况下，特别是在葡萄牙殖民主义的最后几十年，"种族"

被抑制，却总是以"文明"为幌子折返回来。与同化的修辞相一致，"文明"或"文化"作为一个通用的产品被调用，但总是作为从葡萄牙和欧洲到非洲的礼物（门多萨1988；马歇尔1993：78～104）。在翁瓦纳叙述者里可以被解读为"一个减弱的影响"（詹姆森1991：6～16）的东西——不带有明显的"后现代"的隐含意义，却作为一个特殊的消极的现代性经历的结果——因此，可能衍生于一场经历，没有被镌刻在印刷物质性上压倒一切的文明的一场经历，即使作为一个读者时，在和它的关系中也处于外围的一场经历。翁瓦纳以这样的方式缓和了不仅在《死亡之地》和《陌生人的世界》中非常明显的印刷的现实主义权重，而且也缓和了有文化的殖民者和没文化的非洲人之间的摩尼教分水线，这点我们在索罗门侯身上可以找到。翁瓦纳自身作为印刷的出现——这让我首先接触到他成为可能——应该由此被解读为与他对相同事物非常微妙的陈述相反。

材料多样性和印刷的种族主义真实性的结合在大量的南部非洲的现实主义倾向的战后叙述里被提出来，尤其是在三篇由南非黑人作家缩写的最著名的自传性文章里。[30] 彼得·亚伯拉罕斯在《告诉自由》里最厉害的灵光一现和英国与美国书本突然闯入约翰内斯堡种族主义城市环境直接相关。就如我接下来将展示的那样，在布娄可·莫狄森的《把我归罪于历史》，获得"高级"文学和亚城破旧的环境之间的并列很极端。最后，在穆帕赫列列的自传体《在第二大道上》里，一个非常重要的名为"落后的男孩"的章节追溯了他不断掌握知识的过程。在看无声电影时（当时电影是南部非洲作家另一个关键的媒介），年轻的伊奇基尔"大声地读出屏幕上的对话和标题以便［他的朋友们］能够跟上故事的发展"（1959：50）。尽管不愿向祖母解释精通语言的原因，但是他，这位成熟的作家，仍然扩展了这个问题：

> 事情的真相是我过去常常捡来任何印刷的纸张来读，不管那是什么。我对此非常热衷。我不能让印刷的东西就这样溜走。在学校我感觉自己不如别人。英语很差，而它是主要的教育媒介。我读啊，读啊，直到眼睛受伤。但是，我也从中得到了很多快乐。我很自豪，因为我正在克服我的落后。（补充的重点；1959：51）

痛苦和快乐的比喻表达，由"落后"感驱使的狂热行为的比喻表达以及语言斗争的比喻表达暗示了欲望的其他向量，除去我们在不那么痛苦的翁瓦纳身上找到的以外，但是，穆帕赫列列的作家式抵制剥夺是可比较的。在后来的文章里，"流放，地方暴政和文学妥协"，穆帕赫列列重访了这个主题：人们如何引导他，他又如何引导自己进入文化和文学的世界。在文章里，与打印的书面文字之间的无声交流令人惊讶地反对痛苦的镇上生活的声音，"尖叫、呻吟、警察的哨声以及警车轮胎发出的刺耳的声音"：

> 当我靠着蜡烛学习，偶尔听听夜晚的颤动时，一些奇怪的事情在我身上发生了。我发现我自己在写小说。小学时，我到处找报纸阅读——任何破旧的碎纸片。我们贫民

区没有报纸递送，没有学校图书馆（四十年后我们仍旧没有）。有一个小小的单间锡棚屋，市政当局很有幽默感，把它称作"阅览室"，就在马拉巴斯德的西边。这里堆满了破旧的书和杂志，都是无聊的女士们从郊区丢弃的书和杂志——通过男孩女孩的冒险，从烹饪书到梦想翻译和占星术，什么都有。不用说，大部分都没什么用。不过，我还是不加选择地浏览了整个房屋的书，像只白蚁，只是因为发现感而兴高采烈，因为认识到印刷文字主要和阅读单纯的技能相关而兴高采烈。但有一天，我从书堆里翻出了塞万提斯的《堂吉诃德》。塞万提斯将永远在我脑海里脱颖而出。（2002：278）

和翁瓦纳的旁白一样，区别好的阅读和差的阅读的能力在物质缺乏的情况下得到强调。既没有钱，也没有图书馆，接近印刷对年轻的穆帕赫列列来说是一个行动的问题，不是作为在自由市场的顾客，而是作为等待施舍的乞讨者。在这样的状况下——这也是布娄可·莫狄森的《把我归罪于历史》里的中心主题——关键的洞察力就成了取得个人尊严的一个方法。莫狄森是亚城的作家，他对印刷的散漫网络的接触——那时还在约翰内斯堡——与托比·胡德的彬彬有礼的状态最为相似。通过在先锋书社工作，莫狄森接触当代文学在当时任何的南非标准看来都是异常的，而在罗纳德·苏雷什·罗伯茨的描述里（2005：62）它"在提供支持的欧洲和北美与全球最新最好的期刊、报纸和文学有联系"。也是通过文学和那份特别的工作，他和菲利普·斯坦建立了他第一个"跨肤色的友谊"（莫

119

狄森 1986：85）。通过接触印刷，也通过去电影院，莫狄森超越了亚城的物理限制，接触了世界。他被描述为《鼓》时代的花花公子。在他亚城的茅舍里用古典音乐招待客人，好像它是位于伦敦上流住宅区的一个学士的公寓。然而——这是《行程》的核心主题——在南非，他对建立一个国际化形象的强烈欲望总是被身为黑人的身份挫败。正如他挖苦地说道，"当所有的文化机构都向我关上大门时，我要想变得有文化是很困难的"（莫狄森 1986：251）。因为被拒绝观看话剧和"更好的电影"，它们是约翰内斯堡的这个镇上的谈资，他被迫阅读这些话剧和评论，而这给阅读经历引入了一个羞辱的元素。莫狄森被隔离的经历的强度与他的一种看法刚好相称，即不仅在南非而且在全球的时代性上，什么样的文化是最有价值的。阅读既加剧了又减轻了被排斥的焦虑："我发现我自己陷入了对讨论的主题一无所知的状况，而这意味着获得了更多的好处，因此，我可以做更多地阅读"（1986：251）。他求助于文化无实体的，以技术为媒介的形式，比如印刷、电影和唱片。这种求助，换句话说，是历史决定的，是痛苦的暧昧。它推动文化的愿望，即南非种族隔离的法律将持续受挫。换句话来说，甚至莫狄森对各种媒介的高度物质接触——远远超过索罗门侯的殖民主义主要人物所享受到的——也没有授予他享有世界性文化的透明感。有一个屏幕，或者说一个杜波依斯的面纱（杜波依斯 2000），把他的自我感和文化经验分开。这就是"种族"的面纱，不仅从制度上镌刻在种族隔离的南非上，也镌刻在离散网络的工作方式上。和翁瓦纳的旁白相比较，对南非作家来说，比如穆帕赫列列和布娄可·莫狄森，毫无疑问，

"种族"很重要。就像我在引言里说的那样，在关于"参考书"的著名文章里，莫狄森把印刷的压迫重量称作种族权力的一种工具，而它将南非的黑人变成了"以参考书为操作手册的机器人"（1986：308）。然而，当前的讨论表明，不仅印刷的这个"差的"方面，而且它的好的方面也都不能避免被种族化——由于其流动性，甚至在它超越并混淆了种族界限的时候也是如此。简单地说，印刷仍然遭受地方和历史的暴政。这种隶属将承担的形式很难预测，但是，上文所讨论的范例表明，不能简单地把印刷和食物或者衣服做比较，即使在匮乏的经济下。一方面，在文学领域和现实主义的叙述模式上，印刷的材料使用权的确很重要。没有这些使用权的话，任何作家都不可能是作家。然而，其他更为微妙的因素在这些作家关于印刷的不同比喻上似乎是同样重要的。既是实物商品，又是时间经验，既是物质，又是精神，既受到法律限制，又无政府状态地流动，政治或国家权力的当前形式会一直在印刷文化上印上自己的记号，这是不可避免的，但同样肯定的是他们会对它缺乏控制。历史通过写作主题相对于这些不同因素的定位来讲述。正如我们看到的一样，黑人作家在现实主义文本中往往存在着一个分歧，在这些概念组合的第一和第二项条款之间，以便当他们确认阅读的时间经验和写作的无政府主义的颠覆性的潜能的时候，经常有一种疏远感——戈迪默或索罗门侯都没有——困扰着与作为一种社会和物质现象的印刷的对抗。

120

假如种族排斥让印刷的精神/物质二分体变得更加复杂，那么，对凯瑟琳·海尔斯（2005：62）所说的信息经济的影响是什么呢？这里的信息经济是指"一个充实又无限补给的闪闪发光的王国"，并承诺从材料和身体的约束中解放出来。我这么问是因为在我看来，一个人必须根本上优先印刷的精神方面，旨在恰当地评估指向它的欲望。这并不是说是它说了算，也不是说"充实的王国"的诺言占了上风。此外，可以确定的是，在不用损耗材料就能有复印文本的数字媒介背景下写作的海尔斯反对关于这样的一个王国的幼稚的假设。因此，问题就不是这样的经济是否能够"真的"存在，而是后期殖民主义与非常慢的在物质上受到挑战的印刷媒介如何调节这样一个想象的王国。我们回到沃尔特·本杰明和他杰出的观察报告上，即机械复制让事物"在空间上和人文角度上"更加紧密（1970：225）：如果没有它暗示信息经济的强大的潜力，让世界更加紧密并且解决当地的制约的信息经济，那么就很难明白为什么生活在殖民主义制度下的任何人都会觉得首先反推物质匮乏的边界、奇怪的语言和使用打印的落后教育的这些努力是值得的。深入考虑他在菲利普·斯坦的陪同下得到的早期文学发现后，莫狄森（1986：86）坚持认为"我开始意识到人类的渺小是一种心态"，"我知道菲利普是对的，我知道我必须再教育自己相信自己，接受艺术的可视性，哲学不可剥夺的说服力以及自由和平等的原则。"如果这不是企图庆祝心灵对历史的力量，这又是什么呢？一个不应该仅仅被看作失败，而是证明了变化和印刷媒介（在其他事物中）的横向移动的庆祝？换句话说，各种匮乏经济的或有结果（如果不是偶然的话，莫狄森和菲利普·斯坦的相遇又是什么呢？）让信息经济的梦想成为可能。这是根据欧洲高等文化和自由主义理想来表达的，不是因为这是莫狄森在约翰内斯堡的短暂生活的一部分，而是因为在（社会）流通中的想法和媒体用词不当地暗示了他们。

印刷与更远处

目前，我们已经见过了印刷陈述中许多不同的参数。沿着权力和边缘化的规模，叙述被安放在不同的位置，并且在富足和匮乏的规模上再次被不同地放置。在索罗门侯的小说里，印刷和殖民权力以及对这种权力的反抗都明确地联系在一起——在他小说中真正边缘化的东西是在权力领域和印刷范围之外的——但这是一个稀有的媒介，即便对白人殖民者来说也是如此。实际上，很难想起别的哪个作家能够如此有力地描述"白人"在殖民化非洲的贫困，尤其关于卡马克斯洛的葡萄牙人。相反，在戈迪默的小说里，印刷很充足。她的约翰内斯堡是资本主义流通的一个交叉点，而托比·胡德如此过多地接触印刷品，以至于它的价值通过通货膨胀缩小了。词汇量在它那里等同于无：善意的自由主义的和激进主义论文是毫无作用的，小说的权力的表现——警察和高楼地块——并没有特别致力于扫盲。在翁瓦纳的小说里，关于印刷媒介影响政治变化的能力的悲观主义想法不断得以重复——不是由于它的稀有性，而是由于它刻入了摩尼教的"文明"领域。记叙者在家里缺乏与阅读材料相关的情感清楚地暗示了主体相对于印刷文化的有问题的定位。最后，穆帕赫列列与莫狄森的叙述更难以沿着这些范围放置。在《在第二大道上》中占主导地位的匮乏与莫狄森在《把我归罪于历史》中战胜稀缺的昂贵的不稳定的胜利形成了对比。两篇文章都把印刷清楚地放在了权力领域之

121

内，但在穆帕赫列列的范例中，这点就变得十分复杂，因为他
自传里的人物角色发现他必须抛弃特定的当地政治要求，而他
曾想过成为专职作家。《在第二大道上》——加上必要的修
改，同样适用于《把我归罪于历史》和《告诉自由》——是
作为自主行为地"加入写作"的故事，是种族隔离政府禁止
的在印刷文化内渴望文学自主性的故事。陈述的现实主义模式
在穆帕赫列列的叙述中非常明显，并似乎向作家提供了文学自
主性和社会意图性的组合。甚至这样的现实主义模式也不能解
决最终演变而来的政治冲突。这三本自传都以它们主人公从南
非飞行的航班结束，这完全合乎逻辑。在种族隔离制度影响的
极端的身体约束和这些作家的文学世界大同主义之家的冲突
中，在种族征服和文学界的冲突中，他们的身体最后不得不加
入他们的思想。

反思现实主义

本章中出现的现实主义的三个方面值得强调。一个是南部
非洲现实主义诗歌学的苦行主义倾向。奥丽芙·施赖纳在
《一个非洲农场的故事》的前言中清楚表明了这点。异想天开
和"杰出的阶段和形状"对无聊的外国人来说都很好。然而，
对于非洲当地根深蒂固的艺术家来说，艺术必须是灰色的。对
于这样的苦行有一个道德起诉：艺术必须是灰色的，因为真相
是灰色的。正是《死亡之地》《沿着第二大道》和《我们杀死
了癞皮狗》描绘的贫瘠生活对文学提出了这样的要求。甚至
在纳丁·戈迪默的《陌生人的世界》的城市背景下，叙述也
试图剥离约翰内斯堡的神话、幻想和虚假陈述，通过缩影的方

式来接近真相。或许，有人会说，想象导致不负责任，除非它被束缚在一个无情的自然和社会世界的真实性。这里研究的故事更多是在忧郁、悲伤和愤怒的情感寄存器写成的，而不是路易丝·伯利恒确认为南非现实主义写作潜在的（以及学术上不诚实的）动机的"紧急的事"。

第二方面以辩证的立场反对苦行：这是书面和印刷文本（以及电影）赋予的过多的想象。在这么多的记叙中，阅读信件、杂志和书本提供了从当前环境中摆脱类型的束缚。这种解脱在本质上超越了种族隔离地区和殖民区域的警戒范围。然而，在伦理上它很模糊，而且除了活跃想象以外，可能保护殖民者的自我辩护，也强化了（种族）排外或不舒服的经验。这肯定就是戈迪默对非洲代表的批评的精髓。如果一个无尽的信息经济的前景总是伪造的，那么，我们在南部非洲现实主义中发现的主要人物，他们甚至几乎不会参与到这个前景中。穆帕赫列列努力掌握阅读材料，这大概是最清楚的例子，但是，翁瓦纳微妙的"发明"也是很有说服力的。

这把我们带到了第三个，也是最重要的发现：本章所讨论的南部非洲现实主义者在阐释这个苦行的美学时，将印刷媒体自身再次登记到不均匀的稀有经济中。这是南部非洲现实主义对某些媒体和文学研究潜在的重要贡献。如果麦克卢汉的最一流的媒体理论或者海尔斯关注技术却又把方法认为理所当然，又或者，假如文学研究假设欧洲和美国主要的研究图书馆的巨大的财富全球可用，那么，这些南部非洲叙述是它们文学摘要的一部分，让媒体——以及世界不平衡性的压迫——再次可见。

123

# 结束语

## 非洲文学的过去和现在

当我在瑞典准备写下这个结语时，桃瑞丝·莱辛刚好被授予 2007 年度诺贝尔文学奖。由于健康原因，她不能前往斯德哥尔摩，但她在瑞典学院发表了她的诺贝尔获奖演讲，比 12 月 10 日举行的颁奖典礼早了三天。就文学的全球价值而言，几乎没有演讲——也没有其他奖项——承载了这种象征性的分量。在卡萨诺瓦的解释中（2004：147），"文学奉献的最强大的证明，靠近文学艺术本身的定义，就是诺贝尔奖，"并且"在测量国际文学领域的统一上没有比这个奖项所需的有力的全球尊重更好的方法了"。因此，当获奖人被期待发表讲话，并为其代表文学的诸如此类的声明提供修辞的光泽的时候，演讲就产生了。莱辛的题目，"论没有获得诺贝尔奖"，符合这样的一个格式，但她的重点出乎意料。她没有讲她自己如何延迟地收到这个奖项，就像瑞典媒体推测她可能会说的那样，反而讲到了津巴布韦。更准确地说，关于英国和津巴布韦在其教育、书籍和出版社之间的极端的矛盾。在 20 世纪 80 年代，在参观伦敦的一所私立学校时，那所学校里有一点很肯定，就是

"一定会有人获奖"（2007），她试图让学生们想象津巴布韦农村地区绝对的贫穷。她不确定他们是否能够做到这点。毕竟，不确定是否这些英国学生能够完全欣赏他们进入知识和文学世界的价值。只有从贫穷的津巴布韦地平线，一个人才能尊重文学的真正价值，在那里"每个人都乞求书本"（莱辛 2007）。

莱辛演讲的寓意非常类似于在欧洲人觉得不太可能是非洲的设置地区传播基督教的宣教说明。毕竟，她的讲话追溯了文学的地理上和物质上的叠瓦构造以及我一直所说的印刷话语网络。莱辛提到了一个津巴布韦朋友。这个朋友是通过罐头上的标签来学习阅读的。她谈到在 20 世纪 80 年代的津巴布韦，一本"来自英国的平装本"如何花掉了一个月的工资以及运到遥远村庄的一箱书将如何受到"热泪盈眶式的欢迎"（2007）。她讲到了学校和图书馆，莎士比亚和托尔斯泰，认为任何一位作家——要想成为一位作家——都需要和"伟大的传统"联系在一起。

莱辛是受道德驱动，以即将成为作家的非洲作者以及那些因为贫穷从未成为作家的人的名义来讲这些话的。然而，让人惊讶的是，她几乎没有提到现在的作家以及一直以来就是的那些作家。演讲中，莱辛一次都没提到非洲作家的名字（移居国外的南非的 J. M. 库切除外）。她的伟大传统是英国和欧洲的传统；演讲中的非洲人物是作为文学传统的接受者，而非创造者。以模棱两可的方式，这承销了本书所讨论的作者和评论家的担忧的持久有效性。莱辛不仅描述了把非洲放在世界文学地图上的一些困难，而且也强化了这些困难。

莱辛和南部非洲的二战后作家差不多属于同一时代。在南

124

部非洲塑造性的影响的这个迟到的日子里，她让我们想起 20 世纪早期到中期的话语网络以及文学在这网络中的特权地位。她让我们回想起战后的非洲作家为之反抗的东西，而这些作家陷入一个进退两难的境地，在被排斥识字和识字后发现他们被排斥在话语之外之间的境地。当莱辛把她孩提时代在南罗德西亚的家，"一个装满了书的土屋"和有抱负的非洲作家如何"从白人世界的垃圾堆和碎屑中"抢夺书本（2007）作比较的时候，我们再次回到了穆帕赫列列和翁瓦纳故事里的贫困和战胜逆境的组合意义。相反，在卡斯特罗·索罗门侯遥远的卡马克斯洛，亚美科梦寐以求的书架——以及他对自己进入网络的权利的信心——在她把土屋和书籍并列时被诱发了。当莱辛将伟大的传统降到一个欧洲标准，主要是英国标准时，刘易斯·恩科西、马里奥·品托·安德雷德和欧金尼奥·葡京的评论激情，在他们试图破解时，打开了文学的拱顶，并获得了跨国认可，因为那些在非洲写成的东西似乎和以前一样紧急，一样相关。阅读莱辛的书，看起来似乎非洲和欧洲在话语网络中的不对称一直没有变过——如此恒定以至于她描绘的画面都引起了怀疑。

归根到底，我们必须提醒自己，2007 年也是奇努阿·阿契贝被授予布克国际文学奖的一年，也是奇玛曼·达苟兹·阿迪契的第二小说《半个黄色的太阳》（2006b）的销售量——英文版和各种翻译版本——暴涨的一年。作为同一个趋势的一部分，诸如《格兰塔》这样备受瞩目的杂志在过去短短几年时间里不断地出版一些作家的作品，比如阿迪契（2006a，2006c，2007a，2007b）和海龙·哈腓拉（2003，2006，

2007）。2007 年来自莫桑比克的科托·米亚在罗马被授予了拉丁浪漫文学联盟奖。安哥拉作家若泽·爱德华多·阿古鲁萨的《变色龙之书》（英译本）于同年获得了独立外国小说文学奖。事实上，可以说，现在非洲文学在西欧和北美比之以前任何时候都有更强的存在感。从这点来看，莱辛的演讲似乎已经过时了。假如它与战后南部非洲的文学产生共振，那么，这可能主要是因为它是由那个时期的担忧和价值形成的，而不是随着当前的发展而形成。

## 125

莎拉·布鲁伊勒特的深刻研究《全球文学市场上的后殖民主义作家》确认了这样的解释。在布鲁伊勒特的解释中，文学世界也是不均衡的，但这种不均衡是系统性的，而全球出版集团的高度现代化的市场营销策略保持了这种不均衡。对布鲁伊勒特来说，问题不是缺少来自印度或非洲的作家，也不是缺少在非洲接触书籍和图书馆的途径，而是根据旅游逻辑，作为边远地区和异国地区的代表，来自于以前"第三世界"的作家的分类。这让他们在"高质量小说"的小众市场很畅销——从出版商的角度来看的确是个小众运动，但考虑它的全球范围的话，在经济上仍然非常有趣。这种观点的可取之处似乎是作家自身很聪明——布鲁伊勒特的主要例子就是 J. M. 库切、萨尔曼·拉什迪和佐勒菲卡尔·高斯——精心制作了文本性和表演性策略，这些策略在全球性出版"庞大而复杂的机器"中赋予他们一个合格的自由空间（布鲁伊勒特 2007：67）。

如果莱辛对文学的观点被欧洲中心论现实主义承销，但又被匮乏的意识所缓和，那么，布鲁伊勒特的物质主义和以市场为导向的分析本身未能把匮乏作为一个问题来解决。布鲁伊勒特从富裕的（以英语为母语的）消费者的角度来进行写作，他们必须从文化产品的过剩供应中做出明智的选择。在阐述格雷哈姆·哈更的工作的同时（2001），她上演了一场辉煌的"旅游良心"批判，通过演示对异国情调的后殖民性的正确的抵制是如何夹在游客的悖论之中。这个悖论就是希望其他游客都不在，因为他们让一个特定地点的经历（或者，在这里指"后殖民主义"作家的经历）变得"不真实"。在布鲁伊勒特的观点看来，决定性的智力挑战不是处于"真正的"后殖民主义写作和假设的全球出版商分配的贬低版本之间的极性，而是把积极性本身看作一个服务于文学市场的利益的建筑，就像未受破坏的藏身之处的这种难以捉摸的梦想刺激全球旅游一样。

这个情节和莱辛的情节形成了强烈的对比，并带来了自从二战后以来至少一些文学市场经过的距离。我们现在似乎有大量的小众市场，"后殖民主义"作者所写的"后殖民主义"写作就是其中之一，而不是在生产和消费的大规模领域和受限领域之间，或者在"大众"和"精英"文学之间相对稳定的区别，一个解释《鼓》的分歧文学身份就像它定义《行程》的雄心壮志或者鲁伊·诺夫里的作品的区别。对于不得不在世界文坛自行谋生的早期的南部非洲作家和批评家来说，情况当然不是这样——由伦敦和巴黎这样的大都市主导的文坛——沾沾自喜的无知的人。

尽管如此，我们还是惊人地注意到，这些早期的非洲作家甚至预想了布鲁伊勒特的论证。内丁·戈迪默在《陌生人的世界》里对非洲印刷呈现的矛盾情绪——反过来，这是作为奥丽芙·施赖纳早期对异国情调的批判的改造——表现出对真实性的过早分配的警惕。如果施赖纳确实渴望一个更加真实的——更加现实的——南部非洲的呈现，那么，过分供给话语网络的网状产品的戈迪默呈现了真实性本身更难以（如果不是不可能的话）用书面形式传达。半个世纪以后，通过论证文学的终极现实是不折不扣的庞大而又特别伪装的印刷机器，布鲁伊勒特有效地把真实性书写出局，在这里作家必须完成——并且最好精明地操作——在商品拜物教的地理政治差异化的逻辑内的既定期望。

就因为这，建立本土文学领域的抱负——以及随之而来的出版机构和大众扫盲——在 20 世纪 50 和 60 年代比在今天的全球化世界里更加紧迫，更加可行。这不仅是因为少数几个出版集团横贯大陆的优势，而且还同样因为民族—国家作为文学的连贯的（如果只是想象出来的）上下文的削弱，至少是文学作为价值的削弱。然而，我们必须警惕对印刷世界的英语的和北部的观点的倾斜角度。布鲁伊勒特指出英语的"商业成功"无疑是正确的（2007：59），但它不是——说得婉转点——唯一的语言，"英美市场"（2007：59）也不是对后殖民地的文学市场的唯一影响。打造民族文学的抱负——即在一个流行的葡语话语网络之内又反对这个网络——仍旧有力地提上了莫桑比克和安哥拉的议事日程，正如人们可以在佩佩特拉、恩杜马洛、宝琳娜·奇茨安娜或者科托·米亚的工作中看到的那样。尽管五大媒体集团在全球占有主导地位（布鲁伊勒特 2007：49），但是，少数出版商经营的小规模印刷——语言繁多——几乎没有离开过镜头。甚至在南非印刷的英语部门。虽然它部分由诸如兰登书库和牛津大学出版社这样的公司所有，但是，在新世纪的第一个十年里，在跨国公司保护伞下的本土印刷已经证明是惊人地充满活力。

将新电子媒体的爆发添加到这些发展中既是印刷媒介的帮手（通过加速书面文字的流通并降低纸张印刷的费用）又是它的威胁，考虑到它——不只是在非洲城市地区——侵蚀全媒体管理中的书、杂志、报纸的中心的倾向。这个全媒体管理包括博客、视频网站、脸谱网和苹果公司音乐播放器。换句话说，有关跨国背景下非洲写作的当前趋势是自相矛盾的，而人们总是需要清楚地知道他们的分析中的地理上和方法论上的焦点，以避免不必要的误解。

尽管我——我会给予那么多——享受文学阅读的乐趣，但是，在结尾部分，我喜欢写作的潜力，而不是印刷的物质限制。在本书里似乎有一位作家，他的诗歌学具有不屈不挠的力量，与我们现在令人眼花缭乱的场景对话：他就是沃普·詹斯玛。他的流动策略、使用多语言的灵活性以及他对印刷媒体的单调的强调都让他能够驱逐等级结构，穿过不同阶级、地理和文化的省份："我在这儿，但又毫无结果"（詹斯玛 1974：61）。他的剪报和配方可能在今天的南部非洲显得惊人地重要。平坦的屏幕与全球性的不公平时代正等候着它的詹斯玛。

# 注释

## 前言

1. 五个档案室和图书馆对我的工作特别重要：里斯本的国家图书馆，马普托的历史档案馆，乌普萨拉的北非研究所图书馆，彼得马里茨堡的纳塔尔社会图书馆和非洲文学研究中心。在从非洲的殖民主义时代寻求印刷品的过程中，物质性的负担和局限变得非常清楚。比如，我一直想在第二章的讨论中涵盖安哥拉杂志《讯息》，但未能成功找到原版期刊。

Five archives and libraries have been particularly important to my work: the Biblioteca Nacional in Lisbon, the Arquivo Historico in Maputo, the library of the Nordic Africa Institute in Uppsala, and the Natal Society Library and Centre for African Library Studies, both in Pietermaritzburg. The burden and limitation of materiality becomes very clear when searching for printed matter from the colonial era in Africa. I had, for instance, wanted to include the Angolan journal *Mensagem* in my discussion in Chapter 2, but failed—this time around—to get hold of the original issues.

## 第一章

1. 对安德雷德的生活的叙述是基于米歇尔·拉班所作的一系列采访（1997）。

This narrative of Andrade's life is based on the series of interviews conducted by Michel Laban (1997).

2. 法语原文更加简洁："文学的战斗，因为它通知民族意识，赋予它形式和轮廓，并开辟了崭新的无限的前景。文学的战斗学，因为它支持，因为它是时间化的欲望"（法农 1961：180）。

The French original is more succinct: "Litterature de combat, parce qu'elle informe la conscience nationale, lui donne forme et contours et lui ouvre de nouvelles et d'illimitees perspectives. Litterature de combat, parce qu'elle prend en charge, parce qu'elle est volonte temporalisee" (Fanon 1961: 180).

3. 迈克尔·查普曼关于《鼓》的长篇论文（2001：183~238）提供了一个其重要性的微妙的评估。

Michel Chapman's long essay on *Drum* (2001: 183 ~ 238) offers a nuanced assessment of its importance.

4. 整个句子是："尽管'让我们发现安哥拉'一开始不是一个专门的文学运动，但在这个文学领域它获得了更多的投射却是真实的。"

The full sentence reads: "Embora o 'Vamos Descobrir Angola'" nao fosse, a partida, um movimento exclusivamente literario, a verdade e que foi no campo da literatura que ele ganhou mais projecao."

5. 这里或者其他地方就是我的翻译，但除非特别说明。"我们阅读来自于非洲、西班牙安的列斯群岛、特别是古巴以及来自于美国的所有东西。我们阅读……桑戈尔的《选集》、兰斯顿·休斯、尼古拉斯·纪廉……但我对阅读这些书籍的兴趣扩展到包括文学批评和评论文章在内。因此，我尝试着阅读评论性作品，来自巴黎的书籍以及我在《今日非洲》和美国出版的选集中偶遇的研究报告。显然，我运用这项知识的领域也就是我们在葡萄牙语中处于萌芽状态的文学。"

Here and elsewhere my translation, unless otherwise indicated. "Lia-se tudo o que vinha de Africa, das Antilhas de lingua espanhola, Cuba em particular, e da America. Lia-se ... a *Antologia* de Senghor, Langston Hughes, Nicolas Guillen ... Mas o meu interesse ao ler esses livros alargou-se a critica literaria, ao comentario critico. E por isso que tentei ler estudos de critica literaria, livros que vinham de Paris, estudos que eu encontrava na Presence Africaine, nas atologias que se publicavam nos Estados Unidos. E o campo de aplicacao comecou por ser, natura'mente, a literatura que nascia, a nossa literatura de lingua portuguesa. "

6. 在殖民主义和后殖民主义世界中的跨国智力网络的研究正在迅速发展。除去保罗·吉尔罗伊开创性的《黑色大西洋》（1993），人们也可能提及艾勒克·博埃默（2002），布伦特·海耶斯·爱德华兹（2003）以及伊莎贝尔·霍夫迈尔（2004）的工作。

The study of transnational intellectual networks in the colonial and postcolonial world is expanding rapidly. Apart from Paul Gilroy's path-breaking *The Black Atlantic* (1993), one might also mention work by Elleke Boehmer (2002), Brent Hayes Edwards (2003), and Isabel Hofmeyr (2004).

7. "穿过/世界上所有的道路/这家旅馆/所有的行旅者/巴贝尔/所有种族和语言中/神殿/所有的想法和信念"。

"o cruzamento/De todas as estradas do mundo/A pousada/De todos os viandantes/A babel/De todas as racas e linguas/O santuario/De todos os pensamentose crencas".

8. 内丁·戈迪默甚至描述自己为属于20世纪50年代的"《鼓》背景"（罗伯茨 2005：138）。

Nadine Gordimer has described herself, moreover, as having belonged to "the *Drum* set" in the 1950s (Roberts 2005：138).

9. "我们已经在医学上建成了博士学位!"; "像虚弱瞪羚那样的强烈逃离"（费雷拉 1976：102）。

"o nosso formado em Medicina construira tambem!"; "nos os fortes fugindo como gazelas debeis" (Ferreira 1976：102).

10. 我使用术语"同时代的人"的灵感来自于约翰尼斯·费宾恩（1983：159），但已经做过了修改。鉴于费宾恩关心人类知识的相关建设（在"同时代的研究和不同时期的解释"之间造成了认识论上的矛盾），我参考的这条路，葡萄牙语和英语在同一历史时期同时存在，但又被非常独特的地理和文化轨迹覆盖。我想强调的正是这种同时代和差异的双重性。

I use the term "coeval" under inspiration from Johannes Fabian (1983: 159), but in a modified sense. Whereas Fabian is concerned with the relational construction of anthropological knowledge ( causing an epistemological contradiction between "coeval research and allochronic interpretation"), I am referring to the way in which Portuguese and English coexist in the same historical moment but are nonetheless imbricated with quite distinct geographic and cultural trajectories. It is this doubleness of contemporaneity and difference that I wish to emphasize.

11. 格德斯翻译了路易斯·伯纳多·翁瓦纳，而斯蒂芬·盖理在诸如《企鹅图书之南部非洲诗歌》这样的选集里介绍了大量的莫桑比克诗集。理查德·巴特利特，大卫·布鲁克肖和路易斯·密特拉经常定期把当代葡语文学翻译成英语。葡语翻译到英语的文学翻译远不止这些，但也不是无穷无尽。

Guedes translaed Luis Bernardo Honwana, Stephen Gray has introduced a fair amount of Mozambican poetry in anthologies such as The Penguin Book of Southern African Verse. Richard Bartlett, David Brookshaw, and Luis Mitras quite regularly translate contemporary lusophone literature into English. There are more literary translators from Portuguese to English than these, but not an endless amount.

12. 我们只需要比较翻译统计学以证实这个观点。1999 年，英国出版的书里只有 8% 是从另一种语言翻译而来（出版社协会 2005）。根据卡萨诺瓦的说法，他引用 1992 年的一项研究，1990 年英格兰的数字更高，但也没有超过 3.3%。葡萄牙书籍市场的翻译量同时超过了总产出的 30%；在瑞典，这个数字接近 60%（卡萨诺瓦 2004：167~168）。

One need only compare translation statistics to corroborate this view. In 1999, only 1.8 per cent of books published in the UK were translated from another language（The publishers' Association 2005）. According to Casanova, who cites a study from 1992, the figure for England in 1990 was higher but still no more than 3.3 per cent. The amount of translation on the Portuguese book market exceeded at the same time 30 per cent of the total output; in Sweden the figure was close to 60 per cent（Casanova 2004：167~168）.

13. 似乎在我从术语"写作"，一个仅指手写的单词，转到"印刷媒体"时，我正省略了一个重要的区别。然而，如果我们使用沃尔特·J·翁的术语，我们会发现翁赋予给两个不同的历史时期的亲笔签字和排版系统在 19 和 20 世纪的南部非洲同时发生了（翁 1982：113）。这点意义重大。无论它的形式是圣经，可兰经，卢济塔尼亚人之歌，政府法令或者银行存折，印刷一直作为个人写作技巧的客观的权威的体现而在身边。（我提及可兰经只是想表明阿拉伯写作系统的存在，比如说在桑吉巴和开普敦。南非荷兰语现在已经很有名了，它是第一个被转录阿拉伯脚本的。即便如此，在南部非洲这只保留了一个微小的影响。）考虑到殖民主义时期的压迫的不公平现象，这产生了讽刺性的后果。根据认可的（欧洲中心论的）理解，印刷在其初期带来了大众扫盲的启蒙理想和一个公共书籍文化。

It may seem that I am eliding an important distinction when I move from the term "writing", which could simply refer to handwriting, to "print medium." However, if we use Walter J. Ong's term, we find that the chirographic and typographic systems, which Ong confers t two separate historical periods, coincided in nineteen-and twentieth-century southern Africa （Ong 1982：113）. This is significant. Print, be it in the form of the Bible, the Qu'ran, *Os Lusiadas*, governmental decrees, or passbooks has always been at hand as the impersonal, authoritative manifestation of the individualized craft of writing. （I mention the Qu'ran just to indicate the presence of the Arabic writing system in, for instance, Zanzibar and the Cape. Afrikaans, as is well known by now, was first transcribed in Arabic script. Even so, this remains a marginal influence in southern Africa.） Given the oppressive inequities of the colonial period, this had ironic consequences. According to the received (Eurocentric) understanding, print brings in its wake the Enlightenment ideal of mass literacy and a public book culture.

14. 这样的"书呆子气"在罗纳德·苏雷什·罗伯茨所写的内丁·戈迪默传里非常明显。年轻时候戈迪默的作家梦几乎没有任何社会支持；相反，这些梦想是通过她的阅读产生并持续下去的（罗伯茨 2005：60~64）。在桃瑞丝·莱辛所著的《玛萨任务》的第二章里，人们也面对在 20 世纪 30 年代的南罗德西亚的同名主角的书呆子气（和完全欧洲中心论的）成长（1993：34~82）。

Such "bookishness" is strongly evident in Ronald Suresh Roberts's biography of Nadine Gordimer. There was little social support of young Gordimer's writing ambitions; they were produced and sustained, instead, by her reading (Roberts 2005：60~64). In Chapter 2 of Doris Lessing's *Martha Quest*, one is also confronted with the eponymous protagonist's bookish (and wholly Eurocentric) upbringing in the South Rhodesia of the 1930s (1993：34~82).

15. 然而，除此之外，我还会宣称非洲社会里印刷媒体最重要的方面仍然有待发掘。正如我已经暗示的那样，一个是印刷与时空之间的分隔关系，把它从没有记录的演讲的主观"真实的"时间中释放出来，从而影响记忆含义和主体间的交流。另一个是印刷优先于视觉系的方法。在历史上，印刷文化在欧洲和它的殖民地区的出现与成熟的表皮种族主义是一致的，而后者把外表等同于内在。换句话说，受到印刷影响的从听觉到视觉的转变难道和现代社会赋予外表的极度重要性不相等吗？这是一个推测性问题，需要完全不同的调查研究，也需要被搁在一旁。然而，关于印刷的非人类时空体的第一个要点对我的调查研究无比重要。

Over and above this, however, I would claim that the most significant aspects of the print medium in African societies still remain to be explored. One is, as I have already indicated, the disjunctive relation of print with time and space, hence affecting the meaning of memory and intersubjective communication. Another is the way in which equated appearance with essence. Is not in other words the shift from aural to visual sense effected by print parallel to the extreme importance attached to appearance in the modern in the modern era? This is a speculative question that would require a very different kind of investigation and needs therefore to be left to one side. The first point, however, concerning the nonhuman chronotope of print, is hugely important to my investigation.

## 第二章

1. 值得注意的是《行程》和《非洲呼声》在一些情况下有过合作。在《非洲呼声》的 1947 年 5 月 17 日的那一期，有一条通知关于"行程团队"如何参观了《非洲呼声》的编辑部。1947 年 7 月，《行程》举行了《非洲呼声》的创始人的逝世（1922 年）周年纪念。

It is worth noting that *Itinerario* and *O Brado Africano* collaborated on some occasions. In the *Brado* issue of 17 May 1947, there is a notice about how the "*Itinerario* group" had visited the editorial office of *O Brado*. In July 1947, *Itinerario* commemorated the anniversary of the death (in 1922) of Joao Albasini, the founder of *O Brado*.

2. 《鼓》的一些更加杰出的调查研究有艾迪生（1978）、查普曼（2001：183 ~ 232）、德里弗（1996）、格瑞迪（2002）、尼科尔（1991）和尼克松（1994）。

Some of the more prominent investigations of *Drum* are Addison (1978), Chapman (2001: 183 ~ 232), Driver (1996), Gready (2002), Nicol (1991), and Nixon (1994).

3. 在一个领域，在有大量的专业制作者来提供自己的评价标准时，自治就出现了："智力和艺术生产的自主化与一种社会上可区分的专业艺术家或知识分子的组成相关。这些艺术家或知识分子不太愿意承认原则，除了他们的先辈传承下来的特别的智力或艺术传统，而这就是破裂的一个出发点"（布尔迪厄 1993：112）。

Autonomy emerges in a field with a large enough number of professional producers to furnish their own criteria of evaluation: "The autonomization of intellectual and artistic production is thus correlative with the constitution of a socially distinguishable category of professional artists or intellectual or artistic traditions handed down by their predecessors, which serve as a point of departure of rupture" (Bourdieu 1993: 112).

4. "进步的书店。葡萄牙和巴西文学总是最新的，葡萄牙和巴西杂志确保在葡萄牙船舶到达后送达我们。"

"Livraria Progresso

Sempre as ultimas Novidades Literarias de Portugall e Brasil

Revistas e Jornais portugueses e brasileiros

Faca-nos sempre uma visita apos a chegada de barcos portugueses"

5. 引用吕格尔的话："作者并不向读者做出反应。相反，书本把写作的行为和阅读的行为分成了两半，而它们之间没有沟通。读者缺席于写作行为；作者也缺席于阅读行为。文本由此在读者和作者之间产生了一个双重暗淡。它从而取代了对话关系，而这点直接把这个人的声音和那个人的听力联系在一起"（吕格尔 1991: 45）。

To quote Ricoeur: "The writer does not respond to the reader. Rather, the book dividdes the act of writing and the act of reading into two sides, between which there is no communication. The reader is absent from the act of writing; the writer is absent from the act of reading. The text thus produces a double eclipse of the reader and the writer. It thereby replaces the relation of dialogue, which directly connects the voice of one to the hearing of the other" (Ricoeur 1991: 45).

6. 词语指挥有着平均化非洲大陆权力形式的风险。即便如此，在概念化大量殖民主义话语的关键方面时这点就很有用。在南非，尽管种族隔离主义在某个意义上是反现代的，但是它的严厉政策一直和社会工程学最极致的现代版本以及指挥的专横统治相一致。

The term *commandement* risks homogenising the forms of power found across the African continent. Even so, it is useful in conceptualizing a key aspect of a number of colonial discourses. In the South African context, although apartheid in one sense was antimodern, its draconian policies were in keeping with the most extreme modernizing versions of social engineering and the arbitrary rule of *commandement*.

7. 大量的调研已经完成，比如说加德纳（2002）、特里戈（1997）、里贝罗与索帕（1996）和皮雷（1986）。

A number of surveys have already been made, such as Gardiner (2002), Trigo (1997), Ribeiro and Sopa (1996), and Pires (1986).

8. 由鲍豪斯运动衍生的无衬线字体印刷技术。

Sans serif typography originated in the Bauhaus movement.

9. 人类通过教育和启蒙成长。在他学习的时候，他把无知的阴暗抛在身后，而野蛮就居住在无知里。他再到达光明，而所有的国家都应该用之来照亮他们自己；知识让他丢弃了争吵，而争吵由偏见和害怕产生，反之能让他和平和宁静，而这些则是科学精神的特征。

在第一阶段，教育就是废除文盲。但我们也必须达到第二阶段；教育承担那种能够给所有人带来富足的技术，而这种教育的功利方面和实用方面都是不够的。

基础教育、人类的初级和基本的文化，不能够仅仅局限于 ABC 的奥秘，整洁的书写和二加二等于四。它必须进一步探究：为了让人类超越处于野蛮状态下的生活，超越野蛮生活，他必须容纳生物学的概念。它是研究生命的科学；接纳历史作为人类进化的概念，因为这是照亮前方道路的唯一方法；容纳经济学的概念，它教给我们如何提取并达到地球的富有，虽然这些概念只是初步的。

以这样一个在几何学上肯定会扩散到所有人类的文化作为基础，想象出现一个新秩序，一个崭新而更加美好的世界是可能的。

O homem valoriza-se pela educacao e pela instrucao. O ensino e que o faz sair das trevas da ignorancia, em que vive a selva, para as luzes, com que deviam iluminar-se a nacoes; e que o faz abandonar as rixas, causadas pelo preconceito e pelo medo, pela paz tranquila que e apanagio do espirito cientifico.

O primeiro degrau do ensino repousa na abolicao do analfabetismo. Mas nos ja deviamos ir no Segundo degrau; nao basta ao homem no seu aspect utilitario, pratico, insuflando as tecnicas que estao trazendo ao homem a abundancia.

An instrucao primaria, a cultura primeira e elementar do homen, ja nao pode limitar-se aos misterios do a-be-ce, do escrever sem erros e do dois e dois sao quarto. Tem de ir mais longe: para que o homen tenha ultrapassado a vida da selva, a vida Barbara, ha-de ter nocoes, ainda que elementares, da Biologia, que e a ciencia da vida; de Historia da evolucao da humanidade, pois so ela pode iluminar o caminho do futuro; e da Economia, que e o conhecimento do manejo dos bens ou riquezas que a Terra nos oferece.

Com base nesta cultura que e preciso ir espalhando, a progresso geometrica, pela humanidade inteira, e que se pode pensar na organizacao de uma Ordem Nova, de um Mundo Novo e melhoe.

10. 而且，不可思议的是引用中的观察科学的选择如何密切地预示了福柯（2002: 272~275）对知识的现代范畴的分析，即分为生物学、政治经济学和哲学。

It is uncanny, moreover, to observe how closely the choice of sciences in the quote prefigures Foucault's analysis (2002: 272~275) of the modern regime of knowledge as divided into biology, political economy, and philology.

11. 由于这个原因，事实上由于他对 1964 年巴西军事政变的支持，弗里尔的遗产一直受到激烈的讨论，直到今天都仍旧有争议。我不需要重复这个争议。相反，令我感兴趣的是在接受弗里尔过程中起作用的微妙讽刺——从《行程》的阅读观点来看。事实是弗里尔一方面是由葡萄牙专政分配的，但即使他愿意这么做，这个事实也没有耗尽他思维幻想的可能（或者那些认为是他的思维的东西）。对于弗里尔的讨论，我引用了我的论文"黑色大西洋"（2001）。也请参考斯基德莫尔（1998）和卡斯特洛（1998）。

For this reason, and indeed for his endorsement of the Brazilian military coup in 1964, Freyre's legacy has been hotly debated and remains contentious to this day. I feel no need to rehearse the debate. What interests me, however, are the subtle ironies at work in the reception of Freyre—as read from the perspective of *Itinerario*. The fact that Freyre was at one point appropriated by the Portuguese dictatorship, even willingly so, does not exhaust the imaginative possibilities of his thinking (or what was taken to be his thinking). For a discussion of Freyre, I refer to my article "Black Atlantics" (2001). See also Skidmore (1998) and Castelo (1998).

12. 《行程》连续六次在首席审查员手下接受了审查：路易斯·菲利佩·阿仁海斯·门德斯（直到 1947 年）、路易丝·费尔南多·卡瓦略·迪亚斯（1947～1948）、本托·弗兰卡·品脱·奥利韦拉（1948～1949）、马里奥·博特略·马塔·席尔瓦（1949～1950）、恩里克·吉列尔梅·巴斯托斯·霍尔塔（1950～1953）和弗朗西斯科·玛丽亚·马丁斯（1953～未注明日期）。我恐怕难以回答审查员的这种迅速的翻转是否被翻译成了对材料的不同的或不可预计的处理——这还需要更多的调查研究。

*Itinerario* was subjected to censorship under six consecutive chief censors: Luis Filipe Azinhais Mendes (until 1947), Luis Fernando de Carvalho Dias (1947~1948), Bento de Franca Pinto de Oliveira (1948~1949), Mario Botelho Mata e Silva (1949~1950), Henrique Guilherme Bastos Horta (1950~1953), and Francisco Maria Martins (1953~n. d.). Whether or not this rapid turnover in censors translated into a differential or unpredictable treatment of the material is not possible for me to say – it would require another investigation.

13. 我使用词语"折叠"是受马克·桑德斯（2003）的启发。关于亲密和敌意，请参考阿施施·南迪（1983）。

I use the term "enfoldedness" under inspiration from Mark Sanders (2003). On intimacy and enmity, see also Ashis Nandy (1983).

14. "当一个人，或一代人有话要说的时候，这可能将是一些新鲜的事物，并将由此和那些已经被接受或熟知的形式产生冲突，它也可能会去适应那些被接受的形式，适应正被表达的信息中的损害，而这样一来损害将会降到零。如果这个人或这代人确实有些新的东西的话，那么冲突则是不可避免的——但这种冲突将会带来新信息的胜利，绝无失误。"

"Quando um homen，ou uma geracao de homens tem alguma coisas a dizer，essa coisa ou sera nova，e entao entrara em conflito com as formas ja encontradas e aceites，ou se acomodara a elas，em prejuizo da mensagem a expressar，reduzida pura e simplesmente a zero. Se esse homem ou essa geracao traz，de facto，algo de novo，o conflito e inevitavel—mas esse conflito vem sempre a terminar，mais tempo，menos tempo，mais ano，menos ano，pela vitoria da mensagem nova. "

15. "……假如创造它的手充满了当前不确定的所有苦涩，我们怎么能希望它是平静的、顺从礼仪的命令，如果制造它的人卷入失败的最紧迫时刻?"

"... como pedir-lhe que ela seja amavel，se o homem tem nas maos que a moldam o amargor de todas as incertezas presentes，como sonha-la calma，resignada com boa nota em comportamento，se o homem que a gerou mergulhou fundo na hora das inadiaveis derrocadas?"

16. 对新奇的需求可能是现代主义美学的单一的组合特征。波马尔宣言性的文章在永久改变的辩证理解上吸收了新奇要素。因此，新现实主义对现代主义"主观性"和他们自己的"集体性"之间的差异的强调与"社会的"美学与时间的现代主义欣赏是密不可分的，后者把时间视作一个独特的不可简约的美学品质。（关于时间、时尚和艺术，请参阅波德莱尔［1998：102～105］。）如果我们采取长期的历史观点来看，这就是浪漫主义反抗古典主义的典范，尽管经常以强烈的再次阅读传统为基础（艾略特，乔伊斯）。在欧洲和巴西这样的地方，20世纪20年代的现代主义坚持发明和更新是艺术上的最高价值。先锋宣言，20世纪早期现代主义风格的偏好，将一直宣称构建了艺术的新的开始。未来主义者、达达主义艺术家、漩涡派画家以及类似的食人宣言中可以看到这点（科洛克特尼 1998；特莱斯 1992：353～360）。只是"新的开始"是如何想出来的当然有很大的不同——未来主义对陈旧事物的废墟宣布了绝对的新奇，而巴西食人理论更像是建立在通过"消化"旧的来产生新的这样的动态比喻上。

The call for newness is arguably the single uniting feature of modernist aesthetics. Pomar's manifesto-like article incorporates the new in a dialectical understanding of perpetual change. Hence, the neorealists' emphasis on the difference between modernist "subjectivism" and their own "collectivist" and "social" aesthetics was inextricably linked to a modernist appreciation of time as a distinct, irreducible aesthetic quality. ( On time, fashion, and art, see Baudelaire [ 1998：102～105 ] . ) If we take the long historical view, this is the apotheosis of the Romantic revolt against classicism, although often based in strong rereadings of the tradition ( Eliot, Joyce ) . In Europe and Brazil alike, the modernisms of the 1920s insisted on invention and renewal as the highest value within the arts. The avant-garde manifesto, the modernist genre of preference in the early twentieth century, would always claim to constitute a new beginning for the arts. This can be seen in the futurist, Dadaist, vorticist, and anthropophagic manifestos alike ( Kolocotroni 1998；Teles 1992：353 ～ 360 ) . Just how the "new beginning" was conceived differed of course greatly-futurism made claims for absolute newness on the ruins of the old, whereas Brazilian anthropophagy was based on the rather more dynamic metaphor of producing the new by "digesting" the old.

17. "趋于求助自己，把自己放在离周围的人更远的位置。这让艺术变得主观，不真实。它的座右铭是艺术至上主义。"

"O artista refugia-se na sua pessoa, afasta-se cada vez mais dos individuos que o rodeiam. A Arte torna-se subjectiva, irreal. Arte pela Arte, e o seu lema. "

18. "越残忍，越原始神秘，艺术家就越伟大。"

"Quanto mais desumano, quanto mais original e enigmatico, maior sera o artista."

19. "带着普遍主义的倾向，在全世界文学上的一个广泛运动称为新现实主义。"

"Ja se esta operando na literatura de todo o mundo um grande movimento, chamado o neo-realism de tendencias universalistas."

20. "不可能让一个葡萄牙文化杂志去对国家政治保持漠不关心的态度，尤其在我们的将来，我们的命运悬于天平之时。因此，《顶点》支持葡萄牙民主主义者，肯定他们支持自由公平选举的运动……《顶点》必须继续保卫艺术，但它必须首先是一本有用的文化杂志，这种文化帮助我们更好理解地我们的民族问题。"

"Nao pode a uma revista de cultura portuguesa ser indiferenta a politica nacional e muito menos no momento em que se decide o Futuro, o nosso proprio Destino. Vertice toma posicao apoiando as reivindacacoes dos democratas portugueses, enquadrando-se no seu movimento em prol de eleicoes onde o pais posse manifestar livremente a sua vontade … Vertice tem de continuar a ser uma revista de defesa sa arte, mas tem de ser sobretudo a revista da cultura util, da cultura"

21. "一个社会，如果它为了保持现状，把大部分人口或者它的少数种族排除在国家生活之外，那么这样的社会能被称作有教养的文明社会吗？答案只能是一个响亮的：不。"

"Sera culta, civilizada, uma sociedade que, para manter o status quo, obriga a afastar a maioria da populacao ou as minorias racicas da vida das Nacoes? A resposta nao pode deixarde ser um absoluto：Nao."

22. "黑人住在孤立的社区里——黑人住宅区、山区、贫民区和南部——就像一个低等的不受欢迎的动物。在船上，在学校，在医院，在剧院，他们看到一个诅咒：仅限白人！……为了分散注意力，也是唯一的逃跑途径，黑人让他的情感爆发成"爵士乐"。在"爵士乐"美妙的音乐中，如果我们认真去听的话，我们能听到整个民族的伤感。"

"O negro vive em bairros isolados—Harlem, Hill District, East Side, South—como animal inferior e indesejavel. Nos navios, nas escolas, nos hopitais, nos teatros, la esta o anathema: SO PARA BRANCOS! ... Para iludir-se, e como unica valvula de escape, o negro explode os seus sentimentos no" jazz." Na melodia do "jazz," se repararmos bem, esta todo o sentir da raca."

23. 在 20 世纪 50 年代和 60 年代，爵士是单一的最有力的表达方式和跨国现代主义的标志，而它在没有删除开始部分的"黑色"的情况下，跨越了种族的围墙。对白人作家来说，比如奥兰多·阿尔伯克基以及后来的鲁伊·诺夫里和沃普·詹斯玛，爵士变成了"白人现代的"和"黑人传统的"二分法的调节器。它的重要性和它对白人作家的重要性是一样的，比如说娜美亚·苏萨、博洛克·莫狄森和托德·马特什基萨。有关爵士和南非文学的讨论，参阅泰斯托泰（2004）。

In the 1950s and 1960s, jazz will become the single most powerful expression and marker of a transnational modernism that transcends racial enclosures without eliding the "blackness" of its beginnings. For white writers such as Orlando de Albuquerque and, later, Rui Knopfli and Wopko Jensma, jazz becomes as important a modifier of the "white-modern" vs. "black-traditional" dichotomy as it is for writers like Noemia de souse, Bloke Modisane, and Todd Matshikiza. For a discussion of jazz and South African literature, see Titlestad (2004).

24. "不能爱你，美国……因为你用私刑绞死我的黑人兄弟。"

"Eu nao te posso amar, America ... Porque tu linchas o meu irmao negro."

25. 比如说诗歌"出版者比莉·哈乐黛"，写于 1949 年 5 月，苏萨著（2001：134～135）。

See, for instance, the poem "A Billie Holiday, cantora" dated May 1949 in de Sousa (2001：134～135).

26. "在安哥拉，你已经能非常敏锐地感觉到到处都有（建立一个新诗歌）的急切的渴望。他们是大地的子民——白人，黑人和混血儿。明天，那些现在谦卑地歌唱的人将会创作一个巨大的声音合唱团……未来的安哥拉诗人，假如他们想创造一种"安哥拉诗歌"的话，就必须完全"属于"安哥拉。他们将不得不在这片土地上，在它的风俗里，在它的传统里，在它的习惯上……总而言之在它的"气候"里发现他们的根。"

"Eem Angola sente-se ja palpitar, de onde e monde, embora tenuemente que mal se nota, essa ansiedade. Sao os filhos da propria terra—brancos, negros e mulatos. Sao eles que, levantando hoje a voz em humildes cantos, constituirao amanha um coro audivel e consideravel ... . Os futuros poetas angolanos, se quiserem criar uma 'poesia angolana,' terao que 'ser' de Angola inteiramente. Terao que procurar as raizes na propria terra, nos seus costumes, nas suas tradicoes, nos seus habitos ... em suma, na sua 'clima' ."

27. "没有拥有多亏巴西人民设定的榜样，只有现代［佛得角］诗人获得的自由的灵感和表达。"

"Ainda nao possuidor daquela liberdade de inspiracao e de expressao que so os modernos poetas adquiriram a exemplo dos brasileiros. "

28. "也许是，或者至少将证明是，它的非洲逆流，它在社会经济环境中的追寻和融入——它和自身的对抗。"

"Oaspecto mais curioso que se desprende da criacao literaria angolana talvez seja, podera muito bem ser a da sua interferencia africana, a busca e o enquadramento no seu meio economico-social—o encontro consigo mesmo. "

29. "奉承和甜蜜的假批评，而它提升了知识评判丢脸的无效性……把慈善书信变成了优秀文学，把尖锐的音盲的声音变成了从我们中间流出的和谐的浪漫的声音，把一个早熟女孩［原文如此］的不优雅的步子变成了一个未来芭蕾舞者的韵律运动。"

"Pseudo-critica, bajulante, viscosa, elevando a nulidade ao ponto assombroso e vergonhoso da mentalidade, de intelectualidade ... que transforma uma carta ambaquista numa peca de boa literatura, uma voz esganicada e

desafinada em melodiosa voz romantica da nossa praca, uns pacos［sic］
desgraciosos de menina prodigio em ritmico voltejar de bailarina de futuro. "

30. "给新事物腾出空间，为了我们时间的真正价值……［不］是翻新而是创造新事物。真正的文化必须在废墟上建立，在灭绝上建立，在错误的虚假的文化消失上建立，而这种文化烙上了"安哥拉"的标签，现在正极其乏味地巡视。"

"DAREM O LUGAR AOS NOVOS, aos verdadeiros valores daeoca
presente ... a criacao da nova e verdadeira cultura tera de se erguer das ruinas,
do perecimento, do desaparecimento da falsa, da enganadora cultura que por
ai circula estulticiamente com o rotulo de angolana. "

31. "到处是雾"；"看到的是阴影，而不是树木。"

"Tudo sao brumas" "o que se ve sao as sombras, nao as arvores. "

32. "知道欧洲铁路支线如何运行，能够背诵欧洲的季节"；"一个更好的文学确定性即将到来，它更加公正、更加人性化、完全属于我们。"

"Os ramais das linhas ferreas metropolitanas, as estacoes do ano"; "a ja
certeza duma futura literatura melhor, mais justa mais humana mais nossa. "

33. 这可能是单一的最重要的原因，即为什么大多数安哥拉"年轻的知识分子"从文学转换到了民族主义政治。

This is perhaps the single most important reason why the majority of the
angolan "young intellectuals" drifted away from literature and into nationalist
politics.

34. "你和我出生"；"炙热的地球/ 升起来的太阳/ 绿色的地球/ 肥沃的土地/ 温柔的地球/ 慷慨的膝部/ 它对我们/ 它被自己给我们/ 充满活力/ 富有爱心的焦虑。"

"Eu e tu nascenos"; "Terra quente / de sol nascente / Terra verde / de
campos plenos / Terra meiga / de colo largo / foi a nos / que se entregou /
cheis de vida / e amorosa ansia. "

35. 有趣的是，时间和地点在马塞利诺·多斯桑托斯的诗歌中都被

省略了，好像意思是说最初的疏远在独立的莫桑比克不再是相关的了
（多斯·桑托斯 1990：15）。

Interestingly, the date and location are omitted in Marcelino dos Santos's collected poetry, as though suggesting that the initial estrangement is no longer relevant in the independent Mozambique (dos Santos 1990：15).

36. 我说这点时充分意识到了一个事实，即我的观点可能只在 1994 年之后是可辩护的，也就是说，当《鼓》所反对的特别的政治系统最终消失时。

I say this well aware of the fact that my perspective is probably only defensible post-1994, that is, when the particular political system that Drum was up against finally evaporated.

37. 或者，对那个事情来说，诸如《亚城》和《鼓》这样的新电影继续培养着这个时代的神话。

Or, for that matter, new films such as Sophiatown and Drum that continue to feed the myths of the era.

38. 斯通德切利在约翰内斯堡是一个时尚标签，在罗斯班克高档购物中心"地带"有一个批发商店。参考纳托尔（2004）。

Stoned Cherrie is a trendy fashion label in Johannesburg with an outlet in the upmarket mall "The Zone" in Rosebank. See also Nuttall (2004).

39. 1953 年 6 月刊 48 页里就有 20 页的广告。在 1954 年 11 月的期刊里，76 页中有 48 页包含了广告。1959 年的 11 月，有 62 页的广告，而总页数为 108 页。

The June 1953 issue included 20 pages of ads out of 48. In the November issue of 1954, 48 out of 76 pages consisted of advertising. In November 1959, there were 62 pages of advertisements out of a total of 108 pages.

40. 例子很多。征收房屋和人头税质问作为煤矿业的劳动力的黑人（达文波特 1991：208）。教会学校质问他们的男性学生作为有文化的已经摆脱罪恶和野蛮的束缚的基督徒（考克 1996）。在《鼓》之前，通过印刷媒体也出现了很多质问，其中出名的是《Ilanga Lase-Natal》，但我认

为这些大部分有政治的本性。或者相反，在成立于 1932 年的《班图世界》里，现代城市生活中有一个相关的就位，但它缺乏《鼓》对于高的和低的，主旨和废话之间快乐的组合。

There are numerous examples. The imposition of hut and poll taxes interpellated black men as labour for the mining industry（Davenport 1991：208）. Mission schools interprellated their male students as civilized Christians that hadcast off the shackles of sin and barbarity（de Kock 1996）. There were interpellations through print media before Drum，notably the Ilanga Lase-Natal，but these，I would argue，tended to be mostly of a political nature. Or conversely，in the case of the Bantu World，which was founded in 1932，there is a related situatedness in modern urban life，but it lacked Drum's carnivalesque mix of high and low，of substance and nonsense.

41. 事实上，应该强调的是《鼓》主要质问黑人男性。女孩在那里就是为了他的利益。处于暴力和白色监视之下的他的生活是小说和报告文学最主要的焦点。他的全球想象在关于中心非洲政治下兰斯顿·休斯或最重要的（黑）人的文章中被激发了。

It should indeed be underlined that Drum mainly interpellated the black male. The pinup girls were there for this benefit. It was his life amidst violence and white survelillance that was the prime focus of fiction and reportage. It was his global imaginary that was invoked in articles on Langston Hughes or the most important（back）men in Central Africa politics.

42. 那本杂志归功于鲍勃·哥亚尼亚，但是根据安东尼·桑普森的说法，拍照的是沙德伯格。

The magazine credits Bob Gosani，but according to Anthony Sampson it was Schadeberg who took the picture.

43. 比如说参阅 1953 年《鼓》的各个期刊。

See，for instance，the Drum issues of 1953.

44. 《荒野征服》是《鼓》最早的连载之一，出版于 1951 年。八章节的《告诉自由》在 1954 年 4 月和 11 月之间出版。1953 年亚伯拉罕斯访问南非是《鼓》庆祝的原因，1952 年他和兰斯顿·休斯一起担当了《鼓》年度短篇小说竞赛的评委。

Wild Conquest was one of the earliest serials in Drum, published in 1951. Eight chapters of Tell Freedom were published between April and November 1954. Abrahams's visit to South Africa in 1953 was cause for celebration in Drum, and in 1952 he was, together with Langston Hughes, the judge of Drum's annual short-story competition.

45. 除了理查德·赖夫和伊奇基尔·穆帕赫列列的故事还有别的例子。

There were other examples as well, above all stories by Richard Rive and Ezekiel Mphahlele.

46. 期刊随之而来直到 11 月。

Also subsequent issues until November.

47. 全年里评委的名单很有趣：包括了彼得·亚伯拉罕斯、兰斯顿·休斯、内丁·戈迪默、乔丹·恩古巴纳和康·腾巴。

The list of judges throughout the years is intriguing: it included Peter Abrahams, Langston Hughes, Nadine Gordimer, Jordan Ngubane, and Can Themba.

48. 而且我不能同意迈克尔·格林的论点（1997：207～208），即短语"除了在纸上"是指切斯特·莫雷纳不像侦探的行为，而不是他的虚构性。他实际上是一个矛盾的角色，正如无情的犯罪类型决定的那样，但甚至在第一个故事里他也表现得像一个私家侦探。

I cannot agree, moreover, with Michael Green's contention (1997: 207～208) that the phrase "except on paper" refers to Chester Morena's un-detectivelike behaviour rather than his fictionality. He is indeed an ambivalent character, as the hard-boiled crime genre dictates, but even in the first story he also acts as a private eye.

49. 如果我们玩弄名字，可能就是《顶点》代表了渴望向前，渴望新奇的先锋愿望。这个名字意指顶点或矛头，而《行程》意思是旅程，代表旅游理论，话语的流通。

If we play around with names, it could be claimed that Vertice, meaning vertex or spearhead, represented the avant-gardist desire to be ahead, to be new, whereas Itinerario, meaning itinerary, represented travelling theory, the circulation of discourse.

## 第三章

1. "理查德·赖夫曾经去洛伦索马贵斯做过访学，暂且说是访学。人们与他进行了深入交谈。从友好的交谈中，我们发现他是一位年轻的、有文化的人，他对文化的各领域都比较感兴趣。他充满活力，有时有点淘气，尽管他资历高，却让人感觉到他非常亲切。总之，他是一个聪明的好人。"

"Era precisamente Richard Rive, que ha tempos estivera em Lourenco Marques, em visita de estudo, chamemos-lhe assim, e com quem conversamos longamente ... . Dessa frutuodo e amistoso contacto com Rive ficara-nos a melhor das recordacoes：um homen novo, culto, vastamente interessado nos varios pelouros da cultura, dinamico, saborosamente malicioso（se preciso）, acessivel ao maximo（apesar ddas suas qualificacoes, ou por causa delas）, em suma, um homem sabedor e bom."

2. "他阅读了谁的作品？阅读了多少作品？所读的书都是最佳作品吗？他读的书是否名著？谁给他留下了最深刻的印象？假如他不懂葡萄牙语，他又是怎么读的呢？"

"Quem lera? Lera muito? Lera o melhor? Lera tambem o menos bom? Quem mais o impressionara? Como lera, visto nao falar o portugues?"

3. "很难理解为什么忽视了雷纳尔多·费雷拉的诗歌，而评论了尚未形成的马兰卡塔纳的诗歌，这非常不礼貌，或者难道这仅仅是某些文学评论专家的粗心大意。"

"Esquecer um Reinaldo Ferreira a favor da gaguez poetica de um Malangatana ainda por nascer, eis um atrevimento ou desleixo inadmissivel em quem，de literatura，parece ser profissional."

4. "富有内容的诗，形式的完美，真正的诗意气息，融合了一个非常尖锐的'诗意的价值'的目的的严肃性，这是由于克拉韦里尼亚给予我们的是最完美的。"

"Poesias de um conteudo，uma perfeicao de forma，um real folego poetico，uma seriedade de propositos fundida com um sentido muito agudo dos 'valores poeticos'，que em nada ficam a dever ao melhoe do que o Craveirinha nos tem dado."

5. "社会代表性"，"文学造诣。"

"Representatividade social，""estatura poetica."

6. 必须指出，兰斯顿·休斯那时候作为赖夫的角色典范和文学导师特别重要。

Langston Hughes，it must be pointed out，was particularly important as Rive's role model and literrary mentor at the time.

7. 说给沙巴尔听的整个句子是："如果你读了《莫桑比克之声》，你会惊奇地发现，尽管有审查制度，但我们还是如何用那样的口气谈天的。"

The full sentence，directed to Chabal，reads as follows："Se ler A Voz de Mocambique，ficara espantado como，apesar da Censura，nos falavamos naquele tom."

8. 《纽约时代周刊》的出版正好是翁瓦纳国际化成功的最壮观的例子。翁瓦纳翻译中的参考书目包括了他的小说《经典》的出版，非洲作家系列选集《我们杀死了癫皮狗及其他小说》，赖夫的选集《现代非洲散文》中包含翁瓦纳的部分，有瑞典语版、德语版、法语版等等。当然更不用说他被一位重要的葡萄牙作家及批评家赏识，比如若泽·雷希奥（参阅莫泽 1975：189）。

The publication in The New York Times is only the most spectacular example of Honwana's international success. A full bibliography of Honwana in translation would include the publication of his stories in The Classic，the

African Writers Series collection We Killed Mangy-Dog and Other Stories, the inclusion of Honwana in Rive's anthology Modern African Prose, translations into Swedish, German, French, etc. Not to mention, of course, the appreciative reception of him by a key Portuguese writer and critic such as Jose Regio (see Moser 1975: 189).

9. 按照布尔迪厄的理解，这个领域主要通过把关来构成，尽管这总是有悖论的风险。在追求排他性的过程中，当神圣的代理谴责不神圣的代理不是"真正的"作家，甚至这样的否定态度也有把他们包括进这个领域的主导的效果（布尔迪厄 1992）。

In Bourdieu's understanding, the field is constituted precisely through gatekeeping, although this always runs the risk of paradox. When, in the quest of exclusivity, consecrated agents denounce unconsecrated agents on the grounds of not being "real" writers, even such negative attention has the effect of including them in the dominated, heteronomous poles of the field (Bourdieu 1992).

10. "经过竞争达到的文学空间的统一是建立在这样的假设上，即有一个共同的标准可以测量时间，这个标准所有参赛者都应无条件地认可。"（卡萨诺瓦 1999: 127）

"L'unification de l'espace litteraire dans et par la concurrence suppose l'etablissiment d'une mesure commune du temps: chacun s'accorde a reconnaitre d'emblee, et sans conteste possible, un point de repere absolu, une norme a laquelle il faudra (se) mesurer"（卡萨诺瓦 1999: 127）.

11. 她在 2002 年 11 月在里斯本的一次谈话中提到了这个特别的细节。

She mentioned this particular detail during a conversation in Lisbon in November 2002.

12. "在葡萄牙语的非洲黑人的第一本选集的开端，简短介绍黑人诗歌的基本特点是非常必要的。所谓的黑人诗歌并不是仅仅指土著非洲黑人作家所著作品，也包括美国人写的诗歌，因此就出现了对非洲问题的比较成熟的新认识，运用欧洲文化中的技巧进行阐述。"

"No limiar do primeiro caderno de poesia negro-africana de expressao portuguesa, ocorrem-nos alguma consideracoes forcosamente breves sobre as caracteristicas essenciais da poesia da Africa, mas tambem a das Americas e esta que surge hoje como fruto amadurecido duma nova consciencia dos problemas africanos, elaborada com a ajuda tecnica das tradicoes culturais da Europa."

13. "传统的诗歌并不是单独成立的，也不是作为单一的个体才存在，而是因为歌词是音乐的基础，而音乐与歌词又是舞蹈的基础。这是一种艺术形式，通常经整合或演变成更广更复杂的美学表现形式——戏剧。"

"Na Afeica negra, a poesia tradicional nao vive por si, como um dado de existencis propria, mas apenas quando as palavras sao essenciais a musica, e a musica e as palavras a danca. E uma forma sempre interessada e integrada numa expressao estetica mais larga e complexa—o drama ritual."

14. "一个没有十字架或刀剑的殖民者，只是一个文化的奴隶和载体。"

"Um colonizador sem cruz nem espada, apenas escravo e portador de culturas."

15. "在古巴，黑人诗人一直着迷于他们民间风俗的"色彩和节奏"，向他们的非洲和西班牙"黄褐色的"家乡唱着赞歌……直到1930年尼古拉斯·吉伦与其他的诗人才超越了对约鲁巴歌曲纯粹的抒情诗形式忠实的再创作，并通过发现他们的"黑人文化认同"发起一个社会意识的诗意运动。"

"Em Cuba, os poetas negros puderam permanecer muito tempo ainda embalados somente pelo 'ritmo y color' do seu folclore, cantar a sua terra 'mulata' de africano e espanhol ... So em 1930, Nicolas Guillen e outros, para alem da recriacao das mais puras formas liricas do canto Yoruba, iniciariam de facto um movimento poetico de sentido social e descobriram a sua 'negritude'."

16."一种新的全球范围的人文主义。"

"Dum novo humanismo a escala universal."

17."尽管他们的西方教育试图与消失的传统重建关系，但是面对非洲的过去，陈述黑人大众的问题和渴望。"

"Nao obstante a sua formacao sobre os meridianos do ocidente, tem realizado esforcos no sentido de reatar as tradicoes perdidas, encontrar-se no passado africano e representar o conjunto da massa negra, seus problemas e aspiracoes."

18."现在我们知道非洲黑人用葡萄牙语、法语或英语所著的文学作品是临时性的，而且在某种意义上是容易消亡的。假如我们认为殖民者发现，这些歌曲的语调是在"危险地"暗指自己，那么，另一个情况就很令人不安：非洲大众并不是这个诗歌潮流的一部分。"

"Ja sabenmos tambem que as obras literarias dos negros africanos escritas em lingua portuguesa, francesa ou inglesa, sao temporarias e, num certo sentido, pereciveis. Se se pode dizer que o colonizador se encontra 'perigosamente' implicado pelo tom destes cantos, um facto permanece pertubador：as grandes massas africanas nao participan nesta corrente poetica."

19."源自于这个地区的人们的文学创作的所有形式仍然处于口头层次，并保留部落隐蔽状态。"

"Todas as formas de criacao literaria, emanando de povos seata regiao, permaneceram no estado oral e agora numa especie de clandestinidade teibal."

20."文化混种的伪条件。"

"Pseudo-condicao de *mestico cultural.*"

21."诗人争取普遍化民族独立的迹象。"

"Os poetas universilazaram os signs da luta pela indendencia nacional."

22."不，只有在象征主义时代以后我们才能在巴西讨论黑人诗歌。"

"Nao e senao a partir da epoca simbolista que se pode falar de uma poesia negra no Brasil. "

23. 米科拉·伦德尔（2005）解释了和艾梅·塞泽尔以及利奥波德·桑戈尔相关的策略性本质主义的概念。

Mikela Lundahl（2005）elaborates the notion of stategic essentialism with regard to Aime Cesaire and Leopold Senghor.

24. "我们在寻找我们自己的语言，尽可能地适应我们对真实性的要求，并期望成为大众愿望的解释者。我们都曾经承受过的民族同化主义的分量沉重地压在我们的肩膀上。实际上，我们不仅注意到了我们教育的做作，而且也注意到了根据我们自己的主张去反思非洲黑人价值的困难。为了成为我们自己，有必要把遮住我们的面纱扯开。在这段时间［由安德雷德，阿尔达·拉娜等等］成立的"非洲研究中心"成为文化辩论和对抗的温床。这是一个把我们的灵魂迁移到非洲的问题，并不立即拒绝欧洲教育。

换句话说，我们把自己扔进了我们"黑人兄弟"的歌声里以及那些组成世界的共生和再创造，并明确宣称人类的尊严的任何诗歌。一方面，艾梅·塞泽尔，利奥波德·桑戈尔，兰斯顿·休斯，尼古拉斯·吉伦，另一方面，帕布洛·聂鲁达，纳齐姆·希克马特，阿拉贡，保罗·艾吕亚都离我们的心很近。我们不仅吸收了深远的意义，而且还吸收了现代节奏。"

"Nos estavamos a procura de uma linguagem que nos fosse propria, adaptada o mais possivel a nossa busca de autenticidade, desjando muito sermos os interpetes das aspiracoes populares. O peso do *assimilacionismo* sorido por todos o artificio da nossa formacao intelectual, mas igualmente da dificuldade para nos encontrarmos a repensar pelos nossos proprios meios os valores negro-africanos. Era preciso rasgar o veu que nos obnubilava, para permanecermos nos mesmos. O ' Centro de Estudos Africanos, ' organizado nesta epoca, constituiu um cadinho de discussao e de confrontacao culturais. Tratava-se de reconduzir as nossa *almas* a Africa, sem para tanto renunciar em bloco a acquisicao de uma formacao europeia. "

Lancavamo-nos, portanto, nos cantos dos nossos "irmaos negros," assim como em todos os poemas que sao co-nascimento e re-criacao do mundo e apregoam altamente a dignidade humana. De um lado, Aime Cesaire, L. S. Senghoe, L. Hughes, Nicolas Guillen, e, de um ontro, Pablo Neruda, Nazim Hikmet, Aragon, Paul Eluard eram-nos familiares. Nos assimilamos uma profunda mensagem mas igualmente os ritmos modernos. "

25. 假定他对莫桑比克现代主义者慷慨激昂的支持，比如雷纳尔多·费雷拉和鲁伊·诺夫里，那么，葡京在葡萄牙变成一个有影响力的葡萄牙现代主义者的调停者，比如若泽·雷希奥和费尔南多·佩索阿，就显得意义重大。他在葡萄牙文学领域中的牢固的地位非常明显，比如说，在查塔瑞娜·埃德费尔特对葡萄牙文学历史的调查中就是如此。

It is significant, given his impassioned support of Mozambican modernists such as Reinaldo Ferreira and Rui Knopfli, that Lisboa became in Portugal an influential mediator of Portuguese modernists such as Jose Regio and Fernando Pessoa. His strong position in the Portuguese literary field is evident, for example, in Chatarina Edfelt's survey of Portuguese literray histories (2005: 94～97).

26. "希亚多文学省里的居民，他们大部分都想确认他们的邻居并没有那么伟大。这种态度没能鼓励他们去看看海洋的另一面。"

"Os habitantes da paroquia literaria que tem a sua sede no Chiado estao quase todos muito preocupados com nao deixarem que od vizinhos mais adjacentes facam mais sombra do que a sombra a que tem direito, de modo que uma perspectiva destas nao ajuda muito a ver para alem do oceano. "

27. "除去我们一些人偶尔写下的离奇的那篇以外……出版的作品几乎没有任何关键的支持。例子？在莫桑比克，什么样的批判性阅读是由格洛里亚·圣安娜去年出版的那本漂亮的书组成的呢？在莫桑比克，谁又公开地学习格拉巴图·迪亚斯所作的《Quybyrycas》?《普洛斯彼罗岛》的批判性评估或者《曼加斯蒂斯与萨尔》的第二版［都由鲁伊·诺夫里所著］又在哪里？……那些需要被鼓励的东西——通过来自基金会、独立团体、书商以及我们自己的大学的支持——是培养批评的严肃杂志的成长，而这种批判是有组织的，严肃的，也是付有报酬的。"

"Com exepcao de umas coisas que alguns de nos vao escrevendo as vezes ... quase nao existe apoio critico as obras que vao saindo. Quer exemplos? Que criticas se fizeram, em Mocambique, estudou, para o publico, as Quybrycas, do Grabato Dias? Onde foi publicada um critica a *Ilha de Prospero* ou a 2. a edicao das *Mangas Verdes com Sal*? ... Ha que fomentar = = = com o apoio de fundacoes, de colectividades, de livreiros, da propria Universidade—o aparecimento de revistas serias onde se faca uma critica estruturada, seria—e paga."

28. "今天出版的这个作品是一位伟大的诗人的作品，尽管它具有未完成以及断断续续的性质。他在大都市里完全不出名，通过完整地出现于这期期刊，并没有被任何祖先通知，我们可以假设他的诗歌会在都市读者中造成震撼。在我们认为这种震撼不可避免，甚至可能是有益的时候，我们应该避免缓解这种震撼。事实上，见证如此杰出的作品的突然出现是很难得的，它远远地脱离了默默无闻（我们在此是指大都市），而它的作者却已经逝世，入土为安了。"应该注意到的是1996年重印本的前言中没有这种独特的大写。

"A Obra que hoje se publica, com tudo quanto tenha de inacabado e fragmentario, e a Obra de um grande Poeta. Rigorosamente desconhecido na Metropole, supomos que a sua Poesia, ao apaerecer quase integralmente incluida neste volume, sem quaisque antecedentes que a tenham *anunciado*, ira provocar, nos leitores metropolitanos, qualquer coisa de parecido com um choque. Como supomos tal choque inevitavel e talvez salutar, nada faremos para tentar atenua-lo. A verdade e que nao e realmente vulgar a aparicao quase perfeito（referimonos a metropole），com o autor ja morto e enterrado." It should be noted that the idiosyncratic capitalization is absent in the 1996 reprinting of the preface.

29. "雷纳尔多·费雷拉的朴素，绝对的慷慨，差不多都是传奇，更不用说他的粗心大意。"

"A simplicidade, o total desprendimento, iamos a dizer desleixo, de Reinaldo Ferreira, eram quase lendarios."

30. 葡京的葡萄牙语翻译里，引用原文为："自由和不同的我的产品，我们体现在我们的生活习惯上，在社会上，在我们的恶习上。"

In Lisboa's Portuguese translation, the quote reads："um livre e o produto de um eu diferente daquele que manifestamos nos nossos habitos, na sociedade, nos nossos vicios."

31. 尽管如此，鲁·诺夫里，就像我在第四章所讲，是将卓越地综合晚期殖民主义位置感和虚无的呆板的现代主义。

Rui Knopfli, as I show in Chapter 4, was nonetheless to achieve a remarkable synthesis of a late-colonial sense of place and nihilistic, formalistic modernism.

32. "因为对另一种秩序的永恒失去信心，艺术家把自己看作是无法抵抗地被吸引到艺术上的一种救赎：换言之，通过接受艺术的惯例。当他把艺术神圣化的时候，而他将之视作能够获取的永恒的唯一希望，我们见证了这个奇迹：像佩索阿或雷纳尔多·费雷拉这些人，对他们来说没有任何事情是与知道没有东西是重要的一样重要。他们在他们断断续续的经常没有出版的作品中透露了他们对于追求完美的顽固不化的忠贞。"

"Derrotada a fe numa eternidade de outra ordem, o artista ve-se irrestivelmente arrastado a *salvar-se* na Arte：isto e, aceitando as convencoes da Arte. Sacralizando assim a Arte a qual se ira agarrar como unica possibilidade de eterno capaz de lhe acenar, eis que assistimos a este prodigio：homens como Pessoa ou Reinaldo Ferreira, para quem nada e tao importante como saberem que anda e importante, revelam-se na composicao da sua Obra, ainda que fragmentaria e impublicada, de uma teimosia impenitente na busca da perfeicao."

33. "我认为，第一篇我真的表明态度的文章以及我投入到了莫桑比克事业中的所有的情感，是 1962 年一篇我关于若泽·克拉韦里尼亚的诗歌的文章；那时还是一篇大胆的作品，甚至市政当局也读过了。"

"Acho que o primeiro texto em que eu me *comprometi*, ja com toda a minha empatia pela questao mocambicana, foi em 1962, num texto que publicei sobre a poesia de Jose Craveirinha; um texto muito atrevido para a epoca, que sinda por cima foi lido na Camara Municipal."

34. "深深扎根于对我来说是块处女地，或者甚至有时完全不能想象的领域。"

"Uma obra que mergulhara raizes fundas em terrenos para mim inviolados ou ate, nalguns casos, integralmente insuspeitados."

35. "这需要艰难的却又困惑的时间"；"能给我们呈现一个恰当的标准，针对这个标准去判断若泽·克拉韦里尼亚诗歌的或多或少明显的创意。"

"Nesta precisa mas muito confusa epoca"；"a existencia de muitos outros testemunhos de identica natureza que, so eles, poderiam sugerir-nos uma justa afericao da orginalidade mais ou menos destacada da poesia de Jose Craveirinha."

36. "我们时间和环境的声音"；"细心地照料到无法修复。"

"Uma voz do nosso tempo e da nossa circunstancia"；"com escrupuloso cuidado de o nao *fixar*."

37. "愤怒的抒情诗。"

"Lirismo indignado."

38. "感觉和声音之间的漫长的犹豫。"

"Uma hesitacao prolongada entre o sentido e o som."

39. 我很清楚，由纳特·纳卡萨创办的《经典》在 20 世纪 60 年代的南非提出了一个理想的非种族主义的文学文化。但是，正如多年后的黑人意识运动的兴起所展示的那样，它的可行性微乎其微。

I am well aware that The Classic, the journal founded by Nat Nakasa, upheld an ideal of a nonracial literary culture in South Africa in 1960s, but as the emergence of the Black Consciousness Movement some years later would show, its viability was severely attenuated.

## 第四章

1. 参考阿特里奇（2004）关于一般的文学期刊当作另一方的发明（双重所有格）。

See also Attridge （2004） on the general issue of literature as the invention of the other （double genitive）.

2. 靠着"被扔进"这个单词，我当然是暗指海德格尔（1953：175～180）的术语被抛的状态。

By "thrown into," I allude of course to Heidegger's （1953：175～180） term Geworfenheit.

3. 娜美亚·苏萨的敏感的言论本身就是抒情诗评估领域的暗示。在这言论里，"诗歌"换喻性替代了美丽和拯救的最崇高的价值。比如说，参阅"诗，不来！"（2001：123～124）。

Noemia de Sousa's own high-strung rhetoric, in which "poetry" metonymically substitutes for the most sublime values of beauty and redemption, is in itself an indicator of the field evaluation of lyric. See, for example, "Poesia, nao venhas!" （2001：123～124）.

4. 而且，一个类似的例子可能是马塞尔·杜尚的干燥瓶和小便壶，它们消除了艺术和生产成品之间的区别。

An analogous example would be, moreover, Marcel Duchamp's bottle-drier and urinal that eliminated the difference between art and manufactured objects.

5. "最好的最真实的/尝试的方法是开始于/我……"

"O melhoe ainda, o mais velhinho / e garantido e comecar pela palavra / eu ...".

6. 在"黑人的圣歌"里，诺夫里粗鲁地拒绝归属于这个时代："我独自一人/不是部分地而是彻底地/独自一人，在繁茂的土地上却是异常的干旱。"

In "'Cantico negro'" ("Black hymn"), Knopfli violently refuses to belong to the times: "Sou so. /Nao parcialmente, mas rigorosamente/ so, anomalia desertica em plena leiva," "I'm alone. / Not partially but absolutely / alone, an arid anomaly in a lush field."

7. 在同一篇文章里,她写道,在其他所有事情中,诗人需要一个读者,"能让这首诗在社会和历史背景下能够理解的读者,而且在这个背景下,它和其他的诗是一个连续统一体"(斯图尔特 1995:39)。我自己不会这么强调"其他诗歌",而是包含了一个更为广阔的媒体世界。

In the same article, she writes that the poet needs, among other things, a reader "who can make the poem intelligible within the social and historical context in which it is on a continuum with other poems" (Stewart 1995:39). My own emphasis wouldn't fall so heavily on "other poems" but would also include a wider universe of media.

8. 在这些貌似非常不同的诗歌之间也有更特定的联系。对空间的探索,带着它与发现的帝国时代之间的转喻性联系(葡萄牙历史学和历史方法论的一个核心要点),是西方"同个事物"如何通过技术手段分配他异性。"地理坐标"在"国籍"的抽象概念与后一首诗里的轨道的数学描述相一致(并指向诺夫里诗歌中更普遍的数学和几何的倾向)。与此类似,通过无数媒体技术,在"这个世界的痛苦"中单词处理所产生的异化与"国籍"中主题的异化相似。尽管提到了"教条"和"思考",通过印刷的话语宣传从字面上引来了演讲者。参阅汉密尔顿(1975:185~186)关于"国籍"的讨论。

There are also more specific correspondences between these seemingly very different poems. The exploration of space, with its metonymical link to the imperial age of discoveries (a central feature of Portuguese historiography and historical mythology), is a further example of how the Western "same" appropriates alterity by technological means. The abstraction of "geographical coordinates" in "Naturalidade" corresponds with the mathematical description of the orbit in the later poem （and points also to a more general mathematical and geometrical tendency in Knopfli's poetry）. Similarly, the alienation caused by the processing of the word through numerous media technologies in "A agonia da palavra" is akin to the alienation of the subject in "Naturalidade." Although referring to "doctrine" and "thinking," it is the dissemination of discourse through print that literally begets the speaker. See also Hamilton （1975：185～186）for a discussion of "Naturalidade."

　　9. "对于伟大但不可挽回的遥远的世界中心的怀旧。"

　　"Nostalgia dos grandes centros cosmopolitas irremediavelmente distantes."

　　10. "他在这个星球上的诗歌职业"；"归属多个地区，而在这些地区用葡萄牙语定义边界几乎是不可能的。"

　　"A vocacao planetaria da sua poesia"；"a pertenca da sua escrita a um territorio multiplo, onde a lingua portuguesa dificilmente podera estabelecer fronteira."

　　11. "吸收、加工、提炼出的文本的多重性和多样性以及以此形成的各种各样的浆糊，构成一个特定的美学—文学世界的残渣。"

　　"A mmultiplicidade e diversidade dos textos por si absorvidos, processados, decantados, enformando uma especie de magma, substancia residual que tipifica um universo estetico-literario peculiar."

　　12. 巴尔特（1994：1211～1217）并没有把互文性看作有意识的故意行为，而是阅读和写作的一种条件。在这个条件下，其他文本的效仿绝不可能被完全确认或者被控制。

　　Barthes （1994：1211～1217）did not see intertextuality as consciously intended, but rather a condition of reading and writing in which the echoes of other texts could never be fully identified or subjected to control.

　　13. "我的诗歌／没有更大的抱负／除了好好地当一个城市男孩的／诗歌／混凝土多边形中的／一个极小峰。"

　　"Os meus versos ／ nao tem ambicao maior do que esta：／ A de serem os versos ／ de um menino da cidade, ／ vertice minusculo no poligono ／ do betao. ”

14. 这个翻译上的注释：我发现"外国游客"是"外国人"过于特殊的翻译。它意思是"陌生人"或"外国人"。"陌生人"的更多的文学内涵（加缪，还有其他人）已经消失了。

Note on the translation：I find "foreign tourist" an all too specific translation of "estrangeiro," which simply means "stranger" or "foreigner." The wider literary connotations of "stranger" （Camus, among others） are lost.

15. 鲁伊·诺夫里自己的翻译。在葡萄牙语里的原文是："一个有棱角的角落/简洁，但受到污染的边缘/多边形的折磨，扰乱他/她迫切地推迟了一声呼叫/悲痛。"诺夫里（1982：174）.

Rui Knopfli's own translation. In Portuguesse, the lines run："um canto angular, / terso, mas de arestas poluidas. / Poligono torturado, perturba-o / a iminencia adiada de um grito / de socorro." Knopfli （1982：174）.

16. "我的手是肮脏的。/我必须砍掉它。/洗涤也无济于事/这里的水是烂的。"

"Minha mao esta suja. / Preciso corta-la. / Nao adianta lavar. / A agua esta podre. "

17. "我发现这没有用/不管我是藏起还是使用它。/厌恶感还是一样。"

"E vi que era igual / usa-la ou guarda-la. / O nojo era um so. "

18. 尽管莫桑比克这片土地肯定比外部人士通常认为的还要人口众多，这点我正希望在本书中展示出来。

Although the Mozambican field, as I hope to have shown in this book, certainly was more populated than external observers would normally assume.

19. 翻译的备注："炫耀的"作为"garrida"的不准确的翻译吓了我一跳。后者的意思是"时髦"、"优雅"或者"多彩的"，并没有"炫耀的"轻蔑含义。选择这个单词剥夺了这首诗的一些自己控制下的讽刺效果。

Note on the translation: "garish" strikes me as an imprecise translation of "garrida," which rather means "chic," "elegant," or "colourful" and lacks the pejorative connotations of "garish." The choice of this word robs the poem of some its controlled irony.

20. 受到勒维纳斯（1989）的启发我使用了"同一个"和"其他的"。对于主题的"路过"，在詹斯玛的诗《孤独》中，它是以一种重复的患幽闭恐惧症的模式来对待的，明显让人想起诺夫里的"改变之风"："一个孤独的人路过/孤独地路过我的身边//月亮挂在树枝上//一个人在小船上划着//孤独地路过我的身边/月亮，人，幽禁的//天晚了，太晚了//我杜撰了月亮，人，随意地//但我仍旧孤独/又有人路过//但我不认识他，但他是/过去幽禁在孤独中的我。"

I use the terms "same" and "other" under inspiration from Levinas (1989). As for the motif of "passing by," this is treated also in Jensma's poem "In solitary" (1974: 44) in a repetitive, claustrophobic mode remarkably reminiscent of Knopfli's "Winds of change": "a man in solitary passes by / passes by me in solitary // the moon caught in tree branches // a boat with a man in it rowing // passes by me in solitary / the moon, the man, confined // it's getting late, far too late // I coined the moon, the man, free // but I remain in solitary / there's another who passes by // but I don't know him, but he is / past me confined in solitary."

21. "横向电影之下午"。

"Na tarde horizontal do cinemascopio."

22. "不要遗憾任何事。/一首诗永远是对的/即使它是错的……不要让生锈的/政客玷污了/诗句的叶片。诗人不是拿来卖的"

"Nao te arrependas de nada. / Um verso esta sempre certo / mesmo quando errado ... Nao permitas que o oxido / dos politicos entre na lamina / dos tenus versos. Um poeta nao se vende."

23. "例外中的例外，""没有比背叛的声音更厉害的地狱了/也没有什么能超过它的正直"。（1984：15～19）

"A excepcao da excepcao," "Nenhum inferno e maior que o da sua voz traida / e nenhum bem vale o da sua integridade." "Notas para a regulamentacao do discurso proprio"（1984：15～19）.

24. "少数派。/少数人。稀有的。唯一的一个/如果必要的话。但我仍旧希望；有一天/你会明白我的独创性/的深刻含义：我真的就是地下组织。"

"Prefiro as minorias. / De alguns. De poucos. De um so se necessario / for Tenho esperanca porem；um dia / compreendereis o significado profundo da minha / originalidade：I am really the Underground."

25. "这是我的荣耀：/创造非人性！/拒绝跟从任何人。"

"A minha Gloria e esta：/ Criar desumanidade！/ Nao acompanhar ninguem."

## 第五章

1. "格雷戈里·安东尼如此全神贯注地和女人阅读那些经历无数次的旅行，最后来到这个世界角落的家庭来信"；"紧张地翻阅《政府公报》，想找到他的调令。"

"Tao enfronhados estavam Gregorio Antunes e a mulher na leitura das cartas da familia，que chegavam de longe em longe aquele canto do mundo"；"a folhear com nervosismo o *Boletim Oficial*，a procura da transferencia."

2. "…… 由风从一个村庄吹到另一个村庄。"

"Trazidas ... de aldeia em aldeia na corrida dos ventos."

3. "一块简单的玻璃，很薄，很干净，决心变得非常透明以便图像能穿过它，并在现实中得到复制，而现实主义的屏幕否认了它的存在"：1984 年 8 月 18 日埃米尔·左拉写给维拉布雷格的信。值得强调的一点是这种"不可见性"理想是散文对诗篇的优势上至关重要的一个因素，因为后者本质上关注自身的形式上的特点。

"Un simple verre a vitre, tres mince, tres clair, et qui a la pretention d'etre si parfaitement transparent que les images le traversent et se reproduisent ensuite dans leur realite. L'ecran realiste nie sa propre existence": letter from Emile Zola to Valabregne, August 18, 1864. It is worth emphasizing that this ideal of "invisibility" is a crucial factor in the privileging of prose over verse, since the latter constitutively brings attention to its own formal properties.

4. 参阅巴尔特 1953（45）和 1994（479～484）。对现实主义更多的讨论包括了 A. 佩特森（1975）、T. 佩特森（1992）和维拉努埃瓦（1997）。

See also Barthes 1953（45）and 1994（479～484）. Further discussions of realism include A. Pettersson（1975）, T. Pettersson（1992）, and Villanueva（1997）.

5. 在 2008 年的今天，更不可能宣布显示主义是南非文学的毋庸置疑的主导，考虑到作家们的重要性，比如伊凡·维拉蒂斯拉韦、佐伊·威克姆、恩亚布罗·恩德贝勒、马琳·梵尼凯克及其他。

It is moreover impossible today, in 2008, to claim that realism is an unquestioned dominat in South African literature, given the prominence of writers such as Ivan Vladislavic, Zoe Wicomb, Njabulo Ndebele, Marlene van Niekerk, and others.

6. 在 A. 佩特森（1975）的著作里有关于安格鲁·萨克森、德国和俄国的术语使用的特别严格的讨论。参阅费勒斯塔和凯拉（2003）对现实主义当前讨论的回顾。

A particularly stringent discussion of Anglo-Saxon, German, and Rissian uses of ter is found in A. Pettersson（1975）. See also Fjellesad and Kella（2003）for an overview of current debates on realism.

7. 这样的"真相"是通过小说而产生，而这当然是一个额外的令人生畏的悖论，我将在下文进行分析。

That such "truth" is produced by way of fiction is, of course, an additional, and daunting, paradox that I will address later in the chapter.

8. 正如很多评论家已经注意到的那样，奥丽芙·施赖纳肯定不是一个"纯粹的"现实主义者。在《非洲农场的故事》里，寓言、现实主义、哲学和浪漫的通常不稳定的混合物表明在开普殖民地现实主义惯例是不够的。在迈克尔·查普曼的阅读中，小说可以被看作典型的现代主义作品或者"焦虑状况：在殖民地，没有东西让大都市期望能够满意"的反思（查普曼 2006：8）。这并不是贬低我的论点，反而是增加了论证：施赖纳明确的抱负是现实主义的，但南非的历史条件很难找到一个恰当的"刷子"来动用灰色颜料。

As many critics have observed, Olive Schreiner herself is certainly no "pure" realist. The generically unstable mixture of allegory, realism, philosophy, and romance in The Story of an African Farm indicates the insufficiency of realist convention in the Cape Colony. In Michael Chapman's reading, the novel could be seen as either a protomodernist work or as a reflection of "a condition of anxiety: in the colony nothing quite satisfies the metropolitan expectation" (Chapman 2006: 8). This does not detract from my argument but rather adds to it: Schreiner's explicit ambitions are realist, but the historical conditions of South Africa expose the difficulties of finding an appropriate "brush" to dip into its grey pigments.

9. 带着有资格的前缀，术语"新现实主义"实际上抵消了"现实主义"作为一个运动而不是一个模式，但"新"同时表明现实主义——作为一个模式——不能被局限于 19 世纪。这点让有关"首先"的讨论更复杂了。我在有关《鼓》和《行程》的章节里已经说过，"首先"通常是一个与事实不相干的论点。总有别的东西超过那些惯例上认为是源头的东西。相反，通过散漫事件演变而来的新事物：在意想不到的地方或者变化后的历史条件下，特定的表述的重复。在这种情况下，现实主义模式的社会意向性可以被看作一个重复的但总是很独特的散漫事件。尽管他在不同的评论词汇上有基础，卡洛斯·雷斯（1981：26 ~ 27）在追寻葡萄牙新现实主义的源头时也赞成一个相似的观点。高尔基、斯坦贝克、考德威尔和巴西"中北部居民"都被认为对新现实主义产生了影响。参阅丹尼尔（1996：172）。

With its qualifying prefix, the term "neorealism" is indeed set off against "realism" as a movement rather than a mode, but the "neo" simultaneously indicates that realism-as a mode-cannot be confined to the nineteenth century. This complilcates the debate about "firstness." As I argued in the chapter on Drum and Itinerario, "firstness" is often a red herring. There is always something else that precedes what is conventionally identified as a first origin. What is new evolves instead through discursive events: the reiteration of specific enonces in unexpected places or changed historical circumstances. In this instance, the social intentionality of the realist mode could well be seen in terms of such a repeated yet always unique discursive event. Despite his grounding in a different critical vocabulary, Carlos Reis (1981: 26 ~ 27), when tracing the origins of Portuguese neorealism, espouses a similar view. Gorky, Steinbeck, Caldwell, and the Brazilian "nordestinos" are all mentioned as influences on the neorealism. See also Daniel (1996: 172).

10. 安德雷德是这样描述巴西文学的影响力的（拉班 1997：34）："尤其豪尔赫·阿马多；但更多的是在葡萄牙，在那里我恢复豪尔赫·阿马多最关键的方式：我们做了我们的'革命阶级'豪尔赫·阿马多——是好还是坏，因为在此之前也有豪尔赫·阿马多，不一定是虚构的，但也有政治方面……我们在安哥拉伟大的作家是豪尔赫·阿马多，豪斯·林·瑞金以及后来的格拉西利安诺·拉莫斯：是我标记了的前三，但在葡萄牙，那里的宗教在某种程度上更周到得多。"

Andrade characterizes the influence of Brazilian literature in teh following way (Laban 1997: 34): "Jorge Amado sobretudo; mas mais ainda em Portugal, onde retomei Jorge Amado duma maneira mais critica: nos fizemos as nossas "aulas revolucionarias" com Jorge Amado—para o melhor e para o pior, porque ha tambem o prior no Jorge Amado, nao necessariamente o imaginario, mas ha tambem um aspecto politico ... Os nossos grandes autores em Angola eram Jorge Amado, Jose Lins do Rego e, um pouco mais tarde, Graciliano Ramos: sao os tres que me mais marcaram, mas muito mais em Portugal, onde os reli de uma maneira muito mais atenta."

11. 1963 年出版和娱乐法案对不受欢迎下了定义，即那些"对公共道德不得体的，或下流的，或有攻击性的，或有危害的；亵渎神明的，或冒犯宗教信仰或者冒犯共和国内任何种族的居民感情的；把任何居民群体陷入嘲笑或蔑视处境的；危害到居民之间的关系的；对国家的安全、公有财富或者和平与良好的秩序有偏见的"（戈迪默 1988：61）。这在1975 年法案中被逐条复制，修正了一条，即出版物如果"披露了部分的司法程序并引用了攻击性的材料"，那么，这样的出版物是不受欢迎的（库切 1996：185）。

The publications and Entertainments Act of 1963 defined undesirability in terms of what is "indecent or obscene or is offensive or harmful to public morals；is blasphemous or offensive to the religious convictions or feelings of any section of the inhabitants of the Republic；brings any section of the inhabitants into ridicule or contempt；is harmful to the relations between any sections of the inhabitants；is prejudicial to the safety of the State, the general welfare, or the peace and good order"（Gordimer 1988：61）. This was reproduced, point by point, in the Act of 1975, with the amendment that a publication was undesirable also if it "disclosed part of judicial proceeding in which offensive material was quoted"（Coetzee 1996：185）.

12. "他在反对独裁的圣保罗革命中的角色。"

"Por ter entrado na revolucao de Sao Paulo contra a Ditadura."

13. "这个白人是有心脏的！"

"Nasceu o coracao do branco！"

14. "若阿金·亚美科的真正生活开始于这个大城市的大街小巷。他卖报纸，在印刷厂跑腿儿，又当了排字工的学徒，最后成了杂志《警钟》的排字工，而它在革命失败后受到了法西斯分子的攻击。他们一个人都没找到，整个人事部都已经参加了革命，一些人关在监狱里，其他人躲藏起来，还有两个在战斗中倒下了。气急败坏的法西斯把家具扔到大街上，抢夺了打字机，又放火烧了图书馆，毁坏了排字机，锤打旋转印刷机。他们狂怒不已，因为他们不能够粉碎印刷商和新闻记者的脑袋。"

"A verdadeira vida de Joaquim Americo comecou nas ruas da grande cidade. Vendeu jornais, foi moco de tipografia, aprendiz de tipografo e, por fim, linotipista do jornal o *Rebate*, que os fascistas assaltaram apos o malogro da revolucao. Nao encontraram ninguem, todo o pessoal tinha entrado na revolucao, uns estavam presos, outros andavam a monte e dois tinham caido na luta. Furiosos, os fascistas jogaram para a rua os moveis, pilharam maquinas de escrever, fizeram auto-da-fe da biblioteca, escaqueiraram maquinas de compor, martelaram a rotativa, loucos de raiva por o nao poderem fazer na cabeca dos tipografos e jornalistas."

15. "瓦斯康塞洛斯开始阅读，或者是浏览，亚美科收藏在房间角落里一个由盒子组成的书架上的书。——你已经知道它们了。在那里——亚美科指着边上的卧室，一个红色的棉制窗帘当作了它的门——我的东西是最好的。你可以挑选任何你想要的，但是不能拿走最上层的那些——他急忙补充道。他并不想让席尔瓦看见那些书，因为官方认为它们是危险分子。"

"Vasconcelos pos-se a ler, por ler, os titulos das obras que Americo tinha numa estante de caixotes, a um canto da sala.

—Ja conheces tudo isso. La dentro—e Americo apontou para a seu quarto de dormir, ao lado, com uma cortina de chita vermelha a servir de porta—e que estao os melhores. Podes escolher a voontade, mas nao tires os que estao na prateleira de cima—apressou-se a recomemdar, porque nao queria que o Silva lhes pssesse os olhos, visto serem livros considerados oficialmente subversivos."

16. "蒙泰罗拜访茅草屋以了解人们的生活并倾听他们的故事，而不是收税或派遣工人下煤矿。"

"O Menteiro, que em vez de cobrar os impostos e mandar gente para as minas, anda metido pelas senzalas a ver como os pretos vivem e a ouvir historias."

17. "阅读让年轻人堕落。我在大城市里的儿子回来了。他也黏住那些阴险的书不放，而不是在学习。"

"Sao essas leituras que estragam os rapazes. T enho la na Metropole um filho que em vez de estudar tambem anda agarrado a esses livros venenosos. "

18. "同一天，这个白黑混血儿在政府里出现。

——这是什么，若昂？——杰米·席尔瓦问道。

——房子的钥匙。我们要回去。

——什么钥匙？

——我们房子的。"

"Nesse mesmo dia, o mulato apresentou-se na Administracao.

—Que ha, Joao? – perguntou Jaime Silva.

—E chave da casa. A gente vai volta.

—Qual chave？

—Da nossa casa. "

19. "——……如果你愿意，你可以看一看——他指着那本书，他早些时候从书架上取下来的那本书——来吧，看一下。

——不知道怎么读。那个白人从不教我。"

"Se quiseres podes ver—e apontou-lhe para o livro que，momentos antes，tirara da estante—Ve, ve.

—A gente nao sabe le. Branco nao sinou. "

20. "没有政府。"

"Nao havia autoridade. "

21. "根据法律，你既没有父亲也没有母亲。"

"Em face da lei，tu nao tens pai nem mae. "

22. 经常引用的这句法语是："人们居住的神秘的不稳定地带。"（法农 1961：169）。

In French this often-quoted line reads："ce lieu de desequilibre occulte ou se tient le peuple"（Fanon 1961：169）.

23. 戈迪默的小说和桑普森的《非洲历险记》之间的互文联系——通常认为是理所当然的——值得单独研究。比如，考虑到地下酒吧情节，桑普森（1956：147）写道"我坐在角落里，看着这一群跳舞的人。所有都变了。绿色的斑驳的墙显得很脆弱，在时间中随着音乐摇曳。"

The intertextual links between Gordimer's novel and Sampson's African Adventure-which are generally taken for granted-merit a separate investigation. Consider, for example, the shebeen episode where Sampson (1956：147) writes that "I sat in my corner, watching this mass of dancing bodies. Everything was changed. The green peeling walls seemed insubstantial, swaying in time with the music.

24. "门窗都关上了。爸爸不喜欢门窗开着睡觉——我不知道为什么。有人猜测可能是因为他的病，但我觉得他总是那样。他现在睡在我们的房间，因为从医院出院时，医生建议他睡硬板床。这是在我们房间里临时凑合的，因为他的房间放不下双人床。"（翁瓦纳 1988：49）.

"As portas e as janelas estao fechadas. O Papa nao gosta de dormer com as portas e as janelas abertas nao sei porque. Pode-se pensar que e por causa quarto porque os medicos, quando lhe deram alta, recomendaram-lhe que dormisse numa cama dura, o que se improvisou no nosso quarto, ja que nao convinha mexer na cama de casal, no quarto dele" (Honwana 1988：49)

25. 事实上，事情的命名通常认为是现实主义的必要条件：我们只需想想巴尔特的气压计（1994：479）或者伊丽莎白柯斯特洛的争论（在 J. M. 库切的同名小说里），在现实主义里，想法"只可能存在事情之中"（库切 2003：9）。参阅 B. 布朗（2004）和肖（1999）。在她关于福楼拜的书里，莎拉·达纽斯也强调在《包法利夫人》中商品和顾客的注视的重要性。

Indeed, the naming of things is regularly identified as the sine qua non of realism: we need merely to think of Barthes's barometer (1994：479) or of Elizabeth Costello's contention (in J. M. Coetzee's novel by the same name) that in realism, ideas "can exist only in things" (Coetzee 2003：9). See B. Brown (2004) and Shaw (1999). Sara Daniu (2006), in her book on Flaubert, also stresses the importance of commodities and the gaze of the consumer in Madame Bovary.

26. 我特意想了想她与一个滤茶器的首次见面（丹格兰伯加 1988：72～73）。

I am thinking in particular of her first encounter with a tea-strainer（Dangarembga 1988：72～73）.

27. "在通往浴室的门和通往这个房间的门之间有一个书柜，上面有五个书架，都装满了书。上面盖了一块布，布和起居室的窗帘很搭配。。"（翁瓦纳 1988：51）

"Entre a porta que da para a casa de banho e a que da para este quarto，encostada a parede do Corredor，ha uma estante com 5 prateleiras todas cheias de livros. Tem a cobri-la uma cortina feita dum pano identico as do das cortinas da sala de cisitas"（Honwana 1988：51）.

28. "在这张床下收藏着我的画作和绘画材料，放在两个木头盒子里。另外有三个盒子装着书和杂志。在爸爸睡的床下面有更多的书盒子。杂志分散在两个房间里的四个床头柜上。在起居室里，在室中的桌子上，在餐具柜上，在缝纫机上以及在无线电桌上有更多像样的东西。如果我现在想读一本杂志，我就直接走到室中的桌边，因为那里有更多最近的《生活》《时代》和《克鲁塞罗》。更旧的又更普通的杂志放在起居室的其他地方。《读者文摘》也在桌子上，不过我不会去翻它，因为它看上去并不怎么样。爸爸说它就是垃圾。好吧，根据他的说法，妈妈放在起居室里的所有杂志都是垃圾。这就是我为什么不想起床的原因，虽然我一点也不困。"（翁瓦纳 1988：52～53）

"Debaixo desta cama esta guardado o meu material de desenho e pintura，contido em dois caixotes de madeira. Ha ainda mais 3 caixotes com livros. De baixo da cama em que esta o Papa ha mais caixotes com livros. As revistas estao distribuidas pelas 4 mesinhas de cabeceira dos dois quartos. As mais apresentaveis estao na sala de vistas，sobre a mesa de centro，sobre o aparador，sobre a maquina de xostura e na mesinha do radio. Se agora quisese ler uma revista ia direitinho a mesa do centro，porque la e que estao as

'Lifes,' as 'Times' e os 'Cruzeiros' mais recentes. Nos outros lugares da sala de cisitas eestao asa revistas mais antigas i as mais ordinarias, na mesa do centro esta tambem o 'Reader's' mas talvez nem lhe tocasse porque parece que nao e grande coisa. O Papa diz que e uma porcaria. Bem, mas para ele todas a revistas que a Mama cstuam por na sala de cisitas sao uma porcaria. E por isso que nao tenho assim tanta vontade de sair de cama emboras nao tenho sono nenhum"（Honwanna 1988：52～53）.

29.“你是白人，因为你很有钱。”（法农 1961：32）

"On est blanc parce que riche"（Fanon 1961：32）.

30. 这些陈述都是自传性的而不是小说，这点并没影响我的论证。正如许多评论家所注意到的那样，它们试图读起来像小说，因为它们的表现模式明显是文学化的模式。它们表现了某种折衷主义风格——莫狄森是其中最现代主义的——但是现实主义的社会意向性在这三者中分量最大。

The fact that these narratives are autobiographical rather than fictional does not affect my argument. As many critics have observed, they tend to read like novels since their modes of representation are so distinctly literary. They exhibit a certain eclecticism of style—Modisane being the most modernist of the lot—but the social intentionality of realism weighs heavily in all three.

# 附录

《行程》中部分关于艺术和文学的文章

1945.5.31

胡里奥·德·卡斯特罗·洛波。"在罗安达一个值得注意的文学人士"。有关安东尼奥·奥古斯都·特谢拉·瓦斯康斯罗斯博士的文章。

1946－11－1

杰米·雷贝洛。"艺术的新人文主义"。涉及超现实主义和新现实主义的文章。

1947－1－1

M. S. P. 彼得·亚伯拉罕斯的《矿山男孩》的评论。

利兹·多斯·雷斯。有关葡萄牙新现实主义的论文。

1947－12－1

奥兰多·阿尔伯克基。"安东尼奥·纳瓦罗与非洲诗歌"。讨论纳瓦罗关于非洲诗歌的书。

1948－2－1

阿农。约翰·斯坦贝克的"愤怒的葡萄"的评论。

1948－5－1

胡里奥·波尔马。"艺术和新颖"。由关键的葡萄牙艺术家所作的有关现代主义美学的论文。

阿农。"Inquietacao"。罗宾德拉纳特·泰戈尔小说评论。

1948－7－1

奥兰多·阿尔伯克基。"佛得角的诗歌"。有关佛得角的诗歌。

1948 – 9 – 1

马里利亚·桑托斯。"纯正艺术和社会艺术"。为新现实主义辩护。

1948 – 11 – 1

奥兰多·阿尔伯克基。"安哥拉的诗人"。

1949 年 3 月

奥兰多·阿尔伯克基。"北美黑人的剧院"。

1949 年 11 月

若昂·席尔瓦。"北美黑人文学"1。

1950 年 2 月

若昂·席尔瓦。"北美黑人文学"2。

1950 年 6 月

阿尔辛达·莫雷拉。"贾梅士和他所处时代的社会环境"。

M. P. 评论莫桑比克/安哥拉作家卡斯特罗·索罗门侯的创意小说《泰若·莫尔塔》。

1950 年 10 月

恩里克·皮涅罗。"对现代葡萄牙诗歌的反思"。

1952 年 2 月

奥古斯都·多斯·桑托斯·阿布兰谢斯。"年轻的安哥拉人"。

安东尼奥·雅辛托。"论文学、评论和教育"。

1952 年 4 月／5 月

奥古斯都·多斯·桑托斯·阿布兰谢斯。"年轻的安哥拉人"。

1952 年 8 月／9 月

奥古斯都·多斯·桑托斯·阿布兰谢斯。"诗歌意识的觉醒"。评论和介绍巴西现代主义诗人莱拉里波利。

1953 年 1 月／2 月

匿名介绍巴西诗人塞西尼亚·梅雷莱斯。

1953 年 8 月

奥兰多·阿尔伯克基。"一本黑人诗集的目的"。评论马里奥·安德雷德和弗朗西斯科·登雷洛的黑人诗歌选集。

亚历山大·卡布拉尔。"格拉西利安诺·拉莫斯的例子"。长篇介绍这位巴西作家的工作。

**1954 年 6 月／7 月**

A. A.［奥古斯都·多斯·桑托斯·阿布兰谢斯］"兰斯顿·休斯"。介绍休斯。

1955 年 7 月／8 月和 1955 年 9 月／10 月

马里奥·安德雷德。"对热拉尔多·贝萨·维克托的《我的土地和我的夫人》的批判性思考"。

**1955 年 9 月／10 月**

对弗朗索瓦丝·萨冈的《你好，忧郁》的评论。

# 参考书目

亚伯拉罕斯：P.（1954a），"告诉自由"，《鼓》，5月：17，19，20。

Abrahams, P.（1954a），"Tell freedom," *Drum*，May：17，19，20.

—（1954b），"告诉自由"，《鼓》，6月：49，51～55。

—（1954b），"Tell freedom," *Drum*，July：49，51～55.

—（1891），"告诉自由"，伦敦：费伯—费伯出版社。首次出版于1954年。

—（1891），*Tell freedom*，London：Faber & Faber. First published in 1954.

阿布兰谢斯：A. S.（1952），《行程》，2月：7。

Abranches, A. S.（1952），*Itinerario*，February：7.

艾迪生：G.（1978），"击鼓：《鼓》的一次测试，"《演讲》1。3：4～9。

Addison, G.（1978），"Drum beat; an examination of Drum，" Speak1. 3：4～9.

阿迪契：C. N.（2006a），"大师"，《格兰塔》92：17～41。

Adichie, C. N.（2006a），"The master," *Granta* 92：17～41.

—（2006b），《半个黄色月亮》，伦敦：第四等级出版社。

—（2006b），Half of a yellow sun, London：Fourth Estate.

—（2006c），"跳过猴子山"，《格兰塔》95：161～176。

—（2006c），"Jumping monkey hill," *Granta* 95：161～176.

—— （2007a），"上周一"，《格兰塔》95：161～176。

—— （2007a），"On Monday last week," *Granta* 95：161～176.

—— （2007b），"手术"，《格兰塔》98：31～48。

—— （2007b），"Operation," *Granta* 98：31～48.

安德森：B. （1983），《想象的社区》，伦敦：Verso。

Anderson，B （1983），*Imagined communities*，London：Verso.

阿农 （1945）：《行程》社论，4 月 30 日：1～2。

Anon. （1945），Editorial in *Itinerario*，30 April：1～2.

阿农 （1947）：书店进展广告，《行程》，1 月：4。

Anon. （1947），Advertisement for the Livraria Progresso，*Itinerario*，January：4.

阿农 （1949）："新州和反民主的极权主义"，由"诺顿·德·马托斯将军的候选委员会"全体签名，《行程》，2 月：2。

Anon. （1949），"O Estado Novo e anti-democratico e totalitario," Signed collectively by "A Comissao Central da Candidatura do General Norton de Matos," *Itinerario*，February：2.

阿农 （1953a）："来自月亮的小男人"，《鼓》，4 月：8～11。

Anon. （1953a），"Little men from the moon," *Drum*，April；8～11.

阿农 （1953b）："黑人阿里斯托斯［原文］"（关于洛伦索马贵斯的黑人住宅区），《鼓》，1953 年 4 月：26～27。

Anon. （1953b），"Artistos［sic］Negros'（about Harlem Swingsters in Lourenco Marques），*Drum* on the moon！，" *Drum*，April 1953：26～27.

阿农 （1954）："月亮上的鼓！"，《鼓》，6 月：10～11。

Anon. （1954），"*Drum* on the moon！" *Drum*，June：10～11.

阿农 （1955a）："黑人海军"，《鼓》4 月：24～25。

Anon. （1955a），"Black navy"，*Drum*，April：24～25.

阿罗约：R. （1999），"西苏、利斯佩克托和忠诚"，S. 巴斯尼特和H. 特维迪 （编），后殖民主义翻译，伦敦：劳特利奇出版社。

Arrojo，R. （1999），"Cixous，Lispector and fidelity," in S. Bassnett and H. Trivedi（eds），*Post-Colonial Translation*，London：Routledge.

阿特里奇：D.（2004），《文学的独特性》，伦敦：劳特利奇出版社。

Attridge，D.（2004），*The singularity of literature*，London：Routledge.

阿特维尔：D（1990），"J. M. 库切小说中的历史问题"，M. 特朗普（编），《让事情看得见：关于南非文艺文化的论文》，约翰内斯堡：拉文出版社。

Attwell，D.（1990），"The problem of history in the fiction of J. M. Coetzee，" in M. Trump（ed.），*Rendering things visible：essays on South African literary culture*，Johannesburg：Ravan Press.

—— （2005），《重写现代性：南非黑人文学史的研究》。彼得马里茨堡，南非：UKZN 出版社。

—— （2005），*Rewriting modernity：studies in black South African literary history.* Pitermaritzburg，South Africa：UKZN Press.

巴伯：K.（编）（2006），《非洲隐藏的历史：日常识字率和创造自我》，布卢明顿：印第安纳大学出版社。

Barber，K.（ed.）（2006），*Africa's hidden histories：everyday literacy and making the self*，Bloomington：Indiana University Press.

巴尔特：R.（1953），《写作的零度》，巴黎：多萨伊出版社。

Barthes，R.（1953），*Le degre zero de l'ecriture*，Paris：Ed. du Seuil.

—— （1994），《作品完成》，vol. 2，巴黎：多萨伊出版社。

—— （1994），*Oeuvres completes*，vol. 2，Paris：Ed. du. Seuil.

波德莱尔：C.（1998），"现代生活的画家"，V. 科罗可特诺尼，J. 高曼 & O. 塔西杜（编），《现代主义：来源和文件选集》，芝加哥：芝加哥大学出版社。

Baudelaire，C.（1998），"The painter of modern life，" in V. Kolocotroni，J. Goldman & O. Taxidou（eds.），*Modernism：an anthology of sources*，Chicago：University of Chicago Press.

本杰明：W.（1970），《启示》，哈里·佐恩译。伦敦：乔纳森海湾出版社。

Benjamin, W. (1970), *Illuminations*, trans. Harry Zorn. London: Jonathan Cape.

本特斯：J. (1941)，"巴西和葡萄牙"，《行程》，11 月：4。

Bentes, J. (1941), "Brasil e Portugal," *Itinerario*, November: 4.

伯曼：M. (1982)，《所有固体的东西都融进了空气：现代性的经历》，伦敦：维尔索出版社。

Berman, M. (1982), *All that is solid melts into air: the experience of modernity*, London: Verso.

伯利恒：L. (2001)，"'像饥饿一样强烈的基本需求'：在种族隔离制下南非文学文化的紧迫性的修辞"，《当代诗学》22.2：365~389。

Bethlehem, L. (2001), "'A primary need as hunger': the rhetoric of urgency in South African literary culture under apartheid." *Poetics Today* 22.2: 365~389.

巴巴：H. (1994)，《文化的位置》，伦敦：劳特利奇出版社。

Bhabha, H. (1994), *The location of culture*, London: Routledge.

——(1996)，"不满意：本国的世界大同主义的注释"，L. 加西亚·莫雷诺和 P. C. 法伊弗（编），《文本和国家：有关文化和国家身份的跨学科论文》，伦敦：卡姆登出版社。

——(1996), "Unsatisfied: notes on vernacular cosmopolitanism," in L. Garcia-Moreno &P. C. Pfeiffer (eds), *Text and nation: cross-disciplinary essays on cultural and national identities*, London: Camden House.

—(2002)，"编后记：个人反应"，L. 哈钦和 M. 巴尔德斯（编），《反思文学史：关于理论的对话》，牛津：牛津大学出版社

——(2002), "Afterword: a personal response," in L. Hutcheon & M. Valdes (eds), *Rethinking literary of influence: a theory of poetry*, New York: Oxford University Press.

布洛姆：H. (1973)，《影响的焦虑：一个诗歌理论》，纽约：牛津大学出版社。

Bloom，H. （1973），*The anxiety of influence：a theory of poetry*，New York：Oxford University Press.

博埃默：E. （2002），《1890～1920 年间的帝国、民族和后殖民主义：阻力的相互作用》，牛津：牛津大学出版社。

Boehmer，E. （2002），*Empire，the national，and the postcolonial，1890～1920：resistance in interaction*，Oxford：Oxford University Press.

——（2006），"后殖民主义"P. 沃 （编），《文学理论和批评主义》，牛津：牛津大学出版社。

——（2006），"Postcolonialism,"in P. Waugh （ed.），*Literary theory and criticism*，

Oxford：Oxford University Press.

伯恩斯坦：G. （2001），《物质现代主义：书页的政治》，剑桥：剑桥大学出版社。

Bornstein，G. （2001），*Material modernism：the politics of the page*，Cambridge：Cambridge University Press.

布尔迪厄：P. （1992），《艺术的统治者》，巴黎：门槛出版社。

Bourdieu，P. （1992），*Les regle de l'art*，Paris：Ed. du Seuil.

——（1993），《文化生产领域》，纽约：哥伦比亚大学出版社。

——（1993），*The field of cultural production*，New York：Columbia University Press.

布林克：A. （1983），《制图员：在戒严状态下写作》，伦敦：法伯尔出版社。

Brink，A. （1983），*Mapmakers：writing in a state of siege*，London：Faber.

布鲁伊勒特：S. （2007），《全球文学市场下的后殖民主义作家》，纽约：帕尔格雷夫出版社。

Brouillette，S. （2007），*Postcolonial writers in the global literary marketplace*，New York：Palgrave.

布朗：B. （编）（2004），《事物》，芝加哥：芝加哥大学出版社

Brown, B. (ed) (2004), *Things*, Chicago: University of Chicago Press.

卡萨诺瓦: P. (1999), 《世界文坛》, 巴黎: 多萨伊出版社。

Casanova, P. (1999), *La republique mondiale des lettres*, Paris: Ed, du Seuil.

—— (2004), 《世界文坛》, M. B. 德贝沃伊斯译, 剑桥, 马塞诸塞州: 哈佛大学出版社。

—— (2004), *The world republic of letters*, trans. M. B. DeBevoise, Cambridge, MA: Harvard University Press.

卡斯特洛: C. (1998), 《"世界是葡萄牙的方式": 葡萄牙殖民思想 (1933 ~ 1961)》, 里斯本: 阿弗昂塔门托出版社。

Castelo, C. (1998), "*O modo portugues de estar no mundo*": *o luso-troplio a ideologia colonial portesa* (1933 ~ 1961), Lison: Ed. Afrontamento.

沙巴尔: P. (1994), 《莫桑比克之声: 文学和国籍》里斯本: 韦加出版社。

Chabal, P. (1994), *Vozes mocambicans: literatura e nacionalidade*, Lisbon: Vega.

查普曼: M. (1984), 《南非的英语诗歌: 一个现代的视角》, 约翰内斯堡: 艾德当克出版社。

Chapman, M. (1984), *South African English poetry: a modern perspective*, Johannesburg: Ad Donker.

—— (2001), "不只是讲述一个故事: 《鼓》以及它的重要性", M. 查普曼 (编), 《鼓之十年: 50 年代的故事》, 南非彼得马里茨堡: 纳塔尔大学出版社。

—— (2001), "More than telling a story: *Drum* and its significance," in M. Chapman (ed.), *The Drum decade: stories from the 1950s*, Pietermaritzburg, South Africa: University of Natal Press.

—— (2003), 《南部非洲文学》, 第二版, 南非彼得马里茨堡: 纳塔尔大学出版社。

—— （2003）, *Southern African literatures*, 2nd edn, Pietermaritzburg, South Africa 33. 3：7 ~ 20.

—— （2006）, "后殖民主义：文化转变", 《英语在非洲》, 33. 2：7 ~ 20。

—— （2006）, " Postcolonialism：a literary turn," *English in Africa* 33. 2：7 ~ 20.

查特吉：P. （1993）,《民族和它的碎片：殖民主义史和后殖民主义史》, 普林斯顿, 新泽西：普林斯顿大学出版社。

Chatterjee, P. （1993）, *The nation and its fragments：colonial and postcolonial histories*, Princeton, NJ：Princeton University Press.

克林曼：S. （1986）,《内丁·戈迪默的小说：内部的历史》, 约翰内斯堡：拉万出版社。

Clingman, S. （1986）, *The novels of Nadine Gordimer：history from the inside*, Johannesburg：Ravan press.

库切：J. M. （1983）,《在国家的中心》, 伦敦：企鹅出版社。

Coetzee, J. M. （1983）, *In the heart of the country*, London：Penguin.

—— （1992）,《要点加倍》, 剑桥, 马塞诸塞州：哈佛大学出版社。

—— （ 1992 ）, *Doubling the point*, Cambridge, MA：Harvard University Press.

—— （1996）,《攻击》, 芝加哥：芝加哥大学出版社。

—— （1996）, *Giving offense*, Chicago：University Press.

—— （2003）,《伊丽莎白·科斯特洛》, 伦敦：塞克与瓦堡出版社。

—— （2003）, *Elizabeth Costello*, London：Secker & Warburg.

卡曾斯：T. （1984）, "1836 ~ 1960 年间南非黑人报刊的历史", 未出版的研讨会论文, 南非金山大学。

Couzens, T. （1984）, "*History of the black press in South Africa 1836 ~ 1960,*" unpublished seminar paper, University of the Witwatersrand, South Africa.

克拉韦里尼亚：J. （1999）,《联系方式及其他编年史》, 马普托：

中心文化葡萄牙语出版社。

Craveirinha, J. （1999）, *Contacto e outras cronicas*, Maputo：Centro Cultural Portugues.

库尔海德：A. （2001），《激情的语言：1746～1806 年诗学顺序和抒情派的建立》，学位论文，乌普萨拉大学，瑞典。

Cullhed, A. （2001）, *The language of passion：the order of poetics and the construction of a lyric genre* 1746～1806, disseration, Uppsala University, Sweden.

丹格兰伯加：T. （1988），《紧张的局势》，伦敦：女性出版社。

Dangarembga, T. （1988）, *Nervous conditions*, London：The Women's Press.

丹尼尔：M. L. （1996），"1900～1945 年的巴西小说"，R. G. 埃切维里亚和 E. 普珀·沃克 （编），《剑桥拉丁美洲文学史》，第 3 卷，剑桥：剑桥大学出版社。

Daniel, M. L. （1996）, "Brazilian fiction from 1990 to 1945," in R. G. Echevarria and E. Pupo-Walker （eds）, *the Cambridge history of Latin American literature*, vol. 3, Cambridge：Cambridge University Press.

达纽斯：S. （2006），《世界散文：福楼拜和让事物可见的艺术》，瑞典，乌普萨拉：乌普萨拉大学物理学报。

Danius, S. （2006）, *The prose of the world：Flaubert and the art of making things visible*, Uppsala, Sweden：Acta Universitatis Psaliensis.

阿尔伯克基：O. （1948a），"佛得角的诗歌"，《行程》，7 月：8。

de Albuquerque, O. （1948a）, "A poesia de Cabo Verde," *Itinerario*, July：8.

—— （1948b），"安哥拉诗人"，《行程》，11 月：9。

—— （1948b）, "Poetas angolanos," *Itinerario*, Novermber：9.

—— （1949a），"美国黑人剧院"，《行程》，3 月：1。

—— （1949a）, "Teatro dos negros norte-americanos," *Itinerario*, March：1.

—— (1949b) "我不能爱你, 美国", 《行程》, 3 月: 1。

—— (1949b) "Nao te posso amar, America," *Itinerario*, March: 1.

安德雷德: M. P. (1975), "前言", M. P. 安德雷德 (编), 《非洲诗歌专题文集》, 里斯本: 萨哥斯达黎加出版社。

de Andrade, M. P. (1975), "Prefacio," in M. P. de Andrade (ed.), *Antologia tematica de poesia africana*, Lisbon: livaria Sa de Costa Editora.

—— (2000), "葡萄牙语表达的非洲黑人诗歌", P. 拉兰拉热 (编),《葡萄牙人的非洲黑人文化传统》, 布拉加: 新天使出版社。

—— (2000), "Poesia negro-africana de expressao Portuesa," in P. Laranjeira (ed.), *Negritude Africana de Lingua Portuguesa*, Braga: Angelus Novus.

安德雷德: M. P. & 登雷洛, F. J. (编) (1953),《葡萄牙语表达的黑人诗歌》, 里斯本: CEI。

de Andrade, M. P. &Tenreiro, F. J. (eds) (1953), *Poesia Negra de Expressao Pprtuguesa*, Lisbon: CEI.

考克: L. (1996),《教化野蛮人: 十九世纪的南非的传教士叙述和非洲的文本回应》, 南非, 约翰内斯堡: 威特沃特斯兰德大学出版社。

de Kock, L. (1996), *Civilising barbarians: missionary narrative and African textual response in nineteenth century* South Africa, Johannesburg: Witwatersrand University Press.

德拉特: A. (1975),《佐拉的现实主义沙龙》, 巴黎: PUF。

de Lattre, A. (1975), *Le realisime selon Zola*, Paris: PUF.

德里达: J. (1967),《论文字学》, 巴黎: 子夜出版社。

Derrida, J. (1967), *De la grammatologie*, Paris: Editions de Minuit.

苏萨: N. (2001),《黑血》, 莫桑比克, 马普托: 莫桑比克作家协会。

de Sousa, N. (2001), *Sangue negro*, Maputo, Mozambique: Associacao dos Escritores Mocambicanos.

惠慈: W. C. (2001), "这个星球的文学",《美国现代语言学协会会刊》，116.1：173～188。

Dimock，W. C.（2001），*Literature for the planet*，PMLA116.1：173～188.

迪奥尼西奥：M.（1951），"诗歌和危机"，《行程》，12月：1。

Dionisio，M.（1951），"Poesia e crise," *Itinerario*，December：1.

多斯·桑托斯：M.（1990），《自然的爱》，马普托：AEMO。

dos Santos，M.（1990），*Canto do amor natural*，Maputo：AEMO.

多斯·桑托斯·利马：M. G.（1975），《卡斯特罗·索罗门侯工作中的黑和白》，学位论文，瑞士，洛桑，洛桑大学。

dos Santos Lima，M. G.（1975），*O negro e o branco na obra de Casttro Soromenho*，dissertation，Universite de Lausanna，Switzerland.

德里弗：D.（1996），"《鼓》（1951～1959）和性别的空间构型"，K. 达理安·史密斯、L. 甘内尔和 S. 纳托尔（编）《文本、理论和空间》，伦敦：劳特利奇出版社。

Driver，D，（1996），"Drum magazine（1951～1959）and the spatial configurations of gender," in K. Darian-Smith，L. Gunner&S. Nuttall（eds），*Text*，*theory*，*space*，London：Routledge.

德拉蒙德·安德雷德：C.（2003），《若泽与其他人》，里约热内卢：编辑记录出版社。

Drummond de Andrade，C.（2003），*Jose e outros*，Rio de Janeiro：Editora Books.

杜阿尔特：B.（1976），"目标"，复印本第90页，M. 费雷拉（编），《在卡利班的国度》，里斯本：塞亚拉诺瓦出版社。

Duarte，B.（1976），"Finalidade," facsimile on p. 90 in M. Ferreira（eds），*No reino de Caliban*，Lisbon：Seara Nova.

杜波依斯：W. E. B.（2000），《黑人民歌的灵魂》，芝加哥：卢舍那图书。首次出版于1903年。

Du Bois，W. E. B.（2000），*The souls of black folk*，Chicago：Lushena Books. First published 1903.

埃德费尔特：C.（2005），《历史上乌玛的故事：二十世纪葡萄牙文学史上代表性的女性作家》，斯德哥尔摩：斯德哥尔摩大学。

Edfelt，C.（2005），*Uma historia na historia：representacoes da autoria feminina na historia da literatura portugesa do seculo XX*，Stockholm：Stockholm University.

爱德华兹：B. H.（2003），《犹太人的离散：文学、翻译和黑人国际主义的出现》，剑桥，马塞诸塞：哈佛大学出版社。

Edwards，B. H.（2003），*The practice of diaspora：literature，translation，and the rise of black internationalism*，Cambridge，MA：Harvard University Press.

埃尔韦多萨：C.（1979），《安哥拉文学志》，里斯本：埃迪克斯 70。

Erveonsa，C.（1979），*Roteriro da literatura angolana*，Lisbon：Edicoes 70.

费宾恩：J.（1983），《时间和其他：人类学如何完成它的目标》，纽约：哥伦比亚大学出版社。

Fabian，J.（1983），*Time and the other：hoe anthropology makes its object*，New York：Columbia University Press.

法农：F.（1953），《黑皮肤，白面具》，巴黎：马斯佩罗出版社。

Fanon，F.（1953），*Peau noise，masques blancs*，Paris：Ed. Maspero.

—— （1961），《该死的渔村》，巴黎：马斯佩罗出版社。

—— （1961），*Les damnes de la terre*，Paris：Ed. Maspero.

—— （2001），《地球上不幸的人》，C. 法林顿译，伦敦：企鹅出版社。

—— （2001），*The Wretched of the Earth*，trans. C. Farrington，London：Penguin.

法里亚：E. L.（1983），"葡萄牙—法国的不对称通信"，《葡萄牙和法国之间的文化关系》，巴黎：卡路斯特古本汉基金会出版社。

Faria，E. L.（1983），"Portugal-Franca ou a comunicacao assimetrica," in *Les rapports culturels entre le Portugal et la France*, Paris: Fondation Calouste Gulbenkian.

费雷拉: M. （编）（1976），《在卡利班的国度》，里斯本：塞亚拉诺瓦出版社。

Ferreira, M. （ed.） （1976）, *No reino de Caliban*, Lisbon: Seara Nova.

——（1989），《在非洲航线上的话语 1》，里斯本：塞亚拉诺瓦出版社。

——（1989）, *O discururso no percurso africano I*, Lisbon: Seara Nova.

费勒斯塔德: D. & 凯拉, E. （编）（2003），《现实主义和它的不满》，卡尔斯克鲁纳，瑞典：布莱金厄技术学院。

Fjellestad, D. & Kella, E. （eds）（2003）, *Realism and its discontents*, Karlskrona, Sweden: Blekinge Institute of Technology.

福柯: M. （1972），"讲述语言"，《知识的考古学》再版，A. M. 谢里丹·史密斯译，纽约：万神殿。

Foucault, M. （1972）, "*The discourse on language*," reprinted in The archaeology of knowledge, trans. A. M. Sheridan Smith, New York: Pantheon.

——（1980），《力量/知识：节选 1972 ~ 1977 年的访谈和其他作品》，C. 戈登译，纽约：万神殿。

——（1980）, *Power/knowledge: selected interviews and other writing* 1972 ~ 1977, trans. C. Gordon, New York: Pantheon.

——（2002），《事物的次序》，伦敦：劳特利奇出版社。

——（2002）, *The order of things*, London: Routledge.

加德纳: M. （1990），"噩梦的实质：诗歌和历史的战争"，《新比较》72: 58 ~ 72。

Gardiner, M. （1990）, "The real substance of nightmare: the struggle of poetry with history," *New Contrast* 72: 58 ~ 72.

——（2002），"谈话时间：1956 ~ 1978 年比勒陀利亚—约翰内斯堡地区的一些文学杂志",《Botsotso》12：23 ~ 35。

——（2002），"Time to talk：some literary magazines in the Pretoria-Johannesburg region，1956to 1978，"*Botsotso* 12：23 ~ 35.

乔治：O.（2003），《重新定位代理：现代性和非洲通讯》，纽约：纽约州立大学出版社。

George，O.（2003），*Relocating agency：modernity and African letters*，New York：State University of New York Press.

吉尔罗伊：P.（1993），《黑色大西洋：现代性和双意识》，伦敦：韦尔索出版社。

Gilroy，P.（1993），*The Black Atlantic：modernity and double consciousness*，London：Verso.

戈迪默：N.（1976［1958］），《陌生人的世界》，伦敦：乔纳森海湾出版社。

Gordimer，N.（1976［1958］），*A world of strangers*，London：Jonathan Cape.

——（1988），《必要的姿势》，伦敦：企鹅出版社。

——（1998），*The essential gesture*，London：Penguin.

格萨莉：B.（1954），多莉·拉塞贝的摄影（也认为是由 J. 萨德波格所作），《鼓》，10 月：17。

Gosani，B.（1954），Photograph of Dolly Rathebe（also attributed to J. Schadeberg），*Drum*，October：17.

格瑞迪：P.（2002），"50 年代的亚城作家"，S. 纽厄尔（编）《非洲通俗小说文本》，伦敦：詹姆斯柯里出版社。

Gready，P.（2002），"The Sophiatown writers of the fifties，" in S. Newell（ed.）*Readings in African popular fiction*，London：James Currey.

格林：M.（1997），《小说史：南非小说的过去、现在和未来》，约翰内斯堡：威特沃特斯兰德大学出版社。

Green，M.（1997），*Novel histories：past，present and future in South African fiction*，Johannesburg：Witwatersrand University Press.

甘内尔：L.（1989），"口头表达和读写能力：对话与沉默"，K. 巴伯和 P. F. 莫赖斯·法里亚斯（编），《话语及其伪装：阐释非洲口头文本》，英国伯明翰：西非研究中心。

Gunner, L. （1989）, "Orality and literacy: dialogue and silence," in K. Barber & P. F. de Moraes Farias （eds）, *Discourse and its disguises: the interpretation of African oral texts*, Birmingham, UK: Centre of West African Studies.

甘内尔：L. & 斯蒂贝尔，L.（编）（2005），《仍旧敲鼓：关于刘易斯·恩科西的批判视角》，阿姆斯特丹：罗德匹出版社。

Gunner, L. & Stiebel, L. （eds）（2005）, *Still beating the drum: critical perspectives on Lewis Nkosi*, Amsterdam: Rodopi.

哈腓拉：H.（2003），"另一个时代"，《格兰塔》80：147～154。

Habila, H. （2003）, "Another age," *Granta* 80: 147～154.

——（2006），"女巫的狗"，《格兰塔》92：183～190。

——（2006）, "The witch's dog," *Granta* 92: 183～190.

——（2007），"鳄鱼爱好者"，《格兰塔》99：225～238。

——（2007）, "The crocodile lover," *Granta* 99: 225～238.

汉密尔顿：R.（1975），《来自帝国的声音：非洲—葡萄牙文学史》，明尼阿波利斯市：明尼苏达大学出版社。

Hamilton, R. （1975）, *Voices from an empire: a history of Afro-Portuguese literature*, Minneapolis: University of Minnesota Press.

汉内斯：U.（1994），"亚城：远方的观点"，《南部非洲研究期刊》20.2：181～93。

Hannerz, U. （1994）, "Sophiatown: the view from afar," *Journal of Southern African Studies* 20.2: 181～193.

海尔斯：N. K.（2004），"印刷是平坦的，代码是深刻的：特定媒介分析的重要性"，《今日诗学》25.1：67～90。

Hayles, N. K. （2004）, "Print is flat, code is deep: the importance of media-specific analysis," *Poetics Today* 25.1: 67～90.

—— （2005），《我的妈妈是电脑：数码主题和文学文本》，芝加哥：芝加哥大学出版社。

—— （2005）, *My mother was a computer：digital subjects and literary texts*, Chicago：Chicago University Press.

海德格尔：M.（1953），《存在和时间》，德国，图宾根：尼迈耶出版社。

Heidegger, M.（1953）, *Sein und Zeit*, Tubingen, Germany：Max Niemeyer Verlag.

黑格森：S.（2001），"黑色大西洋"，M. 埃里克松·巴兹和 M. 帕姆伯格（编），《自我和他人：在非洲文化生产中协商身份》瑞典，乌普萨拉：北欧非洲学院。

Helgesson, S.（2001）, "Black Atlantics," in M. Eriksson-Baaz & M. Palmberg（eds）, *Self and other：negotiating identity in African cultural production*, Uppsala, Sweden：Nordic Africa Institute.

—— （2004），"'次要的混乱'：伊凡·维拉蒂斯拉韦和南非英语的退化"，《南部非洲研究期刊》30.4：777～787。

—— （2004）, "'Minor disorders'：IvanVladislavic and the devolution of South African English," *Journal of Southern African Studies* 30.4：777～787.

—— （2006），"葡萄牙统治下的现代主义：若泽·克拉韦里尼亚，卢安蒂诺·维埃拉和殖民主义现代性的双重性"，S. 黑格森（编），《现代世界里的文学互动2》，《文学史：面向全球的角度》第四卷，柏林：德古意特出版社。

—— （2006）, "Modernism under Portuguese rule：Jose Craveirinha, Luandino Viera and the doubleness of colonial modernity", in S. Helgesson（ed.）, *Literary interactions in the modern world* 2, *vol. 4 of Literary history of The pilgrim's progress*, Princeton, NJ：Princeton University Press.

霍夫迈尔：I.（2004）。《便携式传教士：天路历程的跨国史》，新泽西，普林斯顿：普林斯顿大学出版社。

Hofmeyr, I. (2004), *The portable Bunyan: a transnational history of The Pilgrim's progress*, Princeton, NJ: Princeton University Press.

翁瓦纳: L. B. (1969),《我们杀死了癞皮狗及其他莫桑比克小说》, D. 格德斯译, 伦敦: 海涅曼出版社。

Honeana, L. B. (1969), *We killed mangy-dog and other Mozambique stories*, trans. D. Guedes, London: Heinemann.

——(1988［1964］),《我们杀死了癞皮狗》, 里斯本: 阿弗昂塔门托出版社。

——(1988［1964］), *Nos Matamas o Cao Tinhoso*, Lisbon: Ed. Afrontamento.

霍恩: P. (1994),《写下我的阅读》, 阿姆斯特丹: 罗德匹出版社。

Horn. P. (1994), *Writing my reading*, Amsterdam: Rodopi.

哈更: G. (2001),《后殖民主义的异国情调: 让边缘市场化》, 伦敦: 劳特利奇出版社。

Huggan, G. (2001), *The postcolonial exotic: marketing the margins*, London: Routledge.

艾尔乐: A. (1981),《非洲的文学和意识形态经验》, 伦敦: 海涅曼出版社。

Irele, A. (1981), *The African experience in literature and ideology*, London: Heinemann.

雅辛托: A. (1952), "文学、批评和教育",《行程》, 2 月: 7, 9。

Jactinto, A. (1952), "Da literatura, da critica e educacao" in *Itinerario*, February: 7, 9.

雅各布森: R. (1960), "结束陈述", 石科 (编),《语言风格》, 剑桥, 马塞诸塞州: 麻省理工出版社。

Jakobson, R. (1960), "Closing statement," in T. Sebeok (ed.), *Style in language*, Cambridge, MA: MIT Press.

贾马尔: A. (2003), "导航的丑角: 有关融合的思索",《审查》28. 1: 3 ~ 20。

Jamal，A. （2003），" The navigating harlequin：speculations on the syncretic，" *Scrutiny* 28. 1：3～20.

詹姆森：F. （1981），"政治潜意识：像社交象征行为那样的叙述"，纽约，伊萨卡岛：康奈尔大学出版社。

Jameson，F. （1981），*The political unconscious：narrative as a socially symbolic act*，Ithaca，NY：Cormell University Press.

——（1991），《后现代主义或者晚期资本主义的文化逻辑》，新喀里多尼亚，达拉漠：杜克大学出版社。

——（1991），*Postmodernism or，the cultural logic of late capitalism*，Durham，NC：Duke University Press.

詹斯玛：W. （1973），《歌唱我们的执行》，约翰内斯堡：拉文出版社。

Jensma，W. （1973），*Sing for our execution*，Johannesburg：Ravan Press.

——（1974），《白色是色彩，而黑色就是数字》，约翰内斯堡：拉文出版社。

——（1974），*Where white is the color，where black is the number*，Johannesburg：Ravan Press.

——（1977），《我必须向你展示我的剪报》，约翰内斯堡：拉文出版社。

——（1977），*I must show you my clippings*，Johannesburg：Ravan Press.

朱利安：E. （1922），《非洲小说和口头表达问题》，布卢明顿：印第安纳大学出版社。

Julien，E. （1922），*African novels and the question of orality*，Bloomington：Indiana University Press.

——（2006），"外向的非洲小说"，F. 莫雷蒂（编），《小说》，第一卷，普林斯顿大学出版社。

——（2006），"The extroverted African novel，" in F. Moretti （ed.），

*The Novel*，vol. 1，Princeton University Press.

朱尼尔：B. A. （1989），"语言和权利：个人和国家的角度"，《葡萄牙语非洲文献》，巴黎：卡路斯特古本汉基金会出版社。

Junior，B. A. （1989），"Linguagem e poder: uma perspectiva idividual e nacional," in *Les litteratures africaines de langue portugaise*，Paris: Fundacao Calouste Gulbenkian.

朱尼尔：R. （1972），《莫桑比克的一些诗人》，布拉加：大同出版社。

Junior，R. （1972），*Alguns poetas de Mocambique*，Braga: Editora Pax.

卡伦甘诺（假的 M. 多斯桑托斯）（1955），"这是我们出生的地方"，《行程》，9 月/10 月：13。

Kalungano（pseud. for M. dos Santos）（1955），"Aqui nascemos," *Itinerario*，September/October: 13.

基特勒：F. （1987），《写下来的系统 1800/1900》，德国慕尼黑：芬克出版社。

Kittler，F. （1987），*Aufschreibesysteme* 1800/1900，Munchen，Germany: Fink.

——（1990），《话语网络 1800/1900》，M. 梅特和 C. 库伦译，斯坦福：斯坦福大学出版社。

——（1990），*Discourse networks* 1800/1900，trans. M. Metteer with C. Cullens，Stanford，CA: Stanford University Press.

——（1997），《文学、媒体和信息系统》，阿姆斯特丹：G + B 国际艺术出版社。

——（1997）*Literature，media，information systems*，Amsterdam: G + B Arts International.

诺夫里：R. （1959），《O pais dos cutros》，洛伦索马贵斯［马普托］：密涅瓦中心出版社。

Konpfli，R. （1959），*Os dos cutros*，Lourenco Marques［Maputo］:

Minerva Central.

—— （1963a），"莫桑比克诗人的批判性思考"第一部分，《莫桑比克之声》，6 月 15 日：6，8。

—— （1963a），" Consideracoes sobre a critica dos poetas de Mocambique" part 1, *A Voz de Mocambique*, 15 June：6，8.

—— （1963b），"莫桑比克诗人的批判性思考"第二部分，《莫桑比克之声》，6 月 22 日：6，8。

—— （1963b），" Consideracoes sobre a critica dos poetas de Mocambique" part 2, *A Voz de Mocambique*, 22 June：6，8.

—— （1963a），"莫桑比克诗人的批判性思考"第三部分，《莫桑比克之声》，6 月 29 日：6，8。

—— （1963a），" Consideracoes sobre a critica dos poetas de Mocambique" part 3, *A Voz de Mocambique*, 29 June：6，8.

—— （1963d），"再次！（阿尔弗雷多·马伽瑞多仍然是外行）"，《莫桑比克之声》，8 月 3 日：7，11。

—— （1963d），"Outra vez! （Ainda o diletante Alfredo Margarido），" *A Voz de Mocambique*, 3 August：7，11.

—— （1968），"查理·帕克的独奏台词"，R. 诺夫里译，《俄斐》6：4。

—— （1968），"Lines for a solo by Charlie Parker，" trans. R. Knopfli, *Ophir* 6：4.

—— （1972a），《曼加斯蒂斯与萨尔》第二版，洛伦索马贵斯［马普托］：密涅瓦中心出版社。

—— （1972a），*Mangas verdes com sal*, 2nd edn, Lourenco Marques ［Maputo］：Minerva Central.

—— （1972b），"自己发言的监管标准"，《卡利班》3 ~ 4：122 ~ 23。

—— （1972b），" Normas para a regulamentacao do discurso proprio，" *Caliban* 3 ~ 4：122 ~ 23.

——（1982），《同意记忆》，里斯本：货币之家出版社。

—— (1982), *Memoria consentida*, Lisbon: Casa da Moeda.

——（1984），《雅典娜的身体》，里斯本：货币之家出版社。

—— (1984), *O corpo de Atena*, Lisbon: Casa da Moeda.

——（1999），《干旱和其他文本》，莫桑比克，马普托：葡萄牙核心文化出版社。

—— (1999), *A seaca e outors textos*, Maputo, Mozambique: Centro Cultral Portugues.

——（2001a），"在巴黎"，S. 马塞多译，《现代诗歌翻译》17：192~193。

—— (2001a), "In Pairs," trans. S. Macedo, *Modern Poetry in Translation* 17: 192~193.

——（2001b），"改革之风"，S. 马塞多译，《现代诗歌翻译》17：193~194。

—— (2001b), "Winds of change," trans. S. Macedo, *Modern Potry in Translation* 17: 193~194.

——（2001c），"下午的枪"，S. 马塞多译，《现代诗歌翻译》17：195~196。

—— (2001c), "Guns in the afternoon," trans. S. Macedo, *Modern Poetry in Translation* 17: 195~196.

科勒可特诺尼：V. 等（编）（1998），《现代主义：来源和文件选集》，芝加哥：芝加哥大学出版社。

Kolocotroni, V. et al. (eds) (1998), *Modernism: an anthology of sources and documents*, Chicago: University of Chicago Press.

拉班：M.（1991），《安哥拉：与作家会面》，第一和第二卷。波尔图：恩格基金会出版社。安东尼奥·德·阿尔梅达，1991。

Laban, M. (1991), *Angola: encontro coom escritores*, volsl and 2. Porto: Fundacao Eng. Antonio de Almeida, 1991.

——（1997），《马里奥·品托·安德雷德：采访》，里斯本：若昂萨科斯塔出版社。

—— (1997), *Mario Pinto de Andrade：uma entrevista*, Lisbon：Ed. Joao Sa da Costa.

拉当：S. (2001),"'让论文言之有理'或者南非黑人消费者杂志的改革步调",《今日诗学》22.2：515～548。

Laden, S. (2001), "' "Making the paper speak well,' or, the pace of change in consumer magazines for black South Africans," *Poetics Today* 22.2：515～548.

拉兰热拉：P. (1986),"葡萄牙语非洲文学的形成和开发",《葡萄牙语非洲文献》,里斯本：卡路斯特古本汉基金会出版社。

Laaranjeira, P. (1986). "Formacao e desenvolvimento das literaturas africanas de lingua portuguesa," in *Literaturas africanas de lingua portuguesa*, Lisbon：Fundacao Calouste Gulbenkian.

拉扎勒斯：N. (1999),《第三世界的民族主义和文化实践》,剑桥：剑桥大学出版社。

Lazarus, N. (1999), *Nationalism and cultural practice in the third world*, Cozmbique：Universidade Eduardo Mondlane.

莱特：A. M. (1991),《若泽·克拉韦里尼亚的诗》,里斯本：韦加出版社。

Leite, A. M. (1991), *A poetica de Jose Craveirinha*, Lisbon：Vega.

—— (1998),"诗人的家园",《主修专业报》,1 月 14 日：27。

—— (1998), "As patrias do poeta," *Jornal de Letras*, 14 January：27.

—— (2004),《非洲文学和后殖民配方》,莫桑比克,马普托：爱德华多蒙德拉纳大学出版社。

—— (2004), *Literaturas africanas e formulacoes pos-coloniais*, Maputo, Mozambique：Universidade Eduardo Mondlane.

莱辛：D. (1993), 《玛莎任务》,伦敦：火烈鸟出版社。首版于 1952 年。

Lessing, D. (1993), *Martha quest*, London: Flamingo. First published in 1952.

—— (2007), "论没有获得诺贝尔奖", 2007 年 11 月 7 日, < http: //www. svenskaakademien. se/ Templates/Articlel. aspx? PageID = 17323829 – 0241 – 4538 – ac5e – f8ce19d46316 > 。

—— (2007), "On not winning the Novel Price," viewed 11 December 2007, < http: //www. sven skaakademien. se/Templates/Articlel. aspx? PageID = 17323829 – 0241 – 4538 – ac5e – f8ce19d46316 >.

勒维纳斯: E. (1989),《勒维纳斯读者》, 剑桥: 布莱克威尔。

Levinas, E. (1989), *The Levinas reader*, Cambridge: Blackwell.

—— (1969),《基础哲学写作》, 布卢明顿: 印第安纳大学出版社。

—— (1969), *Basic Philosophical Writings*, Bloomington: Indiana University Press.

林德弗斯: B. (1966), "南非的非洲作家所著的战后英语文学: 环境对文学的影响研究",《家族谱系》27. 1: 50 ~ 62。

Lindfors, B. (1996), "Post-war literature in English by African writers from South Africa: a study of the effects of environment upon literature," in *Phylon* 27. 1: 50 ~ 62.

葡京: E. (1960), "介绍", R. 费雷拉,《诗歌》, 洛伦索马贵斯: 莫桑比克全国新闻出版社。

Lisboa, E. (1960), "Introducao, in R. Ferreira, *Poemas*, Lourenco Marques: Imprensa Nacional de Mocambique.

—— (1962), "关于若泽·克拉韦里尼亚诗歌的几点思考",《莫桑比克之声》, 9 ~ 10 月刊 58 ~ 62, S: n. p。

—— (1962), "Algumas consideracoes em torno da poesia de Jose Craveirinha," *A Voz de Mocambique*, issues 58 ~ 62, September and October: n. p.

—— (1963), "直线性的莫桑比克文学",《莫桑比克之声》, 8 月 10 日: 6, 10。

—— （1963），"A literatura mocambicana a vol d'oiseau，" *A Voz de Mocambique*，10 August：6，10.

—— （1996），《瘟疫年纪事》，里斯本：货币之家出版社。

—— （1996），*Cronica dos anos da peste*，Lisbon：Casa da Moeda.

—— （1998），"曼加斯蒂斯与萨尔：回忆鲁伊·诺夫里"，《主修专业报》，1 月 14 日：26 ~ 27。

—— （1998），"Mangas verdes com sal：recordando Rui Knopfli，" *Jornal de Letras*，14 January：26 ~ 27.

洛佩兹：L. R. （1980），《巴西当代史》，巴西，愉港市：梅尔卡多阿博特出版社。

Lopez，L. R. （1980），*Historia do Brasil contemporaneo*，Porto Alegre，Brazil：Mercado Aberto.

卢卡奇：G. （1962），《历史小说》，H. & S. 米切尔译，伦敦：梅林出版社。

Lukacs，G. （1962），*The historical novel*，trans. H. and S. Mitchell，London：Merlin.

伦德尔：M. （2005），《什么是黑人：黑人文化传统、本质主义和战略》，瑞典，哥德堡：格兰塔出版社。

Lundahl，M. （2005），*Vad ar en neger：negritude，essentialism，strategi*，Goteborg，Sweden：Glanta Produktion.

马德雷拉：L. （2005），《食人的现代性：后殖民和加勒比与巴西文学中的前卫》，夏洛茨维尔：维吉尼亚大学出版社。

Madureira，L. （2005），*Cannibal modernities：postcoloniality and the avant-garde i Caribbean and Brazilian literature*，Charlottesville：University of Virginia Press.

马伊马内：A. （1953a），"待售的犯罪"，《鼓》，1 月：32 ~ 33。

Maimane，A. （1953a），"Crime for Sale，" *Drum*，January：32 ~ 33.

—— （1953b），"热钻石"，《鼓》，7 月：28 ~ 29。

—— （1953b），"Hot diamonds，" *Drum*，July：28 ~ 29.

马林达：D. A. （2001），《莫桑比克文学全国制图学：拉姆·贡萨尔维斯的"故事和传说"》，莫桑比克，马普托：平均出版社。

Mallinda, D. A. （2001）, *Cartografias da nacao literaria mocambicana："Contos e lendas," de Carneiro Goncalves*, Maputo, Mozambique：Promedia.

马丹尼：M. （1996），《公民和主题：当代非洲和后期殖民主义的遗产》，普林斯顿，新泽西：普林斯顿大学出版社。

Mamdani, M. （1996）, *Citizen and subject：contemporary Africa and the legacy of late colonialism*, Princeton, NJ：Princeton University Press.

马伽瑞多：A. (1962)，"前言"，A. 玛格瑞多（编），《莫桑比克诗人》，里斯本：CEI 出版社。

Margarido, A. （1962）, "Prefacio," in A. Margarido（ed.）, *Poetas mocambicanos*, Lisbon：CEI.

——（1963），"再一次成为诗人的鲁伊·诺夫里"，《莫桑比克之声》，8 月 3 日：6。

—— （1963）, "Outra vez o poeta Rui Knopfli," *A Voz de Mocambique*, 3 August：6.

马歇尔：J. （1993）《莫桑比克的读写能力、权力和民主》，博尔德，哥伦比亚：西景出版社。

Marshall, J. （1993）, *Literacy, power, and democracy in Mozambique*, Boulder, CO：Westview Press.

马丁荷：F. (1987)，"美国鲁伊·诺夫里的诗歌"，《葡萄牙语非洲文献》，里斯本：卡路斯特古本汉基金会出版社。

Martinho, F. （1987）, "A America na poesia de Rui Knopfli," in *Literaturas africanas de lingua portuguesa*, Lisbon：Fundacao Calouste Gulbenkian.

马特什基萨：J. （2001），"介绍"，M. 查普曼（编），《鼓之十年：50 年代的故事》，南非，彼得马里茨堡：纳塔尔大学出版社。

Matshikiza, J. （2001）, "Introduction," in M. Chapman（ed.）, *The Drum decade：stories from the 1950s*, Pietermaritzburg, South Africa：

University of Natal Press.

马图斯：G.（1988），《若泽·克拉韦里尼亚、米娅·库托和乌古拉尼·巴·卡侯萨作品中莫桑比克的图像建构》，莫桑比克，马普托：爱德华多·蒙德拉纳大学出版社。

Matusse, G. (1988), *A construcao da imagem de mocambicanidade em Jose Craveirinha, Mia Couto e Ungulani Ba Ka Khosa*, Maputo, Mozambique：Universidade Eduardo Mondlane.

姆边贝：A.（2001），《论后殖民地》，伯克利：加利福尼亚大学出版社。

Mbembe, A. (2001), *On the postcolony*, Berkeley：University of California Press.

——（2004），"过剩美学"，《公共文化》16.3：373～405。

——（2004），"Aesthetics of superfluity," *Public Culture* 16.3：373～405.

麦克林托克：A.（1905），《帝国皮革：殖民征服中的种族、性别和特征》，伦敦：劳特利奇出版社。

McClintock, A. (1905), *Imperial leather：race, gender and sexuality in the colonial conquest*, London：Routledge.

麦甘：J.（1991），《文本条件》，普林斯顿，新泽西：普林斯顿大学出版社。

McGann, J. (1991), *The textual condition*, Princeton, NJ：Princeton University Press.

麦克卢汉：M.（1962），《古滕堡星系：制造排字工》，伦敦：奥里奥出版社。

M, cLuhan, M. (1962), *The Gutenberg galaxy：the making of typographic man*, London：Orio Press.

曼德斯：O.（1980），《关于莫桑比克文学》，莫桑比克，马普托：典籍研究所出版社。

Mendes, O. (1980), *Sobre literatura mocambicana*, Maputo,

Mozambique：Instituto Nacional do Livro e do Disco.

——（1981），《通行税》，圣保罗：阿提卡出版社。

——（1981），*Portagem*，Sao Paulo：Atica．

门多萨：F.（1988），《莫桑比克文学》，莫桑比克，马普托：爱德华多·蒙德拉纳大学核心出版社。

Mendonca，F.（1988），*Literatura mocambicana*，Maputo，Mozambique：Nucleo Edito-rial da Universidade Eduardo Mondlane.

——（2001），"莫桑比克，诗歌的地方"，N. 苏萨，《黑血》，莫桑比克，马普托：AEM 出版社。

——（2001），"Mocambique，lugar para a poesia，" in N. de Sousa，*Sangue Negro*，Maputo，Mozambique：AEM．

米格诺罗：W.（2002），"反思殖民模式"，L. 哈钦 & M. 巴尔德斯（编），《反思文学史：对话理论》，牛津：牛津大学出版社。

Mignolo，W.（2002），"Rethinking the colonial model，" In L. Hutcheon & M. Valdes（eds），*Rethinking literary history：a dialogue on theory*，Oxford University Press.

莫狄森：B.（1954），"受人尊敬的扒手！"，《鼓》，1 月：22 ~ 23。

Modisane，B.（1954），"The respectable pickpocket！，" *Drum*，January：22 ~ 23.

——（1986［1963]），《把我归罪于历史》，约翰内斯堡：埃德当克出版社。

——（1986［1963]），*Blame me on history*，Johannesburg：Ad Donker.

莫雷蒂：F.（1998），《欧洲小说图集 1800 ~ 1900》，伦敦：韦尔索出版社。

Moretti，F.（1998），*Atlas of the European novel* 1800 ~ 1900，London：Verso.

——（2000），"世界文学推测"，《新左翼评论》1：55 ~ 67。

——（2000），"Conjectures on world literature，" *New Left Review* 1：

55～67.

—— （编）（2002），《演义》，米兰：艾奥迪出版社。

—— （ ed. ）（2002），*Il Romanzo*，Milan：Einaudi.

莫泽：G.（1989），《葡萄牙—非洲文学论文》，宾州州立大学伯克分校：宾州州立大学。

Moser, G.（1989），*Essays in Portuguese-African literature*，University Park，PA：Pennsylvania State University.

—— （1975），"路易斯·伯纳多·杭瓦纳在莫桑比克作家中的地位"，B. 金 & K. 奥冈贝森（编），《黑人和非洲写作的庆祝会》，牛津：牛津大学出版社。

—— （1975），"Luis Bernardo Honwana's place among the writers in Mozambique," in B. King & K. Ogungbesan（eds），*A celebration of Black and African writing*，Oxford：Oxford University Press.

穆帕赫列列：E.（1955），"亚洲—非洲告诉世界"，《鼓》，6月：71。

Mphahlele, E.（1955），"Afro-Asia tells the world," *Drum*，June：71.

—— （1959），《在第二大道上》，伦敦：费伯—费伯出版社。

—— （1959），*Down Second Avenue*，London：Faber & Faber.

—— （2002），《伊斯克亚》，开普敦：奎拉图书出版社。

—— （2002）. *Es'kia*，Cape Town：Kwela Books.

M. S. P.（1974），评论彼得·亚伯拉罕斯的《煤矿男孩》，《行程》，1月：16。

M. S. P.（1974），Review of Mine boy by Peter Abrahams，*Itineraio* January：16.

南迪：A.（1983），《亲密的敌人》，印度，德里：牛津大学出版社。

Nandy, A.（1983），*The intimate enemy*，Delhi，India：Oxford University Press.

恩德贝勒：N.（1991），《重新发现普通人》，约翰内斯堡：COSAW

出版社。

Ngebele, N. （1991）, *Rediscovery of the ordinary*, Johannesburg: COSAW.

内图：A. （1986），《神圣的希望》，M. 霍尼斯译，安哥拉，罗安达：安哥拉作家协会。

Neto, A. （1986）, *Sacred hope*, trans. M. Holness, Luanda, Angola: Uniao dos Escritores Angolanos.

纽伊特：M. （1995），《莫桑比克历史》，伦敦：沙洲出版社。

Newitt, M. （1995）, *A history of Mozambique*, London: Hurst.

尼科尔：M. （1991），《一具漂亮的尸体》，伦敦：塞克 & 沃伯格出版社。

Nicol, M. （1991）, *A good-looking corpse*, London: Secker & Warburg.

尼克松：R. （1994），《家乡、黑人住宅区和好莱坞：南非文化和外面的世界》，纽约：劳特利奇出版社。

Nixon, r. （1994）, *Homelands, Harlem and Hollywood: South African culture and the world beyond*, New York: Routledge.

恩科西：L. （1983），《家、流放和其他选择》，伦敦：朗文出版社。

Nkosi, L. （1983）, *Home and exile and other selections*, London: Longman.

诺亚：F. （1996），"莫桑比克的文学和新闻"，F. 里贝罗 & A. 索帕（编），《莫桑比克 140 年新闻》，莫桑比克，马普托：AMOLP 出版社。

Noa, F. （1996）, "Da literatura e da imprensa em Mocambique," in F. Ribeiro & A. Sopa （eds）, 140 *anos de Imprensa em Mocambique*, Mozambique: AMOLP.

——（1998），《莫桑比克文学：记忆和冲突》，莫桑比克，马普托：爱德华多蒙德拉纳大学。

——（1998）, *Literatura mocambicana: memoria e conflito*, Maputo,

Mozambique：Universide Eduardo Mondlane.

—— （2005），个人沟通，2月26日。

—— （2005），Personal communication，26 February.

纳托尔：S. （2004），"自我风格化：罗斯班克约翰内斯堡的Y时代"，《公共文化》16（3）：430~452。

Nuttall, S. （2004），"Stylizing the self：the Y generation in Rosebank Johannesburg，" *Public Culture* 16（3）：430~452.

恩杜马洛：H. （1956），"《鼓》如何敲响他们"，《鼓》，5月：24，25，27，29，31。

Nxumalo, H. （1956），"How Drum beat them all，" *Drum*，May：24，25，27，29，31.

翁：W. J. （1982），《口头表达和读写能力：单词的技术化》，伦敦：梅休因出版社。

Ong, W. J. （1982），*Orality and literacy：the technologizing of the word*，London：Methuen.

奥普兰：J. （1983），《科萨口语诗歌：一个南非黑人传统的面貌》，约翰内斯堡：拉文出版社。

Opland, J. （1983），*Xhosa oral poetry：aspects of a black South African tradition*，Johannesburg：Ravan Press.

佩特森：A. （1975），《作为专业问题的现实主义》，瑞典，隆德：利伯拉罗梅德尔出版社。

Pettersson, A. （1975），*Realism som terminologiskt problem*，Lund，Sweden：Liber Laromedel.

佩特森：R. （1995），《内丁·戈迪默的一个分裂的国家的故事》，瑞典，乌普萨拉：乌普萨拉大学学报。

Pettersson, R. （1995），*Nadine Gordimer's one story of a state apart*，Uppsala，Sweden：Acta Universutatis Upsaliensis.

佩特森：T. （1992），"分享世界：反思文学现实主义"，J. 艾穆特和G. 赫尔麦恩（编），《理解艺术：当代斯堪的纳维亚美学》，瑞典，隆德：隆德大学出版社。

Pettersson，T. （1992），" The shared world： reflections on literary realism，" in J. Emt & G. Hermeren （ eds ），*Understanding the arts： contemporary Scandinavian aesthetics*，Lund，Sweden：Lund University Press.

皮雷：D. （编）（1986），《十九世纪葡萄牙的杂志字典》，里斯本：上下文出版社。

Pires，D. （ ed ）（1986），*Dicionario das revistas portuguesas do seculo XIX*，Lisbon：Contexto.

波马尔：J. （1948），"艺术和新奇"，《行程》，5 月：1。

Pomar，J. （1948），"A arte e o novo," *Itinerario*，May；1.

蒲鲁斯特：M. （1954），《驳圣伯夫》，巴黎：加利马尔。

Proust，M. （1954），*Contre Sainte-Beuve*，Paris：Gallimard.

出版商协会（2005），英国翻译统计，2005 年 11 月 < www. publishers. org. uk/paweb/paweb. nsf/pubframe！Open >

Publishers' Association （2005），Statistics on translation in the UK，viewed November 2005 < www. publishers. org. uk/paweb/paweb. nsf/pubframe！Open >

雷希奥：J. （1978），《上帝和魔鬼的诗》，里斯本：巴西利亚出版社。

Regio，J. （1978），*Poemas de Deus e do diabo*，Lisbon：Brasilia Editora.

雷斯：C. （编）（1981），《葡萄牙新现实主义的理论文本》，里斯本：塞亚拉诺瓦出版社。

Reis，C，（ ed. ）（1981），*Textos teoricos do neorealismo portugues*，Lisbon：Seara Nova.

雷塔马尔：R. F. （1989），《卡利班及其他论文》，E. 贝克译，明尼阿波利斯市：明尼苏达大学出版社。

Retamar，R. F. （1989），*Caliban and other essays*，trans. E. Baker，Minneapolis：University of Minnesota Press.

里贝罗，F. & 索帕：A.（编）（1996），《莫桑比克 140 年新闻》，莫桑比克，马普托：AMOLP 出版社。

Ribeiro, F. &Sopa, A.（eds）　（1996），140 *anos de imprensa em Mocambique*，Maputp, Mozambique：AMOLP.

吕格尔：P.（1978），《比喻的原则》，罗伯特·切尔尼译，伦敦：劳特利奇出版社。

Ricoeur, P.（1978），*The Rule of Metaphor*，trans. Robert Czerny, London：Routledge.

——（1991），"什么是文本？" M. 巴尔德斯（编）43～64，《里克尔读者：反思和想象》，多伦多：多伦多大学出版社。

——（1991），"What is a text?" 43～64 in M. Valdes（ed.），*A Ricoeur reader：reflection and imagination*，Toronto：University of Toronto Press.

赖夫：R.（1963），"莫桑比克写作"，《新非洲人》，7 月 13 日：121～122。

Rive, R.（1963），"Mocainbque writing," *The New African*，13 July：121～122.

——（1981），《书写黑色》，开普敦：大卫菲利普出版社。

——（1981），*Writing black*，Cape Town：David Philip.

罗伯茨：R. S.（2005），《没有冰冷的厨房》，约翰内斯堡：STE 出版社。

Roberts, R. S.（2005），*No cold kitchen*，Johannesburg：STE Publishers.

罗伯茨：S.（1977），W. 詹斯玛封底上的引述，《我必须向你展示我的剪报》，约翰内斯堡：拉文出版社。

Roberts, S.（1977），Qutoe on back cover of W. Jensam，*I must show you my clippings*，Jhonnesburg：Ravan Press.

罗恰：I.（1989），"关于在莫桑比克的葡萄牙语文学表达的起源"，《葡萄牙语非洲文献》，巴黎：根基金会。

Rocha, I. (1989), "Sobre as orgens de uma literatura mocambicana de expressao portuguesa," in *Les literatyres ofricaines africaines de langue portugaise*, Paris: FondationValouste Gullbenkian.

桑普森: A. (1956), 《鼓: 冒险进入新非洲》, 伦敦: 柯林斯出版社。

Sampson, A. (1956), *Drum: a venture into the New Africa*, London: Collins.

桑德斯: M. (2003), 《共谋: 知识分子和种族隔离》, 南非, 彼得马里茨堡: 马塔尔大学出版社。

Sabders, M. (2003), *Complicities: the intellectual and apartheid*, Pietermaritzburg, South Africa: University of Matal Press.

桑托斯: M. (1984), "纯粹的艺术和艺术的社会", 《行程》, 9 月: 5, 15。

Santos, M. (1984), "Arte pura e arte social, in *Itinerario*, September: 5, 15.

萨赖瓦: A. J. & O. 洛佩斯 (1987), 《葡萄牙人的文学历史》, 第 14 版, 里斯本: 波尔图出版社。

Saraiva, A. J. & O. Lopes (1987), *Historia da literaturea Portuguesa*, 14th edn, Lisbon: Porto Editora.

萨特: J. P. (1948), "黑色奥菲斯", 序言, L. 桑戈尔 (编), 《黑人诗歌和马达加斯加法文术语的新诗集》, 巴黎: PUF 出版社。

Sartre, J. P. (1948), "Orphee noir," introduction to L. Senghor (ed.), *Anthologie nouvelle de la poesie negre et malgache d'expression francaise*, Paris: PUF.

萨图埃: N. (2004), 《永远没有周六: 莫桑比克诗歌文集》, 里斯本: 唐吉河德出版社。

Satue, N. (2004), *Nunca nais e sabado: antologia de poesia mocambicana*, Lisbon: Dom Quixote.

施赖纳: O. (1975), 《一个非洲农场的故事》, 约翰内斯堡: 艾德当克出版社。首版于 1883 年。

Schreiner, O. (1975), *The story of an African farm*, Johannesburg: Ad Donker. First published 1883.

施瓦兹：R. (1992)，《错位的想法》，J. 格莱德松译，伦敦：韦尔索出版社。

Schwarz, R. (1992), *Misplaced ideas*, trans. J. Gledson, London: Verso.

桑戈尔：L. (编)(1998)，《黑人诗歌和马达加斯加法文术语的新诗集》，巴黎：PUF 出版社。

Senghor, L. (ed.) (1998), *Anthologie nouvelle de la poesia negre et malgache d'expression francaise*, Paris: PUF.

舍勒格：D. K. (1955)，"印度难以置信的电影业"，《鼓》，6 月：46~47。

Sharak, D. K. (1955), "India's fabulous film industry," *Drum*, June: 46~47.

肖：H. E. (1999)，《叙述现实：奥斯丁、斯科特和艾略特》，伊萨卡，纽约：康奈尔大学出版社。

Shaw, H. E. (1999), *Narrating reality*; *Austen, Scoltt, Eliot*, Ithaxa, N. Y: Cornell University Press.

席尔瓦：J. (1949)，"北美黑人文学"，《行程》，11 月：16。

Silva, J. (1949), "A literatura negra norteamericana," *Itinerario*, Novermber: 16.

斯基德莫尔：T. E. (1998)，"吉尔伯托·弗雷的焦虑"，《拉丁美洲研究期刊》34：1~20。

Skidmore, T. E. (1988), "Raizes de Gilberto Fteyre," *Journal of Latin American Studies* 34: 1~20.

索帕：A. (1996)，"莫桑比克审查制度的某些方面 (1933~1975)"，E. 里贝罗 &A. 索帕 (编)，《莫桑比克 140 年新闻》，莫桑比克，马普托：AMOLP 出版社。

Sopa, A. (1996), "Alguns aspectos do regime de censura previa em Mocambique (1933~1975)," in E. Riberiro & A. Sopa (eds), 140*anos de imprensa em Mocambique*, Maputo, Mozamique: AMOLP.

索罗门侯: C. (1975), 《死亡之地》, 安哥拉, 罗安达: 安哥拉作家协会。首版于 1949 年。

Soromeho, C. (1975), *Terra mort*, Luanda, Angola: Uniao dos Escritores Angolnos. First published in 1949.

—— (1979), 《转》, 安哥拉, 罗安达: 安哥拉作家协会。首版于 1957 年。

—— (1979), *Viragem*, Luanda, Angola: Uniao dos Escritores Angolanos. First published in 1957.

苏萨·桑托斯: B. (2002), "在普洛斯彼罗和卡利班之间: 殖民主义、后殖民主义和同一性", 《葡语巴西评论》39。2: 9~43。

Sousa Santos, B. (2002), "Between Prospero and Caliban: colonialism, postcolonial-ism, and inter-identity," *Luso-Brazilian Review* 39. 2: 9~43.

斯皮瓦克: G. (1993), 《教学机器之外》, 伦敦: 劳特利奇出版社。

Spivak, G. (1993), *Outside in the teaching machine*, London: Routledge.

—— (1999), 《后殖民主义理由评论》, 剑桥, 马塞诸塞: 哈佛大学出版社。

—— (1999), *A critique of postcolonial reason*, Cambridge, MA: Harvard University Press.

—— (2003), 《一个学科的死亡》, 纽约: 哥伦比亚大学出版社。

—— (2003), *Death of a discipline*, New York: Columbia University Press.

斯坦纳: G. (1975), 《巴别塔之后》, 牛津: 牛津大学出版社。

Steiner, G. (1975), *After Babel*, Oxford: Oxford University Press.

斯图尔特: S. (1995), "抒情诗财产", 《关键咨询》22: 34~63。

Stewart, S. (1995), "Lyric possession," *Critical Inquiry* 22: 34~63.

特谢拉: A. (1948), "'新'—科隆当地人的公开信",《行程》, 10 月: 11。

Teixeira, A. (1948), "'Os Novos'-Carta aberta aos naturais da Colonia," *Itinerario*, October: 11.

特莱斯: G. M. (编)(1992),《先锋欧洲和巴西现代主义》, 第 18 版, 巴西, 彼得罗波利斯: 沃策斯出版社。

Teles, G. M. (ed.) (1992), *Vanguarda europeia e modernismo brasileriro*, 18th edn, Petropo-lis, Brazil: Editora Vozes.

腾杜·塞科: C. L. (2000), "马里奥·品托·安德雷德: 道德说教、政治和文学", I. 马塔 (编),《马里奥·品托·安德雷德: 智力政策》, 里斯本: 科利布里出版社。

Tindo Secco, C. L. (2000), "Mario Pinto de Andrade: o didatismo etico, politico eliterario," in I. Mata (ed.), *Mario Pinto de Andrade: um intelectual na politica*, Lisbon: Ed. Colibri

泰斯托泰: M. (2004),《制造变化: 南非文学和报告文学的喧闹》, 比勒陀利亚: UNISA 出版社。

Titlestad, M. (2004), *Making the changes: jazz in South African literature and reportage*, Pretoria: UNISA press

特里戈: S. (1977),《介绍葡萄牙语表达的安哥拉文学》, 葡萄牙, 波尔图: 巴西利亚出版社。

Trigo, S. (1977), *Introducao a literatura angolana de expressao portuguesa*, Porto, Portugal: Brasilia Editora.

—— (1979),《"信息时代"的诗学》, 葡萄牙, 波尔图: 巴西利亚出版社。

—— (1979), *A poetica da'geracao da Mensagem*," Porto, Portugal: Brasilia Editora.

瓦蒂莫: G. (1988),《现代性的结束》, J. R. 斯奈德译, 巴尔的摩: 约翰·霍普金斯大学出版社。

Vattimo, G. (1988), *The end of modernity*, trans. J. R. Snyder, Baltimore: Johns Hopkins University Press.

维拉努埃瓦: D. (1997),《文学现实主义理论》, M. I. 斯巴瑞欧苏 & S. 加西亚·卡斯塔隆译, 纽约: 纽约州立大学出版社。

Villanueva, D. (1997), *Theories of literary realism*, trans. M. I. Spariosu & S. Garcia-Castanon, New York: State University of New York Press.

维拉蒂斯拉韦: I. (2005),《威廉·博肖夫》, 约翰内斯堡: 大卫克鲁特出版社。

Vladislavic, I. (2005), *Willcm Boshoff*, Johannesburg: David Krut Publishing.

韦尔布瑞: D. (1990), "序", E. 基特勒,《话语网络 1800/1900》, M. 梅特和 C. 库伦译, 斯坦福: 斯坦福大学出版社。

Wellbury, D. (1990), "Foreword", in E. kittler, *Discourse Networks 1800/1900*, trans. M. Metteer with C. Cullens, Stanford, CA: Stanford University Press.

韦勒克: R. (1975), "文学学识中的现实主义概念", 雷内·韦勒克,《批评主义的概念》, 纽黑文市, 康涅狄格: 耶鲁大学出版社。

Wellek, R. (1975), "The concept of realism in literary scholarship," in Rene Wellek, *Concepts of criticism*, New Haven, CT: Yale University Press.

威廉: P. (1973), "人民的声音",《切中要害》30: 45。

Wilhelm, P. (1973), "A voice of the people," *To the Point* 30: 45.

韦伯: C. (2000),《"良好的教育建立了神圣的不满": 圣彼得学校对南非黑人自传的贡献》, 学位论文, 约翰内斯堡: 南非金山大学出版社。

Woeber, C. (2000), "*A good education sets up a divine discontent*": *the contribution of St Peter's School to black South African autobiography*, dissertation, Johannesburg: University of the Witwatersrand.

# 索引

（索引所标页码为原书页码，见正文页边。）

R

## Z